# 大师谈幸福

## THE MASTER'S INTELLIGENT SERIES

张莹◎编著

时代文艺出版社
SHIDAI WENYI CHUBANSHE

## 图书在版编目（CIP）数据

大师谈幸福 / 张莹 编著.—长春：时代文艺出版社，2011.4（2023.7重印）

（世界大师的生命智慧）

ISBN 978-7-5387-3714-1

Ⅰ.①大... Ⅱ.①张... Ⅲ.①幸福—通俗读物 Ⅳ.①B82-49

中国版本图书馆CIP数据核字（2011）第144292号

出 品 人　陈　琛

选题策划　朱凤媛

责任编辑　苗欣宇

装帧设计　孙　俪

排版制作　陈　萍

# 大师谈幸福

张莹 编著

出版发行 / 时代文艺出版社

地址 / 长春市福祉大路5788号　龙腾国际大厦A座15层　邮编 / 130118

总编办 / 0431-81629751　发行部 / 0431-81629758

官方微博 / weibo.com/tlapress

印刷 / 永清县晔盛亚胶印有限公司

开本 / 710×1000毫米　1 / 16　字数 / 235千字　印张 / 15

版次 / 2012年1月第1版　印次 / 2023年7月第3次印刷　定价 / 58.00元

# 目录

CONTENTS

THE MASTER'S INTELLIGENT SERIES

房龙

亨德里克·威廉·房龙（1882—1944），荷兰裔美国作家。1921年因出版《人类的故事》一举成名。在历史、文化、文明、科学等方面都有著作，而且读者众多，他的重要作品还有《圣经的故事》《宽容》等。

## ※ 宽容

在宁静的无知山谷里，人们过着幸福的生活。

永恒的山脉向东西南北各个方向蜿蜒绵亘。

知识的小溪沿着深邃破败的溪谷缓缓地流着。

它发源于昔日的荒山。

它消失在未来的沼泽。

这条小溪并不像江河那样波澜滚滚，但对于需求浅薄的村民来说，已经绰有余裕。

晚上，村民们饮毕牲口，灌满水桶，便心满意足地坐下来，尽享天伦之乐。

守旧的老人们被搀扶出来，他们在荫凉角落里度过了整个白天，对着一本神秘莫测的古书苦思冥想。

他们向儿孙们唠叨着古怪的字眼，可是孩子们却惦记着玩耍从远方捎来的漂亮石子。

这些字眼的含意往往模糊不清。

不过，它们是一千年前由一个已不为人所知的部族写下的，因此神圣而不可亵渎。

在无知山谷里，古老的东西总是受到尊敬。

谁否认祖先的智慧，谁就会遭到正人君子的冷落。

所以，大家都和睦相处。

恐惧总是陪伴着人们。谁要是得不到园中果实中应得的份额，又该怎么办呢？

深夜，在小镇的狭窄街巷里，人们低声讲述着情节模糊的往事，讲述那些敢于提出问题的男男女女。

这些男男女女后来走了，再也没有回来。

另一些人曾试图攀登挡住太阳的岩石高墙。

但他们陈尸石崖脚下，白骨累累。

日月流逝，年复一年。

在宁静的无知山谷里，人们过着幸福的生活。

外面是一片漆黑，一个人正在爬行。

他手上的指甲已经磨破。

他的脚上缠着破布，布上浸透着长途跋涉留下的鲜血。

他跌跌撞撞来到附近一间草房，敲了敲门。

接着他昏了过去。借着颤动的烛光，他被抬上一张吊床。

到了早晨，全村都已知道："他回来了。"

邻居们站在他的周围，摇着头。他们明白，这样的结局是注定的。

对于敢于离开山脚的人，等待他的是屈服和失败。

在村子的一角，守旧老人们摇着头，低声倾吐着恶狠狠的词句。

他们并不是天性残忍，但律法毕竟是律法。他违背了守旧老人的意志，犯了弥天大罪。

他的伤一旦治愈，就必须接受审判。

守旧老人本想宽大为怀。

他们没有忘记他母亲的那双奇异闪亮的眸子，也回忆起他父亲三十年前在沙漠里失踪的悲剧。

不过，律法毕竟是律法，必须遵守。

守旧老人是它的执行者。

守旧老人把漫游者抬到集市区，人们毕恭毕敬地站在周围，鸦雀无声。

漫游者由于饥渴，身体还很衰弱。老者让他坐下。

他拒绝了。

他们命令他闭嘴。

但他偏要说话。

他把脊背转向老者，两眼搜寻着不久以前还与他志同道合的人。

"听我说吧，"他恳求道，"听我说，大家都高兴起来吧！我刚从山的那边来。我的脚踏上新鲜的土地，我的手感觉到了其他民族的抚摸，我的眼睛看到了奇妙的景象。

"小时候，我的世界只是父亲的花园。

"早在创世的时候，花园东面、南面、西面和北面的疆界就定下来了。

"只要我问疆界那边藏着什么，大家就不住地摇头，一片嘘声。可我偏要刨根问底，于是他们把我带到这块岩石上，让我看那些敢于蔑视上帝的人的粼粼白骨。

"骗人！上帝喜欢勇敢的人！我喊道。于是，守旧老人走过来，对我读起他们的圣书。他们说，上帝的旨意已经决定了天上人间万物的命运。山谷是我们的，由我们掌管，野兽和花朵，果实和鱼虾，都是我们的，按我们的旨意行事。

但山是上帝的。对山那边的事物我们应该一无所知，直到世界的末日。

"他们是在撒谎。他们欺骗了我，就像欺骗了你们一样。

"那边的山上有牧场，牧草同样肥沃，男男女女有同样的血肉，城市是经过一千年能工巧匠细心雕琢的，光彩夺目。

"我已经找到一条通往更美好的家园的大道，我已经看到幸福生活的曙光。跟我来吧，我带领你们奔向那里。上帝的笑容不只是在这儿，也在其他地方。"

他停住了，人群里发出一声恐怖的吼叫。

"亵渎，这是对神圣的亵渎。"守旧老人叫喊着，"给他的罪行以应有的惩罚吧！他已经丧失理智，胆敢嘲弄一千年前定下的律法。他死有余辜！"

人们举起了沉重的石块。

人们杀死了这个漫游者。

人们把他的尸体扔到山崖脚下，借以警告敢于怀疑祖先智慧的人，杀一儆百。

没过多久，爆发了一场特大干旱。潺潺的知识小溪枯竭了，牲畜因干渴而死去，粮食在田野里枯萎，无知山谷里饥声遍野。

不过，守旧老人们并没有灰心。他们预言说，一切都会转危为安，至少那些最神圣的篇章是这样写的。

况且，他们已经很老了，只要一点食物就足够了。

冬天降临了。

村庄里空荡荡的，人稀烟少。

半数以上的人由于饥寒交迫已经离开人世。

活着的人把唯一希望寄托在山脉那边。

但是律法却说："不行！"

律法必须遵守。

一天夜里，爆发了叛乱。

失望把勇气赋予那些由于恐惧而逆来顺受的人们。

守旧老人们无力地抗争着。

他们被推到一旁，嘴里还抱怨着自己的命运不济，诅咒孩子们忘恩负义。不过，最后一辆马车驶出村子时，他们叫住了车夫，强迫他把他们带走。

这样，投奔陌生世界的旅程开始了。

离那个漫游者回来的时间，已经过了很多年，所以要找到他开辟的道路并非易事。

成千上万人死了，人们踏着他们的尸骨，才找到第一座用石子堆起的路标。

此后，旅程中的磨难少了一些。

那个细心的先驱者已经在丛林和无际的荒野乱石中用火烧出了一条宽敞大道。

它一步一步把人们引到新世界的绿色牧场。大家相视无言。

"归根结底他是对了，"人们说道，"他对了，守旧老人错了……"

"他讲的是实话，守旧老人撒了谎……"

"他的尸首还在山崖下腐烂，可是守旧老人却坐在我们的车里，唱那些老掉牙的歌子。

"他救了我们，我们反倒杀死了他。"

"对这件事我们的确很内疚，不过，假如当时我们知道的话，当然就……"

随后，人们解下马和牛的套具，把牛羊赶进牧场，建造起自己的房屋，规划自己的土地。从这以后很长时间，人们又过着幸福的生活。

几年以后，人们建起了一座新大厦，作为智慧老人的住宅，并准备把勇敢先驱者的遗骨埋在里面。

一支肃穆的队伍回到了早已荒无人烟的山谷。但是，山脚下空空如也，先驱者的尸首荡然无存。

一只饥饿的豺狗早已把尸首拖入自己的洞穴。

人们把一块小石头放在先驱者足迹的尽头（现在那已是一条大道），石头上刻着先驱者的名字，一个首先向未知世界的黑暗和恐怖挑战的人的名字，他把人们引向了新的自由。

石上还写明，它是由前来感恩朝礼的后代所建。

这样的事情发生在过去，也发生在现在，不过将来（我们希望）这样的事不再发生了。

纪伯伦

卡里·纪伯伦（1883—1931），黎巴嫩旅美派作家、诗人和画家。1920年发起创建《笔会》，任会长，遂成为阿拉伯旅美派文学领袖。作品有浓郁的浪漫主义和象征主义色彩，常融诗情与哲理于一体，寓意深刻、隽永，别具一格。作品甚丰，有中篇小说《折断的翅膀》、散文诗集《泪与笑》《先知》等。

## ※ 寡妇及其儿子

夜幕铺天盖地地遮盖了黎巴嫩北部卡迪莎谷地四周的村落。白天，这里下了雪，把田野和高地变成一张白纸，大风不时在上面留下道道痕迹，又不时把它抹掉。风暴在嬉戏，自然界在发怒。

人们都躲避在家里，动物藏在窝里，一切有生命的都暂停活动。只有严寒肆虐，狂风怒号，黑夜阴森；死神强大，令人生畏。

村中一座孤零零的小屋里，一个女人正在火炉前织毛衣。身边躺着的孩子，一会儿望望炉火，一会儿看看母亲恬静的面庞。正在此时，狂风大作，把房子刮得摇晃不止，母亲忙把孩子搂在怀里，亲吻他，因为他害怕地靠近她，想凭她的抚爱抵御大自然的怒气。母亲把孩子放到膝上，说道："别慌，孩子！大自然是在教训人类，显示威力，相比之下，人类就显得弱小。别怕，在飘扬的大雪、阴沉的乌云和呼啸的狂风后面，有全能的造物主圣灵，他知道田野和山丘的需要。在这一切的后面有一位强者，怜悯、仁慈地注视着渺小可怜的人。别急，我的心肝！大自然春天微笑，夏天大笑，秋天叹息，现在却想哭了。他要用冰冷的泪水滋润泥土下面的生命。睡吧，孩子！等明天醒来，你会看到晴朗的天，田野穿上晶莹的白衣，就像同死神搏斗后的灵魂穿上纯洁的服装。睡吧，儿子！你爸爸正在永恒的舞台上看着我们。多好啊，暴风雪使我们更怀念那些不朽的心灵。睡吧，我亲爱的，经过这些风雪的互相争斗，当四月来临时，你能采摘许多美丽的花朵。人也是这样，儿子，只有经历千辛万苦，才能得到友爱。睡吧，小家伙，甜蜜的梦会降临在你的心上，不必担心夜晚的阴森和刺骨的严寒。"

孩子睁开困倦的眼睛，望了母亲一眼，说道："妈妈，我困得眼睛都睁不开了，我怕做不完祈祷就睡着了。"

慈祥的母亲搂着他，热泪盈眶地望着他天使般的面庞，隔了一会儿，她说："我的孩子，跟我一起说：'主啊！请怜悯穷人吧！请用你的手遮住他们赤裸的身体，保护他们不受严寒的侵害！请看一眼睡在茅草棚里的孤儿，冰雪正冻伤他们的身躯！主啊，请听听站在街头、在死神的利爪和寒冷的魔掌中挣扎的寡妇们的呼声吧！主啊，请伸出你的手触动一下富人的心，让他们睁眼看看受欺压的弱者的惨状！主啊，请怜悯那些在阴森之夜站在门外的饥肠辘辘的人吧！主啊，请你为异乡人指引一个温暖的栖身之处，怜悯他们的孤单吧！看顾那些飞鸟，保护那些遭狂风袭击的小树吧……主啊，愿这一切都能实现。'"

当孩子进入梦乡之后，母亲把他放在床上，用发颤的嘴唇亲了他的前额。然后，她回到火炉前，为他继续织毛衣。

# ※ 我的生日

是在这样的一个日子里，母亲生下了我。

25年前的这一天，寂静把我降生在这充满了喊叫、纠纷和斗争的人世间。

如今，我不知道月亮围着我转了多少遍，我绕着太阳却已经转了25圈。不过我还是不明白光明的真谛，也不懂得黑暗的奥秘。

我同地球、月亮、太阳和群星一道围绕着至高无上的主宰转了25圈。不过你瞧，我这颗心现在还只是窃窃私语地念叨着那位主宰的大名，犹如岩洞传出海涛的回声——这岩洞是由于大海冲击而成，但它对这大海的实质却全然不清。大海潮水涨落，岩洞都大唱赞歌，但它却无法知道，这大海究竟有多宽阔。

25年前，时光挥起大笔，在世界这本奇异的大书上写下了一个字。喏，我就是那个深奥费解的字，它一时象征着空空如也，一时又表示很多东西。

每年的这一天，沉思、遐想和对往事的追念，全部涌上了我的心间。它们让往昔的日日夜夜都映现在我的眼前，然后又把它们驱散，好似清风吹散天边的残云一般。于是，那些回忆渐渐消逝在我屋子的各个角落里，就好像小溪淙淙在空寂深远的峡谷里流逝。

每年的这一天，我的心灵描绘出的各种魂灵都从天涯海角向我纷至沓来，它们围拢着我，唱起回忆往事的悲歌。然后它们慢慢地向后隐退，最后消失在黑暗里。它们就仿佛是一群群鸟儿，落在一座废弃了的打谷场上，它们没有觅见可啄的食粮，就拍打了一会儿翅膀，然后飞向了别的地方。

这一天，我往日生活的内容又展现在我面前，好像一面小镜子，我对着照了很长时间。我只看到岁月像死人一样惨白的脸，还有希望、理想和夙愿的相貌都同老人的脸似的皱成一团；然后我闭上眼，再往那镜子里看，却只看到了我自己的脸；接着，我凝眸向自己的脸看去，在脸上，我只看到了忧郁；我对那忧郁进行盘查，才发现它是一个哑巴，不会说话；如果忧郁也会言语，那它一定会比欢乐更让人感到甜蜜。

在过去的25年中，我爱过很多。我之所爱往往是别人所恶，而别人赞赏的事物又常常令我憎恶。孩提时代我之所爱，现在依然在爱，而现在我之所爱，也将终生不会忘怀。爱是我所能得到的一切，谁也不能让我把它舍弃。

曾有若干次，我爱过死。我用过动听的名字将它召唤，也曾明里暗里对它歌颂，称赞。我未曾忘却过死，也不曾对它不忠，但如今我也热爱人生。死与生对于我来说，都具有同样的美，有同样的吸引力，它们都让我渴慕、思念，引起我的爱恋与情感。

我爱过自由。越是看到人们受奴役、受蹂躏，我对自由就爱得越深；越是认识到人们服从的只是些吓唬人的偶像，我对自由的热爱就愈加增长。雕塑那些偶像的是黑暗的年代，是持续的愚昧把它们树立起来，是奴隶的嘴唇把它们磨出了光彩。不过像热爱自由一样，我也爱这些奴隶，并怜悯他们。因为他们是一群盲人，他们看不见自己是同虎狼的血盆大口亲吻，他们并没感到自己是把毒蛇的毒液吸吮，他们也不知道自己是在亲手为自己挖墓掘坟。我爱自由曾胜过一切，因为我觉得自由好像一位孤女，形影相吊，无依无靠；她心力交瘁，形销骨立，以至于变得好似一个透明的幻影，穿过千家万户，又在街头巷尾踟蹰，她向行人打招呼，他们却置之不理。

25年中，我像所有的人一样，爱过幸福。每天醒来，我同人们一道把幸福寻找，但在他们的路上，我从未把她找到。在人们宫殿周围的沙漠上，我未看见幸福的脚印；从人们寺院的窗户外，我也未听到里面传出幸福的回音。当我独自一人去找幸福时，我听到自己的心灵在对我耳语："幸福是一位少女，生活在心的深处，那里是那样深啊，你只能望而却步。"我剖开自己的心，要把幸福追寻。我在那里看到了她的镜子、她的床、她的衣裙，但却没有发现幸福本身。

我爱过人们，非常热爱他们。这些人在我的心目中，可分三种：一种人诅咒人生坏，一种人祝福人生好，还有一种人则对人生深深地思考。我爱第一种人，因为他们日子过得太糟糕；我爱第二种人，因为他们宽容、厚道；我更爱第三种人，因为他们有头脑。

25年就这样过去了，我的日日夜夜就这样连续不断地匆匆逝去。就像秋风卷落叶，纷纷落地，我的日日夜夜从我人生的树上落了下去。

今天，我停下来沉思、回忆，就像经过长途跋涉而精疲力竭的行人停在半路上歇息。我环顾四周，却看不到我在人生走过的路上有什么遗迹，可以让我在太阳的面前指着它说："这是我的。"在我的岁月里，我一无所获，只有一堆纸，斑斑点点地染着黑色的墨，还有一些画幅，杂乱而新奇，上面是种种不同的线条、色彩和谐地堆砌在一起。在这些零散的纸张和杂乱的画幅里，我埋下了我的感情，我的思想，我的美梦，犹如农夫把种子埋在地里。不过农民到田里去，把种子撒在地里，晚上回家时满怀着希望，期待着丰收的日子，而我却是无所希望，也无所期待地把我心灵的种子抛撒了出去。

如今我已经到了人生的这个时期：透过悲叹的雾霭，我看到了往昔；透过往昔面纱的遮盖，我也隐约地看到了未来。透过我的玻璃窗，我向现实张望。我看到了人们的脸庞，听到了他们的声音直升天上，听到了他们走动的脚步声，触摸到了他们的灵魂，感觉到了他们的激情和他们那一颗颗心的跳动。我放眼看去，于是我见到孩子们在嬉戏，你追我跑，相互往脸上扬着沙土，嘻嘻哈哈地欢笑；我见到青年人昂首挺胸，阔步向前，他们仿佛在朗读青春的诗篇，那诗篇则写在衬着阳光的云端；我见到姑娘们婀娜多姿，好像迎风摇曳的柳枝，她们微笑着，像娇媚的花朵，向小伙子们暗送秋波；我见到老人们走起路来慢慢腾腾，手拄拐杖，背驼如弓，他们两眼盯着地面，仿佛是要从泥土中寻觅自己丢失的珠宝一般。我站在窗前，仔细地察看着街头巷尾这一切形形色色的身影和千变万化的画面。

随后，我向城外谛视，于是我发现野地里具有庄严肃穆的美。那里一片静寂，却胜似千言万语。在那里，山高谷深，青草茂密，绿树成荫；在那里，鸟语花香，河水淙淙流向远方。然后，我又谛视荒野之外，于是我看到了大海。我见到在大海的怀抱，藏着无数奇珍异宝；在深深的海底，还有无数难解的秘密；我看到在海面上，翻腾着泡沫、波浪；我看到大海有时暴怒，有时平静；有时显得云蒸霞蔚，有时又像散落的翡翠。

而后，我又谛视着大海之外，于是我见到了无边无际的太空，见到了闪闪发亮的星星。看到了太阳、卫星、行星和恒星；见到它们之间既互相排斥又相互吸引，既相安无事，又相互抗争；它们有的是造化所生，有的是转化而成，但都靠着一种无穷无尽的力量相互联系在太空，并遵从一条法则，那法则包罗万象，无始无终。透过玻璃窗，我谛视着这一切，并不禁遐想、深思，于是我忘记了那25年，也不再想到那之前过去的年代和那之后将来的世纪。我觉得自身和周围或明或暗的一切都仿佛只是在永恒的空间里一个浑身战栗的孩子的一声叹息，那空间无边无际，高不可测，深不见底。不过我感到了确实是有这声叹息，这颗心灵，这个被我称之为"我"的自己。我感觉到了他的行动，我听见了他的喊声。现在他正振翅飞往天空；他的两手伸向四面八方。在今天这样一个表明他的存在的日子里，他浑身战栗，东摇西晃，用出自最圣洁的心灵的声音，大声说道：

"你好啊，人生！你好啊，清醒！你好啊，睡梦！你好啊，白天！——是你用自己的光明驱散了大地的黑暗。你好啊，夜晚！——是你用自己的黑暗衬托出星光满天。你们好啊，一年四季！

你好啊，春天！——是你使地球又变得年轻。你好啊，夏天！——是你在传颂太阳的光荣。你好啊，秋天！——是你奉献出辛勤的果实和劳动的收成。你好啊，冬天！——是你的愤怒重现了造化的坚定。你们好啊，岁月！——是你们把岁月掩盖的一切又展开。你们好啊，世代！——是你们把历代破坏的一切重新修复起来。你好啊，使我们日臻完美的光阴！你好啊！掌握人生的缰绳、带着阳光的面纱致使我们看不到你的真相的灵魂！心啊，我向你问候！因为人泡在泪水里，不能讥笑这问好。嘴唇啊，我向你问候！因为你在问好的同时，自己正在尝着苦的味道。"

（仲跻昆 译）

库尔特·图霍尔斯基（1890—1935），德国作家。
主要作品有小说集《莱因斯贝格——恋人的胜地》《格里普斯霍尔姆宫》，散文集《蒙娜丽莎的微笑》《别哭，要学着笑》等。

## ※ 向情人坦白

"我身上有一股陌生的气味？这是什么意思，我身上有一股陌生的气味？我身上绝对没有陌生的气味。吻一下小洛特-加龙省吧。你待在瑞士的这整整四个星期里，没有任何男人吻过我。这里什么也没有发生。没有，这里真的什么也没有发生！你立刻发现了什么？你根本就不会立刻发现什么……啊呀，Daddy！我对你是忠实的，就像你对我一样。不对，应该说……我是真正忠于你的！你会立刻爱上任何一句歌词，只要里面出现一个女人的名字……我对你是忠实的……

谢天谢地！这里什么也没有发生……

"只是去看过几回戏。不，便宜的座位，嗯，有一回坐的是包厢……你是怎么知道这事的？什么？你说什么？是谁告诉你的？那好吧，这些座位……通过关系……我当然是和一位先生一起。难道我应该和一位女护士一块儿去看戏……亲爱的Daddy，这没有坏处，完全没有坏处，这又不是卡摩拉，又不是黑手党，没有他们在科西嘉岛干的那种事，在西西里岛，我想说，西西里岛！总而言之，这是毫无坏处的。他们究竟是怎么对你说的？这里什么也没有发生。

"他曾经是……他现在是……你不认识这个男的。我不会这么做的。我要是和另一个男人一起去看戏，绝对不会和一个你认识的。求求你，我从来没有损坏过你的名誉。男人都是这么愚蠢，假如别人做了什么，而这个人又是一位同事，他们就会气得要命。但是，如果不是同事，那就无所谓了，大家都叫朱丽叶小姐。生活真不容易！你不认识这个男的，你不认识他。是的，他认识你。你应该高兴才是，有这么多的人认识你，你有名嘛。总之这事毫无坏处，一点儿也没有。然后，我们还一起吃了饭。除此之外什么也没有发生。

"什么也没有。真的什么也没有。这个男的……这个男的是——我也让他坐进了我的汽车，因为他坐在我身边十分听话——一条漂亮的护卫哈巴狗，雷文特罗夫伯爵夫人也是这么说的吗？我就是这么叫他的。但是，仅仅是护卫哈巴狗而已。这位先生的外表光彩照人。是的，这是真的。他有一张奇妙的嘴，一张硬邦邦的嘴——吻过小洛特-加龙省一次。他真笨。什么事也没有发生。

"其实，他并不很笨。这是……我根本没有爱上他。你很清楚，唯有你在场我才恋爱——目的是让你也得到一份欢乐！一位可爱的先生……但是我已经不再喜欢这种家伙。我不喜欢。我对这一切都不再感兴趣。Daddy，他看上去并不那么可爱，不过他接吻还是挺在行。就是这些，总之，没有发生什么事。

"说说看，你对我是怎么想的？你也许把我想象得像我想象你一样吧？你……我不允许这样！我是忠实的。Daddy，这个男的……这仅仅是一时冲动。你先是把人家一个人撺在这里，后来也没有来过信，只是打过一次电话，要是女人独自一人，她要比男人更加感到孤单。我真的不需要任何男人……我不需要。

我也不需要那个男的，他不应该想入非非！我只是想，我曾经见过他……我头一回就觉得，我从前见过他……但是，什么也没有发生。

"看戏之后，大约有两个星期，不对，是的，只送了玫瑰花，还有两次是高级糖果和那个用滑石做的小狮子。不过。我把家门钥匙给了他？你大概……我没有把家门钥匙给他！我绝不会把家门钥匙交给一个陌生男人！那我宁可把它吞下肚去。Daddy，我压根儿就不喜欢那个男人。他也不喜欢我，这你是知道的。因为，他有一张硬邦邦的嘴……嘴唇很薄，因为，他从前当过水手。什么？在万湖？这个男人是出海当水手，乘一艘大船，我把船名给忘了，他会各种指令，他有一张硬邦邦的嘴和薄薄的嘴唇。这家伙什么也不说，就是接吻倒挺在行。Daddy，假如我不是感到这么颓唐，根本就不会有这事儿……其实，什么也没有发生……这不算数。

什么？在城里？没有；不是在他家。我们一起在城里吃过饭。他付的钱——什么，你看见了！

我也许应该为所有我认识的人付账……好啦，就是这些……根本就没什么。

"文身？这个男人没有文过身！他的皮肤很白，他有……没有细节！没有细节？要么我应该说，要么我不应该说。从我这里，你不会再听到关于这个男人的一个字。Daddy，你听着，假如他不是普遍水手，或者就像人们说的那样……我干脆直说吧：

"首先，什么也没有发生；其次，你不认识这个男人；第三，因为他是水手，所以我根本就没送他任何东西，一点儿也没有，就像保尔·格拉埃茨常说的那样：

"刚沾点儿边的事，就被当真了。Daddy，Daddy，让我瞧瞧……这是什么？什么？你说什么？

这是什么照片？这是什么人？什么？你说什么？你是在哪里认识这个女人的？你说什么？在卢塞恩？什么？你和这个女人一起去郊游？在瑞士，人们经常去郊游。你什么也不用对我说……什么？

什么也没有发生？

"这完全是两码事。那好吧，我有时候会喜欢上别的男人，可是你们……

"你们总是自甘堕落！"

（蔡鸿君 译）

芥川龙之介（1892—1927），日本著名小说家。
代表作《罗生门》《鼻子》《地狱图》等，享有盛誉的芥川文学奖即以其名字命名。

# ※ 橘子

　　冬天的一个傍晚，天空阴沉沉的，我乘上一列由横须贺开往东京的上行客车，坐在软席车厢的一个角落里，呆呆地等待着发车的铃声。异常的是在电灯早已亮着的车厢里，居然就只有我一个旅客，朝窗外望去，那昏暗的月台上，今天也很特别，竟连个送客的人影都不见，仅有一只关在笼子里的小狗时而发出凄厉的吠声。

不知怎的，此情此景跟我当时的心情颇为相似。无法形容的疲劳和困倦，在我的脑海里投下了一片灰蒙蒙的阴影，灰得像临下雪的天空。

我双手插在兜里，一动不动地坐着，提不起一点精神来，甚至不愿把兜里的报纸拿出来翻一翻。

不一会儿，发车的铃声响了。我这时才感到心情舒畅一点，同时把头靠在后面的窗沿上，漫不经心地等待着眼前的车站徐徐后移。车站并没移动，却从剪票口处传来一阵尖嚣的木屐声。紧接着，在列车员的几声喊骂声中，我乘坐的软席车厢的车门哗啦一声打开，一个十三四岁的小姑娘匆匆忙忙地跳上车来。就在这当儿，火车剧烈地摇晃了一下，便慢慢地开动起来。一根根打眼前徐徐晃过的、竖在月台上的电柱，一辆多半是被遗忘在那儿的运水车，以及正向车厢里的一位旅客道谢的搬运夫，所有的一切，都在朝着窗门漫卷过来的煤烟中无可奈何地消失在车后。我总算松了一口气，一边点着香烟，一边第一次抬起困倦的眼睑，朝坐在我前面席位上的小姑娘的面孔瞅了一眼。

看样子，这是一个地道的乡下小姑娘，干枯的头发绾成银杏叶式，满是横裂纹的两颊红得令人感到不快。而且，耷拉着沾满油污的浅黄色毛线围巾的膝盖上，放着一只大包裹，那双抱着包裹、生满冻疮的手，小心翼翼地紧捏着一张红色硬席车票。我不喜欢小姑娘那张庸俗低劣的脸庞，对她那身邋遢的衣服也很讨厌，尤其令人生气的是她愚昧无知到连软席跟硬席也分辨不清。所以，我点着了香烟，也出于想忘掉小姑娘的存在，便漫不经心地把兜里的晚报拿出来摊在膝盖上阅读起来。这时，落在晚报上的户外光突然成了电灯光，几栏印刷低劣的铅印字特别清晰地呈现在眼前。不用说，火车已钻进了横须贺线上无数隧道中的第一号隧道。

许是为了安慰我那忧郁的心情，即便稍微浏览一下让灯光照亮的晚报，就可以发现社会上也同样充满着平凡庸俗的人和事：和谈问题、新娘新郎、贪污事件、死亡广告……当火车钻进隧道的一瞬间，我不禁产生一种错觉，以为火车在朝着相反方向行驶，同时，机械地把这些索然无味的消息挨着看了过去。即便在这段时间里，我也每时每刻感到，那个脸上仿佛凝结着现实中各种卑鄙和庸俗的小姑娘正端坐我前面。无论是在隧道中行驶着的火车和那个乡下小姑娘，还是充塞了平庸消息的晚报，全都是一种象征，象征着一个神秘、低级、无聊的人生。

我感到一切都毫无意义，于是就把看了一半的晚报丢在一旁，又把头靠在窗沿上，死一般地闭上双眼打起盹来。

这样过了几分钟，突然感到似乎有一样东西向自己扑过来，不禁睁开双眼环视四周。原来，不知几时，那个小姑娘已从那头移到了我前面一排的临窗座位，而且几次三番地想要打开车窗。可是事与愿违，沉重的窗门怎么也打不开。那满是横裂纹的脸颊越来越红，抽鼻涕声随同轻微的喘息声急促地传入耳鼓。不用说，这般情景也确实引起了我几分同情。

四周一片昏暗，唯枯草还在明亮可见的两侧山腰正渐渐逼近车窗。仅从这一点，也应该马上明白火车快临近隧道口。然而小姑娘全不理会，还是固执地要打开那扇特意关好的车窗。我无法理解其中的道理，不，甚至只能认为这完全是小姑娘的怪癖。所以，我依然冷若冰霜，眼里露出差不多是祈祷她永远失败似的目光，冷酷地凝视着她正用生满冻疮的手拼死地想要打开车窗的情景。

不一会儿，火车拖着震耳欲聋的吼叫声冲进了隧道。这时，小姑娘想要打开的车窗终于叭嗒一声掉了下来。于是，一股股乌黑的空气——煤烟灰仿佛全溶化在里面似的——从四方的窗洞里喷涌进来，顷刻间变成令人窒息的烟雾，蒙蒙地迷漫着整个车厢。我甚至来不及拿手帕捂住脸孔，烟雾就迎面扑来。我本来喉咙就不舒服，这一来更是咳个不停，差一点透不过气来。

小姑娘依然对我毫不介意，只管把头伸出窗外，银杏叶式的头发在夜风吹拂下，微微飘动。她就这样一直远眺着火车行进的方向，正当我借着灯光透过煤烟注视她那身影时，窗外渐渐地亮堂起来，泥土味、枯草味、水汽味也随着寒气从窗外飘进来，

于是咳嗽也慢慢止息。否则，我说不定会劈头盖脑地怒骂这个陌生小姑娘，而且还要叫她照原样关上车窗。

这时，火车已安然穿过隧道，正驶过坐落在两座枯草丛生的荒山之间一个穷山镇的镇边铁路岔口。在铁路岔口的周围，杂乱地拥挤着一片简陋的草房和瓦房。大概是铁路岔口管理工用的吧！仅有的那面已经发白了的信号旗在暮色中懒

洋洋地飘拂着。

　　我刚想总算出了隧道，看到那凄凉的岔口栅栏那边，挨个地站着三个脸颊红扑扑的小男孩。他们全都是矮矮的个头，就像被那阴沉沉的天空压缩成似的，而且身穿着跟那镇边的凄凉景物相同颜色的衣服。三个孩子一边仰望着火车通过，一边一齐举起小手，拉高尖厉而幼嫩的嗓门，极力地迸发出一阵无法听懂的喊声。

　　就在这一刹那，只见那个小姑娘把半个身子探出窗外，伸出生满冻疮的手，在一个劲儿地左右挥动。突然，约摸五六只黄灿灿的惹人喜爱的橘子从空中纷纷飘落在目送火车驶去的小男孩身边。我不由得愣住了，而且也正是这一瞬间，明白了所有一切。小姑娘，这位多半是去当女佣的小姑娘把藏在怀里的几只橘子从车窗扔下去，酬劳那三个特地赶到岔口来为自己送行的弟弟。

　　暮色笼罩着镇边铁路岔口，仿佛小鸟般尖叫的三个小男孩，以及飘落在他们身边的鲜艳的橘子颜色，所有这些情景虽然只是顷刻间一闪而过，却深深印刻在我的脑海里，我不禁感到一阵无可名状的快慰。我昂然地抬起头来，判若两人似的重新打量着那位小姑娘，仿佛她是另一个人。不知几时，小姑娘已重新端坐在我前面的那个座位上，依然把满是横裂纹的脸颊蜷缩在浅黄色的毛线围巾里，同时抱着大包裹的手里，紧紧捏着一张硬席车票。

　　我只有在此刻，才得以暂时忘却那无法形容的疲劳和困倦，以及那神秘低级、无聊的人生。

瑟伯

詹姆斯·瑟伯（1894—1961），美国幽默作家，漫画家。
他的作品主要有：《性是必需的吗？》（与爱·布·怀特合著）
《阁楼上的猫头鹰及其他困惑》《我的人生和艰难时世》《高秋千上的中年男子》
《瑟伯精华》和《雄性动物》。

## ❖ 堤坝决口那一天

我真乐意忘掉我和我们全家1913年在俄亥俄州那次洪水泛滥中的遭遇。不过，我们忍受和经历过的艰苦和骚乱并不能冲淡我对家乡州府的感情。我现在日子过得挺好，并且希望哥伦布还在世；可是有谁如果希望一个城市陷入一场大混乱的话，那么要数1913年堤坝决口那天吓人而凶险的下午，说得更准确些，就是全城男女老少都信以为堤坝当真决口那天下午，最合他的心意了。

那次经历即使我们身价倍增，也使我们声名狼藉。特别是爷爷所表现出来的那种高大形象，在我心目中永远不会丧失光彩，尽管他对洪水的反应只是基于一种深信不移的错觉，也就是说，他认为我们被动员起来对付的威胁是内森·贝德福·福雷斯特那支骑兵队。

当时我们可能采取的唯一办法就是弃家而逃，可是爷爷严厉禁止采取这一步骤，他手中挥舞着自己那把旧军刀，吼叫道："让那群兔崽子们来吧！"这当儿已经有好几百人川流不息地从我们家门口过去；他们惊惶失措，尖声喊叫"快往东边跑！快往东边跑！"我们不得不用熨衣板把爷爷打晕过去。由于让老太爷那死沉的躯体拖累着——他足有六英尺多高，将近一百七十磅重——我们在头半里路时，几乎让城里的人全都赶了过去。

要是爷爷在牧师大街和市府路的拐角处没有苏醒过来，我们毫无疑问就会让那怒吼的滚滚浪涛追上，而且给吞没了——这是说，如果当真出现那滚滚浪涛的话。后来，那阵恐惧消失了，大家便有点害臊地返回家去或者又去上班，而且摆出各种逃跑的理由，尽量缩小自己奔跑过的里程；与此同时，几位城市建筑师明确指出，即使堤坝真的决了口，西区水位顶多涨高两英寸罢了。

在闹这阵堤坝恐慌时，西区比河水水面低三十英尺——其实二十年来每到春季洪水一泛滥，每个俄亥俄河边的城镇都是如此。东区（就是我们居住的那块发生大逃亡事件的地方）压根儿就没有什么危险。只有在水位涨高九十五英尺的时候，洪水才会冲过高街——那条分割东西两区的大道——把东区整个儿淹没。

那种惊呼堤坝决口的喊声就像燎原野火那样四处蔓延，我们这些东区居民原本如同卧在炉灶下面的猫咪一样安全，然而这一事实却丝毫没有减轻我们那种既敏感又荒唐的绝望心情。城里有几位顶高贵、顶稳重、顶善于处世而且头脑绝顶清醒的人居然也撇下自己的太太、女秘书、家园和办公室而径直朝东奔去。世间很少有什么惊恐要比"堤坝决口啦！"更叫人胆战心惊了。那种响亮而清晰的喊声传入人们的耳鼓中，没有几个人能停下来冷静思考一下，就连那些远离堤坝五百英里以外的城镇居民也一样。

据我回忆，那次关于俄亥俄州哥伦布市堤坝决口的谣言是在1913年3月12日中午时分传开的。高街是商业中心所在地，那里安安稳稳地响着各种交易的嘈杂声，安安稳稳的买卖人讨价还价啦，算账啦，蒙骗啦，开价啦，拒绝啦，相互妥协啦，嗡嗡之声不绝于耳。达留斯·康宁威，一位中西部第一流的公司法律顾问，正在用恺撒大帝那种语言告诫公共事业委员会，与其想说动他还不如去挪动北极星。别的男人一边夸耀着自己鸡毛蒜皮的小事，一边比划着小小的手势。突然有一个家伙撒腿跑了起来。也许他只蓦地想起自己同老婆还订有一个约会，而此时此刻已经大大地误点了。不管是怎么回事吧，总之他一直沿着宽街朝东奔去（可能是去玛拉摩餐馆，那里是丈夫约太太在外面相会最理想的地点）。紧接着又有一个人奔跑起来，也许是个兴致勃勃的报童吧。另一位颇有身份的绅士，也跟着小跑起来。不到十分钟，高街上，从联合车站直到法院那一段路上，人人都在奔跑。一片嘀嘀咕咕的响声渐渐具体化，变为那两个可怕的字眼——"堤坝"。"堤坝决口了！"这种恐惧究竟是由电车里的一位小老太婆，还是由一名交通警察，或是由一个男孩子嘴里讲出来的，这可谁也闹不清了，反正此刻这事已经无关紧要。两千多人突然都在飞快逃跑。一片腾空而起的喊声净是"快朝东边跑哇！"——东边离那条河远，东边安全保险。"往东边跑！往东边跑！往东边跑哇！"

几道黑压压的人流在所有通往东边的街道上移动；这些人流起源于干货店、办公大楼、马具店和电影院，接着又把溜出来的家庭妇女、孩子、瘸子、佣人、猫狗汇合成的一道涓涓细流卷进主流。人们撇下燃着的炉火和煮着的食物，敞开大门就往外跑。可我记得我妈倒是把家里的火烛都灭了，随身还带上十来个鸡蛋和两个大面包。她原来计划只过两条横马路，到阵亡将士纪念堂楼上一间灰尘扑扑的房间里躲一躲，那些房间里一直储藏着一些旧战旗和舞台布景，有些老战士偶尔在那里聚会聚会。然而那群沸沸腾腾的男女老少，嘴里高喊着"往东边跑"，把她和我们全家也卷进了洪流。爷爷到了牧师大街才彻底清醒过来，他像一位复仇心很重的预言家那样转向逃命的群众，规劝大家按次序排成行列行进，挡住那些南军狗崽子。后来他本人也终于意识到原来是堤坝决口了，便大声吼道："快往东边跑！"他一只胳臂夹住一个小孩儿，另一只掖着一名四十二岁左右职员模样的小个子，我们就这样渐渐追上跑在前面的人群。

城北海斯堡那边赶巧举行过一次武装演习，因此一批四散的救火队员、警察和全副武装的军官也加入了那惊涛骇浪般的行列，给它增添了不少光彩。一个小姑娘跑过一个门廊，见有一名步兵中校正在那里打瞌睡，便扯起尖嗓门喊了一声"快往东边跑！"这位军官受过服从命令是军人天职的训练，当机立断，顿时纵身跳下门廊，全速向前冲刺，很快就赶过了小姑娘，嘴里也喊着"快往东边跑！"他俩没费多大功夫就使那条小街上的住房全部撤空了。"怎么回事？怎么回事？"一个摇摇晃晃的胖子拦住中校问道。中校放慢脚步，问那个小姑娘到底出了什么事。"堤坝决口了！"小姑娘气喘吁吁地说。"堤坝决口了！"中校也跟着吼道。

"往东边跑！往东边跑！往东边跑哇！"转瞬间，他便怀里抱着那个筋疲力尽的小姑娘，率领一群从客厅、店铺、汽车房、后院和地下室召集出来的三百多人组成的浩浩荡荡的队伍拼命向前逃跑。

从来没有哪位能够精确估计出1913年那次大溃退究竟有多少人参加了，因为从城南头的温斯罗装瓶厂一直伸延到往北六英里的克林顿镇所发生的那场虚惊就像开始那样突然，一下子便结束了；那群逃难的乌合之众和达官贵人慢慢溶散，溜回家去了，撇下街头一片空旷宁静。

全城卷入的那场哭喊嚎叫、乱糟糟的大撤退只延续了不到两小时。有几个人居然远远跑到十二英里开外的雷诺斯镇；另有五十多人到达八英里以外的乡村俱乐部；大部分人筋疲力尽，干脆不跑了，或是爬到四英里以外的弗兰克林公园的大树上面去躲避。民兵们驾驶着摩托车四处奔波，通过喇叭筒大声喊叫："堤坝没有决口！"这才终于恢复了秩序，驱散了恐惧。可是一开始，这种措施倒更增添了混乱，加剧了恐慌，因为许多惊跑的人还当士兵们在喊叫"堤坝刚刚决口了！"以使这场灾难得到官方的证实。

在那段时间里，阳光静悄悄地普照大地，哪儿哪儿也没有洪水来临的迹象。要是有一位飞机上的旅客这当儿朝下观望那群慌忙逃命的人，他简直难以推测出这种现象的原因。在那位观察家的心目中，这势必会激起一种异常的恐怖感，就跟看到那艘玛丽·赛莱斯特号船只一样，它被遗弃在海面上，船身悄悄地燃烧着，宁静的甲板在阳光照耀下闪闪发光。

我有一位姨妈名叫伊蒂丝·泰勒，她那时正在高街一家电影院里（场上正在放映威·斯·哈特主演的一部无声电影），忽然间响起一阵越来越响的嗵嗵跑步声，把乐池里钢琴伴奏声盖过了。接二连三的喊叫声也随着奔跑声响起来。一位坐在我姨妈身旁的老头儿，嘟囔几句，也站起来沿着通道小步跑掉了。这可把所有的人都惊动了。霎时间，观众就把几条通道统统堵塞了。"着火啦！"一个总预料自己会在戏院子里给烧死的女人大声喊道；可是这当儿外面的喊声更加响亮更加密集了。"堤坝决口了！"不知是谁这样喊了一声。我姨妈身前一位小个子女人惊叫道："快往东边跑！"于是大家便连推带搡、连揪带拽地把妇女儿童推倒在地，向东蜂拥挤去，最后连滚带爬地出现在街头。电影院里，比尔·哈特正在银幕上安稳地耍无赖吓唬人，那位弹钢琴的勇敢姑娘响亮地伴奏着《摇船曲》，接着又弹起那首《在我的闺阁里》。外面，男人像潮水一般穿过州府大院，有些人正往树上爬，一名妇女不知怎的爬上了那座名为"国家干城"的纪念碑，那上面的谢尔曼、史坦顿、格兰特和谢里登的铜制塑像正在冷眼旁观这座首府崩溃瓦解。

"我朝南跑到州府大街，又朝东跑到三马路，再朝南跑到市府大街，然后就一直往东奔去，"姨妈写信告诉我，"一个瘦高个儿的女人，两眼冷酷无情，下巴显出性格坚定，在大街中央从我身边跑过去。尽管四下里一片喊声，我当时却还没闹清究竟出了什么事。我加把劲才追到那个女人身边，因为她虽然看来快六十岁了，跑步的姿态却很轻松优美，身体好像棒极了。'怎么回事？'我上气不接下气地问。她倏地朝我瞥了一眼，又马上朝前看，加快一点儿步伐。'别问我，去问上帝！'她答道。"

"我跑到格兰特大街，已经累得筋疲力尽，以至于赫·罗·马洛里博士——你想必记得那位长得像罗伯特·布朗宁蓄着白胡须的马洛里博士吧——反正，我在五马路和市府路拐角处甩开的马洛里博士，这当儿又赶过了我。'它追上咱们啦！'他喊道，我也确信不管那是什么，它真的追上我们了，因为你知道马洛里博士的论断一向很有说服力。我当时并没听懂他的意思，可后来才搞清楚。原来他身后有一个蹬旱冰鞋的男孩，马洛里博士误把那双旱冰鞋的沙沙声当作洪水奔腾声了。他最后跑到牧师大街和市府路拐角的哥伦布女子学校门前，一下子瘫倒在地上动弹不了了，等待着那泡沫滚滚而冰凉的赛俄托河水把他淹没。足蹬旱冰鞋的男孩从他身旁滑过去，马洛里博士这才意识到他一直在逃避的是什么。他回头朝大街望去，看不见有什么洪水来犯的踪影，可是他休息片刻之后，还是朝东慢吞吞地照跑无误。他在俄亥俄大街追上了我，我们两便在那里一块儿休息。我敢说那一阵子足有七百多人从我们面前跑过去。叫人好笑的是他们个个在徒步奔跑。好像没人有胆量停下来去发动一下自己的汽车；不过我记得那年头的车辆都得用手摇把把在车前面发动引擎，也许这就是不坐汽车的原因吧。"

第二天，全城一切事务照常运行，好像啥事儿也没发生过似的，不过没人开玩笑逗乐。只有两年多以后，你才敢轻描淡写地提一下那次堤坝决口的事。甚至现在，二十年过去了，仍然有些人，马洛里博士就是其中之一，你一提起那次午后大逃亡，他就会紧闭双唇，一声不吭。

# ※ 床倒下来的那个夜晚

我认为自己青年时代在俄亥俄州哥伦布市的最重要的经历，发生在床倒在父亲身上的那个夜晚。叙述这段经历比朗诵一篇文学作品更能引人入胜（除非如我的几位朋友所言，你已听过五六次）。因为其间几乎免不了要辅以各种动作，如乱扔家具、摇晃门窗、学狗吠叫等。总之，是对这个公认的迹近荒唐的事件恰到好处地渲染一番，增加其真实可信的程度。话虽如此，然却实有其事。

事情是这样的：一天晚上，爸爸决定去睡阁楼，以便独自思考问题。妈妈则坚决反对这个主意，理由是：那张旧木床很不牢靠，摇摇晃晃，一旦倒塌，沉重的床头架砸在头上，会送命的。然而好说歹说，也无法使爸爸回心转意。十点一刻，他走进阁楼，随手关上门，走上狭窄弯曲的楼梯。后来我们听见他爬上床时吱吱嘎嘎地响了一阵，像是危险的征兆。祖父来我家，一般都睡在阁楼的那张床上，他几天前出了门。（他出门，一般一走就是六七天，回来时怒气冲冲，怨天尤人，带回联邦委员会由一帮笨蛋把持和波托马克军团运气欠佳的消息。）

当时，我那位疑神疑鬼的大表哥布里格斯·毕尔来我家做客。他总觉得自己睡着以后可能会停止呼吸，觉得倘若每隔一小时不被人唤醒，便有可能窒息而死。他已习惯于拨好闹钟，隔段时间响一次，一直折腾到翌日清晨。我劝他不必如此。我说咱俩同睡一屋，我又睡得不实，同房间内无论谁停止呼吸，我都会立即醒来的。头天晚上，他便暗暗检验我说的是否属实——是否这样做了，我表示怀疑——他听到舒缓有致的鼾声，确信我睡着以后，便屏住呼吸。其实我并未睡着，就过去喊他。这似乎使他稍觉释然，但还是将一瓶樟脑油置于床头小桌，以防不测。万一他生命垂危，我未将他唤醒，便可嗅嗅樟脑的气味。此物起死回生，堪称灵验。家中有类似怪癖者，并非仅布里格斯一人。上了年纪的梅里莎·毕尔姨妈（她能两只手指嗫在嘴里，像个男人一样吹口哨）总有一种预感，她生在南大街，结婚在南大街，因此也注定会死在南大街。还有那位莎拉·秀芙姨妈，每晚上床总担心盗贼潜入宅内，从软管中将氯仿隔门射入自己的卧室。为免遭其害——她惧怕麻醉剂甚于家中失窃——她总是将钱钞、银器和值钱细软整整齐齐堆在卧室门口，并附纸条一张："值钱物品悉数在此。敬请手下留情，勿用氯仿为要。"格雷茜·秀芙姨妈亦患有恐贼症，不过她胆识过人，防盗有术。她断言盗贼每晚光顾她的住宅已达四十年之久。她从未丢失任何物件的事实并不能说明她说得不对。她一贯声称正是自己往走廊上扔鞋子，才吓得盗贼来不及得手，便逃之夭夭。她上床前将屋里所有鞋子都堆在伸手可及之处。熄灯五分钟后，便从床上坐起喊声"听"！可她那位先生从1903年以来便练就一副漠然置之的本领，或是酣然入梦，或以假寐搪塞。无论真睡假睡，任她生拉硬拽，就是没有反应。无奈她只得自己下床蹑手蹑脚走到门口，门拉开一道缝，朝走廊上扔出一只鞋，接着又朝相反方向扔出另一只。有时一晚所有的鞋全扔光，有时一晚上才扔出一双。

就在床碰到父亲身上的那个夜晚，发生了一连串奇妙的事情，而我却置身事外。半夜时分，我们都已上床就寝。写到这里，我必须交代一下每个房间的布局和里面的人所处的位置，因为这对诸位读者理解后来发生的情况极为重要。楼上前面房间（爸爸睡的阁楼房间正下方）住着妈妈和我哥哥赫尔曼，他有时在睡梦中还唱歌，一般唱：《走过乔治亚》和《前进，基督士兵》。布里格斯·毕尔和我睡在邻屋，弟弟罗伊则睡在走廊另一侧我们对面的房间里。我们的狗莱克斯睡在走廊上。

我睡的是一张行军床。撑起以后，才有足够的宽度使人能舒服地躺在上面。中间部分平坦，两侧平时是垂着的，和折叠桌一样。不过若是两侧撑起后，人滚到床沿，便有性命之虞：这张床会整个翻过来，扣在你头上，同时发出"砰"的一声巨响。那天凌晨二时左右，就发生了这样的情况。后来妈妈在回忆当时情景时，首次采用了"床砸在你父亲身上的那个夜晚"这一说法。

我一向睡得死，醒得慢，（可知对布里格斯说的全是谎话）铁床将我掀翻在地时，开始并不清楚出了什么事。那床像张斗篷一样罩在我头上，身上依旧裹得严严实实，暖融融的，一点也没伤着。这样我就没有醒来，只是稍微有点知觉，又接着睡下了。然而这响声却立刻吵醒了隔壁屋里的妈妈。她迅速得出结论：自己最担心的事情终于发生，楼上那张大床已经压到父亲身上。她尖声嚷道："快去看看你们可怜的父亲。"与她同居一室的赫尔曼闻声惊起，刚才行军床的倒坍声倒没惊醒他。他想妈妈不为什么就突然变得歇斯底里起来。"妈妈，你没事。"他大喝一声，想使她平静下来。他俩就这样对喊了十秒钟："去看看你们可怜的父亲。""你没事。"这一来又吵醒了布里格斯。乱到这种程度，我还只是朦胧地觉察出大概发生了什么情况，但还未意识到我是躺在床下，而不是在床上。布里格斯在一片惊恐不安的叫嚷声中醒来，立即想到自己已经气息奄奄，大伙儿正全力以赴抢救，好使他"缓过气来"。他咕哝一声，一把抓过床头的那杯樟脑油，也顾不上嗅了，干脆兜头浇下，霎时屋里到处弥漫着樟脑的气味。

"呃！呃！"布里格斯尝够了刺鼻的樟脑油，气没缓过来，反倒差点停止了呼吸，像个呛得要死的溺水者一样咳个不停。他一骨碌跳下床，朝敞开的窗户摸去，孰料碰到一扇紧闭的窗户。他挥手一击，我听见碎玻璃叮叮当当落在下面的小路上。这时，我想立起身，才恍惚觉得床扣在头顶上！我睡得晕晕乎乎，也和布里格斯一样，以为这闹哄哄的声音，是人们正发疯似的想将我救出这前所未闻的险境。我扯开嗓子叫唤："救我出去！""救我出去！"当时有一种身陷矿井、苦不得脱的梦魇般的感觉。"呃！"尝够了樟脑的布里格斯还在咳呢！

这时，妈妈仍在大喊大叫，赫尔曼尾随其后，也同样嚷个不停。她想打开阁楼门，冲进去将父亲的身体从床板碎块中拖出来。门关死了，敲不开，她使劲拽门，毫不见效，反倒引得上上下下捶门砸窗，乱作一团。罗伊和狗也都起来了。一个大声问情况，另一个则猖猖狂吠。

爸爸远离出事地点，又睡得死沉，好半天才给砸门声吵醒。他断定家里是着了火。

"我来了！""我来了！"他拖着慢吞吞的、睡意蒙眬的腔调——好半天才缓过气来。妈妈还以为他压在床底动弹不得，而且从一声"我来了"中，听出一个行将去见上帝的人那种凄凉、哀婉的语气。

"他马上要断气了！"她又嚷起来。

"我没事！"布里格斯大声安慰妈妈。他还以为妈妈急成这样，皆因自己刚才濒临死亡所致。我总算找到电灯开关，拉开门，和布里格斯一起来到门口，其他人都在那里。狗平素讨厌布里格斯，迎面朝他扑去——想当然地以为不管出什么事，他都是罪魁祸首——罗伊不得不喝住它。我们听见爸爸在楼上爬下床，罗伊猛地拉开阁楼门，爸爸走下楼梯，睡眼惺忪，怒容满面，但却安然无恙。妈妈见到他就流下眼泪。莱克斯一阵嗥叫。

"这里到底出了什么事？"爸爸问道。

事情的来龙去脉终于给弄清楚了。爸爸由于到处赤足乱走，患了感冒，其他倒没什么。一向能从坏事中看到好的一面的妈妈对我们说："幸好你祖父不在这里。"

（朱建迅　译）

# 海明威

欧内斯特·米勒·海明威（1899—1961），著名美国作家，
代表作有《太阳照样升起》《永别了，武器》《老人与海》等。1954年获诺贝尔文学奖。

## ※ 塞纳人

　　从雷蒙红衣主教大街顶端往下走到河边有许多路。最近的一条是垂直下行到街上，但这条路比较险阻。当你到达平坦区域，越过车如潮涌的圣·日尔芒大街后，就来到一个没有生气的地方。这里有一段荒凉的弯曲的河岸，右边便是酒市场，它不像巴黎的其他任何市场，不过是一个免税仓库，这里储存着不交税的酒，仓库外面阴森晦暗，像一座监狱。

越过塞纳河的支流便是圣·路易岛，它有着狭窄的街道和古老高大漂亮的房屋。你横过这里或者向右拐，沿着圣·路易岛的一段码头走去，对面便是圣母院和城市岛。

在码头旁边的书摊上你有时可以发现一些刚出版的美国书籍，价钱很便宜。那时候银环饭店会腾出几间房子以优惠价格租给它的常客，如果这些客人走时留下一些书，侍者便把这些书卖给离码头不远的一个书摊，你花几个法郎就可以从摊主手中买到这些书。女摊主对用英文写的书不感兴趣，你几乎不花什么钱就可买到它们，她实行薄利多销。

"它们当中有好书吗？"当我与女摊主成为朋友后她问我。

"有时有一两本书是好的。"

"你能确定哪一本是好的吗？"

"我读了它们后才能确定。"

"这是一种赌博，有多少人能够读英文书？"

"请你为我留下这些书吧，让我大致看一看。"

"不。我不能留。你不常经过这儿。你好长时间才来一次。我必须尽可能快地把它们卖掉，没有人肯定它们毫无价值，如果它们果真毫无价值，我绝不会卖。"

"你如何识别一本有价值的法文书？"

"首先要有图片，其次是图片的质量要好，然后是装订。如果一本书好，它的主人一定会把它装订得很精美。所有的英文书都装订过，但装订得糟透了，简直没法评价它们。"

从这个靠近银环饭店的书摊往前，直到奥古斯丁码头，中间再没有出售美国书和英国书的书摊。一直到伏尔泰码头才有几家。它们出售从左岸的旅馆特别是伏尔泰旅馆职工收购来的书籍。伏尔泰旅馆的客人比其他旅馆的客人富裕得多。有一天我问另一位女摊主朋友，这些书的主人是否卖书。

"不，"她说道，"它们全是被扔掉的，因而人们认为它们不值钱。"

"朋友们把这些书送给大家在船上读。"

"毫无疑问，"她说，"他们一定在船上丢下很多书。"

"是这样。"我说，"运输公司收集保存并且装订了这些书，成为船上的图书馆。"

"这是明智的，"她说，"至少它们的装订精良。现在这样一本书很值钱。"

当我工作完毕或者思索一件事情时，我便沿着码头散步。在第九桥下面和城市岛的头部立着亨利四世的雕像，小岛的终点像一个锐利的船首。在水边有一个小公园，园中的栗树张开巨大的伞盖。塞纳河流经这儿，这儿有一些钓鱼的好去处。垂钓的好地方随着河岸的高度相应变化，钓鱼人使用长的连接的钓竿，优质的蚊钩，轻便的齿轮和翎毛浮标，他们熟练地在这片水域引诱着鱼儿。他们总是能钓到一些鱼的，常常钓到的是钩鱼，有些像美国的绦鱼。要是将钩鱼整条地烤熟，味道肥而鲜嫩，甚至比沙丁鱼还好，又不那么油腻，有时，我能吃一大盘。

吃这种鱼的最好场所是一家建筑在河上的露天餐馆，位于麦东低地，名叫神奇鱼店。我们有钱外出旅行时就上那儿去。这地方在莫泊桑的一篇小说中出现过。从这里俯视河面，宛如西斯尼所绘的图画一般。你要是嫌远，你可以在圣·路易岛吃一顿美味的油炸鱼。

我知道有几个人经常在从圣·路易岛到老风流广场这段水产丰盛的塞纳河钓鱼。在天气晴朗的日子，有时，我会买一立升酒、一片面包和几根香肠，坐在阳光下读我带来的书，一面观看钓鱼。

旅游作家描写的塞纳河钓鱼人都是狂热的，而且一条鱼也钓不到。然而事实上钓鱼是很严肃的，收获甚丰。大多数钓鱼人有一笔小小的退休金，虽然由于通货膨胀，退休金已大大贬值，还有一些精明的钓鱼人是在休息天来钓一天或半天。在夏朗东钓鱼是最好不过了，马奈河在这里从巴黎两侧流入塞纳河。当然，在巴黎钓鱼也是挺不错的。我不钓鱼，因为我没有渔具。此外，还因为我不知道我的工作何时完毕，何时将要离开，我不想卷入这有着旺季和淡季的钓鱼群。但我紧跟着它，知道钓鱼是饶有兴趣和有益的，当我看到在城市中有人正当严肃地从事钓鱼，而且带着几条炸鱼回家，我非常高兴。

只要有钓鱼人和沸腾的生活，有拖着一长串的驳船，有河边石岸上的巨大榆树、还有白杨树，我在河边就不会感到孤独。当你看到塞纳城有这样多树木，你会感到春天在日益临近，直到温暖的风会把它在一个早上突然带来。有时一阵寒冷的倾盆大雨又会把春天打回去，使人感到春天似乎再不会到来，你好像丧失了生命的一个季节。这是巴黎唯一的阴郁时期。但是春天总会有的,因为河流在冰冻之后又会奔流。

# ※ 不散的筵席

秋天一过,恶劣的天气就到来了。在夜间我们必须关上窗户以防备寒风苦雨。龚特加伯广场树木上的叶儿在风雨中零落了,树叶躺在地上,浸泡在雨水中。风雨吹打着终点站上的绿色大型公共汽车。业余艺术家咖啡馆里挤满了人,窗户上因热气和烟蒙上一层雾。这是一个糟透了的经营不善的咖啡馆,这个地区的酒徒都聚在这里,我却躲开它,不愿闻那肮脏人体散发的气味和醉酒的酸味。常来这里的男女顾客畅饮终日,或者倾囊一醉。大多数人买半立升或一立升酒。有许多奇怪的开胃酒的广告,但很少有人买得起它们,除非建立一个基金会资助他们饮酒。女酒徒被称为Poisotte,意思是女醉鬼。

穆斐达尔路的化粪池就在业余艺术家咖啡馆旁边,这是一条狭窄拥挤的商业街,通往龚特加伯广场。化粪池的清除工作是在夜间进行的,用水泵把粪灌入马拉的罐车。在夏天,窗户大开着,我们会听到水泵的响声,闻到那股恶臭味。这些罐车涂上棕色或橘黄色,当它们在月光下在雷蒙红衣主教大街工作时,它们的马拉圆筒很像一幅布拉克的绘画。咖啡馆里张贴着禁止公众酗酒的告示,上面列出惩罚的法律条文,但顾客们却置若罔闻,照样饮酒作乐,发出难闻的气味。

这座城市的一切愁惨景象随着冬日冰凉的雨而突然来临,当你在街上行走时,再也看不到白色高楼的顶端,看到的只是漆黑的街道,关了门的小商店,药草店、文具店、报摊、二流医院以及魏尔伦在这里死去的旅馆,我在它的顶层租了一间房子,在其中工作。

到达顶层要经过六或八段阶梯。天气很冷,我知道一捆小树枝的价值,我必须买三包半根铅笔长的松树和一捆半干的硬木,用来劈柴、生火取暖。我走到这条街的远处一端,仰视雨中的屋顶,看看我的烟囱是否在冒烟。没有烟,我想到烟囱一定是冰冷的，它不能通风，房间里可能充满了烟，浪费了燃料和金钱，我这样想着，在雨中行走着。我经过亨利第四中学，古老的圣·厄第安·都·蒙教堂和万神庙广场，拐入右面躲雨，最后到达圣·米歇大街的背风面。经过克鲁尼和圣·日尔芒大街，来到圣·米歇广场的一家上等咖啡馆。

这是一家舒适的咖啡馆，温暖，干净，友好待客。我把我的旧雨衣挂在衣架上晾着，把旧绒帽也挂在衣架上，然后要了一杯牛奶咖啡。侍者把它送来后，我便从大衣口袋里掏出笔记本和一枝铅笔开始写作。我现在写的是发生在密执安的事，故事中的天气也像现在那样，是一个暴风雨的寒冷的日子，从童年、少年和青年时代我就目睹了秋末的萧条气象，在这里写我会觉得比另一个地方写得更好。我想这或许可以叫作移植自己，它对人和其他生物是同样需要的。在故事里面，男孩们正在酗饮，这使我也渴了，便要了一杯圣·詹姆士甜酒，在寒冷的日子里，它的味道好极了，我继续写作，感觉良好，甜酒温暖了我的全身和我的精神。

一个姑娘走进咖啡馆，坐在临窗的一张桌子旁。她非常漂亮，脸蛋鲜嫩，她的头发黑得像乌鸦的翅膀，剪成锐角斜掠在两颊。

我瞧着她，她使我心神不宁，十分激动，我打算把她写入故事中，但她却坐在门口注视着街道，我知道她是在等人，于是我继续写作。

我又要了一杯圣·詹姆士甜酒，当我抬起头来，或者当我用铅笔刀削铅笔，卷曲的削屑落入茶托，我便注视着她。

我见到你了，美人，现在你属于我，不论你在等候谁，而且即使我再也见不到你，你属于我，整个巴黎属于我，我属于这个笔记本和这支铅笔。

我继续写作，进入故事，神迷其中。我头也不抬，既不知道什么时间，也不知道我身在何方，也不再要更多的圣·詹姆士甜酒。我已厌倦了圣·詹姆士甜酒，不再想到它。故事写完了，我非常疲倦。我读着最后一章，然后抬起头来寻找那个姑娘，她已经走了，我希望她是同一位英俊的男子汉走的，但我感到一阵惆怅。

我把故事合在笔记本里，放进内衣口袋，向侍者要了一盘牡蛎和半瓶白干酒。在写完一个故事后我总是感到空虚，好像我在求爱。既忧愁又幸福，我相信这是一个很好的故事，虽然在明天读完它以前我不知道它是否真正好。

我吃着海味浓烈的牡蛎，它那淡淡的金属味被冰凉的白酒冲洗掉了，只留下海味和多液汁的肌肉，我吮吸着每个贝壳里的凉汁，用酒的烈味冲洗着它。我失去了空虚的感觉，开始感到幸福。我筹划着……

巴黎恶劣的天气现在已经来临，我想与妻子一起短暂离开巴黎到外地去。那里不是下雨而是下雪，雪花穿过松林，铺满道路和高高的山坡，每当夜晚信步回家，我们可以听到它的吱吱声。在勒萨旺山下有一家租金便宜的农舍，在那里我们可以一起读书，夜间一块躺在温暖的床上，打开窗户眺望明亮的星星。这就是我们能去的地方。坐三等车旅行并不昂贵。房租比巴黎贵不了多少。

我想退掉旅馆中那间进行写作的房子，在雷蒙红衣主教大街74号只要付极少的一点房租。我为多伦多写了一些新闻报道，所得的稿酬已经来了。我可以在任何地方，在任何情况下写这些东西，我们有钱去旅行。

离开巴黎就可以写巴黎，正如我在巴黎可以写密执安。不过，我不知道现在写是否为时太早，因为我对巴黎还不大熟悉。但最后还是写出来了。如果我的妻子想到外地去，那么，无论如何我们得走。

我吃完牡蛎，饮完酒，在咖啡馆付清了账，便冒雨走捷径上圣·日内维弗山，回到山顶的住室。

"我认为它妙极了，"我的妻子说道。她有一副美丽的模特儿面孔，她的眼睛和微笑照亮了我即将作出的决断，如同一份厚礼。"我们什么时候离开？"

"你想什么时候离开，就什么时候离开。"

"呵，我想马上走，你不知道吗？"

"我们回来时天气可能晴了，晴朗而寒冷，那多么好。"

"我相信它会这样，"她说道，"你不是也正在想走吗？"

# 川端康成

川端康成（1899—1972），日本著名小说家，1968年获诺贝尔文学奖，其代表作品有《雪国》《伊豆的舞女》。

## ※ 哀愁

最近妻子开始学声乐，此刻还在客厅里放声歌唱。歌声移荡。她大概是一面扫除，一面歌唱吧。我有点惊讶，不由想道：初学唱到这般程度确是不错了。在妻子来说，这是美妙的歌声。年轻的女声之圆润甜美，确实让人听后心情舒畅……在舒畅之中，我醒过来了。歌声还继续传送过来。

过了片刻，我才知道原来不是妻子在歌唱。

　　我躺在床上呼唤家人，询问歌声是从家里的收音机还是邻居的留声机传送来的呢？妻子在茶室里答道：那是海滨浴场举办唱片欣赏会呐。她还说：每天都在播放，你不知道吗？我苦笑了，可心情依然十分舒畅。我又听了一会儿。不久，传来了一阵像往常那种腔调的流行歌声，使我为之扫兴，便起床了。

　　时过晌午了。

　　听到歌声的时候，我大概还是半醒半睡状态吧。是歌声逐渐把我唤醒的。然而，我的脑子还在活动，觉得那歌声是从家中传来的。于是，我就做了妻子在学声乐的梦。

　　我是经常梦见妻子的。

　　另外，我习惯于伏案写作至凌晨四点，再躺在床上读上一两个小时的书，然后把挡雨板打开，让晨风吹拂进来，这样很快便入眠了。近来天气炎热，晌午醒来，觉得非常郁闷。

　　今天好歹听见歌声，心情舒畅，就起床了。仿佛泛起一种幸福感。我抱着幸福的舒畅心情，想起了自己难道不是幸福的人吗？

　　我的梦，作为音乐的梦，是极其稚幼的。就文学来说，不可能做这样的梦。我虽不时在做读书或写作的梦，可是醒过来后，常常对自己的梦感到惊愕。吴清源曾对我说：梦中想到很有意思的一手，醒来就试下了这一手。我在梦中写作，似乎比醒来在现实中写作更富有美感。因此，一觉醒来，颇感惊奇。自己感到慰藉，莫非自己内心还有可以汲取的源泉？同时自己也感到哀伤，归根结底自己基本上掌握不了人生的长河。诸如在梦中写作，本来就是荒诞无稽。但也不能断言就看不见裸体的灵魂在翱翔的风姿。不用说，结集在生活里的悲惨和丑怪，甚至还纠缠在梦中。

　　就算我对音乐有点兴趣，但隐约听见海水浴场演奏的流行歌，也不感到舒畅。我不懂音乐。我到了这般年龄，曾有这样的思虑：莫非我这一生不懂得音乐的美就了结？我也曾想过：为了熟悉音乐，哪怕付出任何代价也在所不惜。这句话有点夸张，不过由兴趣和爱好所体会到的美是有限的。接触到一种美，也是命中的因缘。我渐渐痛切地感到：我短暂的一生，懂得的美是极其肤浅的。偶尔也寻思：一个艺术家一生创造的美，究竟能达到什么限度呢？

　　比如，一个画商就是带来一幅画，倘使我感到是一种缘分，那就是幸福。

然而我不能汲取这幅画的美，这是可悲的。这幅画也许会发问：究竟会不会喜逢某人能全部摄取自己所具的美呢？为这幅画设想，就会被一种不得要领的疑惑所捕捉。

当然，昂贵的名画是不会送到我们这里来的。再说我也无缘邂逅满意的画。不过，在自己家里看到的画中，浦上玉堂和思琴的画给我留下了深刻的印象。两件都是小品，我没有买下来。

正如不懂音乐一样，我也不懂美术。我不认为自己不具备理解美术的素质和能力，只想把这归之为看到的佳作不多，自愧素养不够。但我在很久以前就发现自己这种不甘示弱的阴暗心影了。

就算没有达到姐妹艺术的程度，我的职业——文学领域实际上也是类似的。我自己懂得的、并心安理得地干的就只有小说一种。小说也由于时代和民族的不同，已经变得不易理解透彻了。谈到诗歌，就是对同一时代、同一国家的挚友的作品，也难以确切鉴赏，所以我没写过诗歌评论。如今回顾一下，小说是不是就可以普遍观察到了呢？这是一个疑问。所谓可以普遍观察，是任何人也无法办到的。就小说而言，只能说我的目光并不远大。

我年近五旬，做这番感叹，伴随而来的是一阵冰冷的恐怖感。

自然，我这种感叹并非始自今日。我认识到自己这种缺陷也已有相当年头，而且还找到了遁词。就是说，我从事艺术这行，就是不甚明了的事我也能使自己明白。也许我不知道，观察自然和人生往往是不甚明了的，这同艺术没有什么关系。于是，我渐渐懂得对事物不甚明了，本身就是一种幸福。

这种遁词当然十分幼稚，有点文过饰非。有时事情越明了就会变得越不明了，倘使这句话作为某人的一种说词，那是有意义的。然而对于面对不明了而徘徊的我来说，这不过是一种遁词而已。我对不懂艺术并不感到幸福，可对不懂自然和人生却感到幸福，这是事实。这种说法，恐怕也含有任意的飞跃吧。姑且把它作为一种事实好了。有时我对作为一位作家的这种不安和犹豫也感到是某种生活上的安定和满足。这也不能随便把他说成是丧失信心的弱音吧。

战争期间，尤其是战败以后，日本人没有能力感受真正的悲剧和不幸。我过去的这种想法现在变得更加强烈了。所谓没有能力感受，恐怕也就是没有能够感受的实体吧。

战败后，我一味回归到日本自古以来的悲哀之中。我不相信战后的世相和风俗，或许也不相信现实的东西。

我仿佛远离了近代小说的根基——写实。也许从来就是如此。

先前我读罢织田作之助的《土曜夫人》，试图修改拙作《虹》，发现它们有惊人的相似之处，甚是惊讶。这不就是同样的悲哀的原流吗？就《土曜夫人》来说，含有一种追逼自己的阴郁的力量。这是作者的多么悲哀的心曲啊。这种悲哀，同我悼念作者之死的悲哀合流在一起了。

战争期间，我常常在往返东京的电车上和灯火管制下的卧铺上，阅读从前的《湖月抄本源氏物语》。我这才想起，在昏暗的灯光下和摇晃的车厢里阅读小铅字，会弄坏眼睛。而且，那时多少也掺杂着对时势的反抗和讽刺。在横须贺线沿线的战争色彩日渐浓重的情况下，阅读古本线装的王朝恋爱故事，虽有点滑稽可笑，可是没有哪位乘客发觉我这种与时代龃龉的举动。有时候我甚至要笑自己：万一途中遭到空袭受了伤，说不定这结实的日本纸对抑制伤痛会起点作用呢。

就这样，我把这部长篇小说读了差不多一半，即读到二十三回的时候，日本投降了。但是，这种阅读《源氏物语》的妙法，却给我留下了深刻的印象。我觉察自己在电车里常常读《源氏物语》而心旷神怡和陶醉时，不免有点震惊。那时节，战争受害者和疏散者都带着行李上车，车上笼上一种惧怕空袭的气氛，和不规则地流动着一股焦臭的气味。单是这种电车和自我的不协调，就让我愕然了。然而使我更惊愕的是：上千年前的文学和自己却是如此融洽无间。

我早在中学时代就开始读点《源氏物语》。我想，它给我留下了影响。尔后也断断续续地读过，却没有像这回如此专心和喜爱。我也想过，这是不是因为读假名抄写的古本线装的缘故呢？我试读铅印小字本作了比较，味道的确是天渊之别。也许还有由于战争的缘故吧。

但是，更直接的原因，是《源氏物语》和我都在同一的心潮中荡漾，我在这种境界中忘却了一切。我思念日本，也考虑自己。在那样的电车车厢里，我翻开了古本线装书，这种举动多少有点骄矜，令人讨厌，结果招来了意外。

那时候，我反而收到不少在异国的军人寄来的慰问信。也有一些是不相识的人。书信内容大致相同，他们偶尔读了我的作品，泛起了乡愁，向我表示谢意和好感。我的作品让他们思念起日本来了。这种乡愁，我在《源氏物语》中也感受到了。

有时候，我也曾这样想过：《源氏物语》写了藤原氏的灭亡，也写了平氏、北条氏、足利氏、德川氏的灭亡，至少可以说这些人物的衰亡并非同这一故事无缘吧。

虽然与此是另一回事，这次战争期间和战败以后，日本人的心潮中潜藏着《源氏物语》的哀伤，绝不在少数吧。

《土曜夫人》的悲哀也好，《源氏物语》的哀伤也好，这种悲哀和哀伤本身融化了日本式的安慰和解救。这种悲哀和哀伤的本质，与西方式裸露相对，不能等同，我没有经历过西方式的悲痛和苦恼。我在日本也没有见过西方式的虚无和颓废。

浦上玉堂和思琴的小品之所以印在我的心上，也还是由于这种悲哀的缘故。

玉堂画的，是秋天黄昏杂树林中的鸦群。他使用的红色，和思琴的一样，都流露出哀伤的情调。不过，这是淡淡的、昏暗的杂树的红叶，同苍茫的暮色融会在一起，渐渐阴沉下来，画面上笼罩着一种深沉的悲哀和寂寞的情调。这就是日本晚秋的孤寂景象。除了杂树和鸦群之外，什么也没有下笔。只有比较精细地画出了跟前的一棵大树。各各部分都洋溢着森林写生的气氛，几乎没有南画式的习惯画法，一种自然的情趣渗进了观赏者的心田。令人感到林子对面好像有一溪流水。画面像是清澈的秋日，却飘逸出湿润的空气，大概是夜露的冰凉吧。这幅画画的是，秋天天擦黑，一个旅人路过原野尽头和山脊，充满了旅愁。气氛没有《冻云筛雪图》那样冰凉，当然也没有那样和蔼。如果说《冻云筛雪图》是画严冬的冷酷，那么《森林鸦群图》则是画秋天的严峻。尽管画了秋天的哀愁和寂寥，多少带点感伤，但日本的大自然确实是这派景象。那是没办法的。这大概是玉堂晚年所作的吧。那时候，他手抱琴子四处流浪。我查阅了年谱，才知道那是他四十开外画的。我不胜惊叹：四十岁人能画出这样的画吗？看起来是出自年轻人之手的。也许是我不懂画的缘故吧。假使我持有这幅画，在秋天工作到夜深，苦恼之余观赏一番，必定会感到万分悲哀与寂寞。这并不意味着伤心或情绪低沉，而只是远远地目送着我的宿命之流。（我写了这篇文章，才得到《冻云筛雪图》，真迹并不像从照片上看到的那样"严峻"。）

思琴画的，是一张少女的脸。双手里拿着许多暗淡的小品。那是一张凄凉的、寒碜的、哭丧的、带病的脸。细看，悲是哀切的、爱是深沉的。现出了一张纯真而可怜的脸。

玉堂的画，我也只看过少许。思琴的画，我仅看了这一幅。而且是极小的一幅，也不知是什么时候的作品。光凭这幅画就来谈思琴，太不像话了。不过画过这幅画的思琴，的确牵动了我的心。也许这是一幅很好表露思琴感情的画，是先前穷极潦倒时所作的吧。同玉堂画的秋天森林的悲哀当然不同，思琴表现的少女的哀伤，使我感到意外的亲切。

去年十二月，巴黎画廊也陈列了思琴的画，据说有人曾这么写道："站在思琴的作品面前，谁也不会无动于衷。年轻画家看了他的作品，都心潮起伏，这确是很自然的事。说明他的作品明显地表现出一种几乎令人难以忍受的悲壮感。"（沙鲁尔·艾斯蒂恩奴的通信，青柳瑞穗译，刊于《欧洲》第二期。）我觉得目不忍睹的悲哀，似乎不是壮烈的。显然，思琴不是像号称法统的高茨荷或陀思妥耶夫斯基那样惊人的作家。我读了许多有关议论思琴的话，诸如狂躁、狂热、偏激、粗野、残忍、恐怖、神秘、孤独、苦恼、忧郁、混乱、腐败、病体云云。我感到这些话只不过是一种过分夸张的形容，就像在一幅画前一切皆空一样。

画这张少女脸的思琴，也许是颓废的，但却融和在朴实的悲哀之中。也许是带点道义沉沦的味道，但却在切实的哀怜之中，含有几分温馨。苦闷的孤独，也没有异教的神秘，而令人感到对肌肤的眷恋。一只眼瞎了，耳朵背了，鼻子歪了，嘴角上吊了，思琴画这样一张脸时，也使用了血色。少女留恋地活着。如果是像上述许多议论的话那样，思琴是画了许多异常强烈的画；这少女的脸，也许反映了思琴朴素灵魂的点滴，这是值得爱的。

然而，很难引起我的兴趣把它买下来。这并不是乍看显得有点粗糙的缘故，而是看了这幅画，它仿佛融和在我的悲哀思绪之中。再说，我感到玉堂画的秋景和思琴画的少女是悲哀的，也是文学性的、抒情性的；因为作为画，它并不是我最喜欢的。要是能买到西方人作的画，我还是希望要裸体女人像。

玉堂的画和思琴的画，都陈列在附近的美术商绿阴亭里，我便把它们借到我家里来，一连巧遇了两幅画，在我的心上留下了哀愁，或许这不是偶然的吧。

有关音乐的事，我一点也不写就不能善始善终。不过，我实在太困顿了。其余的话以后再叙，我从给野上彰、藤田圭雄两人的童谣集《云和郁金香》所写的序文中，引用了几句简短的话：

悲怆的摇篮曲渗透了我的灵魂。永恒的儿歌维护了我的心，日本连军歌也带着哀调。古歌的音调净是堆砌哀愁的形骸。新诗人的声音也立即融入风土的湿气之中了。

（1947年10月）

# ※ 纯真的声音

这件事，在盲人音乐家宫城道雄担任上野音乐学校教师之后不久就发生了。

"有一天，我在音乐学校让筝曲科的学生演唱了我作曲的歌。演唱者都是女子学校的毕业生，或是她们的同龄人。她们的歌声好坏另当别论，但她们的声音非常纯真，深深地拨动了我的心弦。歌词是吟咏式的。我让她们歌唱，自己恍如遨游天府聆听着仙女的合唱一样，油然生起一股难以名状的感情。我曾听过一张巴赫的声乐唱片。这张大合唱的唱片，是特地邀集少女们来演唱的。曲子虽然相同，不过有异于普通合唱，别有一番风味。我曾被那些演唱所打动。当时我心里想：今后试写一曲，把少女们的声音也写进去。"

这是洋溢着美好实感的语言。宫城把这篇文章命题为《纯真的声音》。这时他双目失明，他的喜悦就显得更加纯真。这点我们也是十分了解的。他把自己的歌曲当作是天府仙女们的合唱，听得入迷，内心感到清净、幸福，以致达到了忘我的境地。诚然，这时辰是无比纯洁的。

我们不是音乐家，可是听了少女的"纯真的声音"，也想闭上眼睛，让思绪在梦境的世外桃源翱翔。这种事情，也是很少见的。我上小学时，有位比我低一班的少女，她的声音格外优美。她朗读课本，声音着实清脆悦耳。我打她的教室的窗边走过，听见了她的声音。那声音，至今仍萦绕在我的耳旁。另外，读了宫城的《纯真的声音》，使我想起了不知什么时候收音机里的一次广播，像是播放了女学生辩论大会实况，就是说逐个播放了少女们的简短的演说。她们是由东京几家女校选派的，每校一人。反正都是少女的事，语言稚嫩，内容肤浅，朗读语调大多似鹦鹉学舌。当然这不是唱歌。对女学生的声音之优美，我只是感到惊讶。它洋溢着蓬勃的朝气。比起我眼前见到的她们的形象来，这种朝气更能使我感受到少女青春的活力。犹如双目失明的人只听见声音一样。我想，倘使多播放几次既不是音乐也不是戏剧而是少女日常的"纯真的声音"，那该多好啊。论幼儿的声音，还得数西方幼儿的声音甜美。记得有一回在帝国饭店，再不就是夏天在镰仓的饭店，一听到西方幼儿呼唤母亲的声音，我仿佛吸吮着母亲的乳房，又回到幼稚和童年了。

少女们和儿童们的合唱之甜美，在舒伯特的音乐片《未完成的交响乐》中早已为广大群众所熟悉。特别合唱又当别论，作为独唱声乐家，少女或者处女首先就很难是卓越的。因为她们的声音不够圆润和浑厚。这不仅限于音乐。在所有艺术领域里，处女是被别人歌颂的，而她们自己却不能歌唱。戏剧也是如此。成年的女性或非女性的男性，反而可以表演或描写处女的纯洁，这似乎是可悲的。可是，只要想到一切艺术都不过是人走向成熟的道路，那就不用悲叹了。当今日本社会许多方面都阻碍着女艺术家的成长，这才是应该悲叹的……我一边写一边回忆起那位法兰西中年妇女鲁涅·舒美艾，因为我听过她同宫城的合奏。她有粗壮的脖子，厚实的胸脯，以及像拳击家或大力士般的胳膊，野兽般的威武。

在一篇小说里，我这样描述了当时的印象：

"第二部分节目一启幕，只见舞台里边围着金色的屏风，安放在台前的是一只色彩柔和的桐木制七弦琴，而不是冰凉的充满力感的巨型钢琴。舒美艾将宫城道雄作曲的《春之海》里的尺八旋律，改编成小提琴曲，并在原作曲者的琴声伴奏下，演奏了小提琴。

"真没想到今晚一位国际知名的音乐家会和一位日本的天才音乐家同台演出。他们当中，一位曾每天从法国穷乡僻壤矫健地徒步八英里，去音乐教师家里学习；一位七岁就双目失明，为维持一家贫困的生活，十四岁时流落朝鲜京城，当了琴师。他们两人超越了种族和性别的界限，彼此共鸣，少有地用东西方两种琴和谐地合奏。光是看到他们两人——一人身穿带家徽的黑色日本礼服，一人身穿黑色西式礼服——有舞台上出现，就会深受感动。掌声四起，这是理所当然的。"

据说合奏的曲子是描写海浪声、摇橹声、翱翔的海鸥、明朗春天的海洋。而且西住（小说中的人物）也在内心世界里描绘了春之海。听着小提琴声送出的甜美清晰的日本旋律，他不禁回忆起初恋时那段纯真的感情。实际上，他未曾见过这样的少女，然而日本式的少女的幻影却浮现在他的脑海里，使他沉湎在童心纯洁的梦境中。

有时小提琴声听起来就像尺八声，有时七弦琴声又像钢琴声，合奏者如此协调，达到了天衣无缝的地步。

在鲁涅壮实的胳膊下，道雄那瘦小的指头，恍如神经质的小虫在细小的琴弦上颤动。

"简直是男女颠倒过来了。"西住喃喃自语。确实，演奏结束之后，他们接受献花、谢幕。退场时，这两人也好像是骑士和病弱的少女似的，由法国女郎照拂着日本盲人音乐家。

就连道雄也高兴得无以名状，他全然看不见形象，只是听到声音，脸上却泛起这种人特有的温柔而安详的微笑，而微笑中洋溢着一种盲人的虚幻和日本人的谦恭的气氛。她粗壮的手牵着他瘦弱的手，她壮实的胳膊搂着他微向前倾的细小的肩膀。他迈着无力的脚步。人们看到这般模样，心里不免涌出一股像是日本古琴声似的哀愁。

而且在鲁涅那男子般的姿态和道雄那女子般的体形中，没有什么令人厌恶的地方，这是达到高度艺术境界的人所表现出来的美妙的和谐，这加倍地引起听众对音乐的兴致，场上响起了经久不息的暴风雨般的欢呼声。

当然，谢幕再演的还是《春之海》。这回鲁涅退居配角，她亲自牵着盲乐师的手出现在舞台上，让他坐在七弦琴前。

有的听众感动得落泪了。这时宫城露出了纯真的喜悦，可以说这确是艺术家的幸福。宫城本人也在《春之海》这篇文章中提到："我不管离开多么遥远，艺术的精神始终不变。这使我感到非常高兴。"这篇文章透露，舒美艾在回法国之后，也说过她做了一件很好的工作。她爱听日本的七弦琴，请宫城弹了几曲，其中尤其喜爱《春之海》；一夜之间她改编成小提琴曲，翌日就造访了原作曲者，给原作曲者演奏了。宫城说："一次就表现出符合我心意的感情了。尽管语言不通，但舒美艾和我是心心相印的。"舒美艾希望将这支曲子作为礼物留在日本，因此灌了唱片，我也曾看过两三次以这张唱片伴奏的舞蹈表演。

可是，为了宫城的名誉，我现在打算重新修改我的小说中的印象记，因为实际的宫城，用"病弱的少女"或"日本古琴声似的哀愁"之类的形容是概括不了的。在泰国舞蹈团访日演出的开幕式上，我第一次在近处看见了宫城。他那纤细而神经质的姿态，表现出一种意想不到的坚强的气派。与他和舒美艾并肩在舞台上表演时，给人的印象迥然不同。

当晚泰国驻日公使举办了晚会，秩父宫、高松宫和其他皇族都莅临了。贵妃殿下带着花束光临，大概是为了对远方来的舞蹈演员表示一点心意吧。以国务大臣为首的朝野知名人士也来了，然而会场上没有戒备森严的样子。我辈很少有机会出席这种场面，不免产生了这种想法：映入人们眼帘的，冈田首相的脑袋同青芋一模一样，是个老实人的派头；而林陆军大臣的面孔则比照片上的面孔显得更加和颜悦色，这是颇有意思的。倘使他们对待本国的艺术家也如此敬重，那该多令人高兴啊。泰国舞蹈团的舞蹈演员们大多是少女，与我国女学生年龄相仿。

要发扬泰国的舞蹈传统，还得下一番工夫。她们的体态也像我国的少女，不过显得更加纤弱罢了。总而言之，很是可怜。如果说少女的声音是"纯真的声音"，那么少女的形体可以说是"纯真的形体"了吧。表现全身功夫的舞蹈，尤其是赤身露体的西方舞蹈，就是这种"纯真的形体"美。它是巨大的令人感动的源泉。说舞蹈极大限度地表现了女性美，也不是没有道理的。只要女性的最高生命是形体美，那么舞蹈也许就应该是女性的本来愿望了。

当前，再没有什么艺术比舞蹈更直接地尊重处女的美了。然而，就是舞蹈里也有许多少女和处女，充当了不能令人十分满意的舞姬。这就是舞姬的矛盾所在，苦恼也因此而扎下了根。这姑且不说。既然有"纯真的声音"，又有"纯真的形体"，就应该有所谓的"纯真的精神"。古往今来的文学对这种精神当然是赞不绝口的。但是如果认为在少女或年轻姑娘当中，几乎没有优秀的作家，那么，不仅是女性，就是我们男子也会感到遗憾的。女学生无论作为诗人或作为散文家，为什么还不及小学女生呢？首先，少女的歌唱，声音这样优美，这样"纯真"；少女的舞蹈，形体这样优美，这样"纯真"，在文学上这是看不到的。

一般来说，女性比男性擅长写信。女子的信远比男子的信更容易流露直率的感情，它是生动的、有血有肉的。就是写人物，女子要比男子更能亲自捕捉人物的印象，很多时候更能畅通无阻地靠近她所描写的人物。我认为这就是女子的难能可贵之处。读了无名的年轻女子的小说，我感到越写得拙劣就越显出这女子的可贵。这可能就是"纯真的精神"的表现吧。对女性来说，也许少女的纯洁和艺术的关系，是一个难以处理的问题。

（1935年7月）

# ※ 临终的眼

那年夏天，竹久梦二为了在榛名湖畔兴建别墅，还是到伊香保温泉来了。前几天，在古贺春江的头七晚上，我们从深受今日妇女欢迎的插图画家开始品评，不知不觉地畅谈起往事，大家也就热情地缅怀起梦二来了。正如席间画家栗原信所说的，不管怎么说，无论是作为明治到大正初期的风俗画家，还是作为情调画家，梦二都是相当卓越的。他的画不仅感染了少女，也感染了青少年，乃至上了年纪的男人。近年来，他蜚声画坛，恐怕是其他插图画家所望尘莫及的。梦二的绘画，无疑也同梦二一起随着岁月的流逝而变化。我少年时代的理想，总是同梦二联系在一起。我很难想象出衰老了的梦二的尊容，无怪乎在伊香保第一次见到梦二时，他的相貌出乎我的意料之外。

梦二原是一位颓废派画家。他的颓废促使他的身心早衰，样子令人目不忍睹。颓废似乎是通向神的相反方向，其实是捷径。我若能亲眼见到这位颓废早衰的艺术大师，恐怕我对他会更加感到难过的吧。这样的形象，不但在小说家中罕见，就是在日本作家中似乎也是绝无仅有的。

以往梦二给我这样模模糊糊的印象：他的形象是美好的，他的经历说明他走过的绘画道路并不平坦。作为一个艺术家，这种不幸也许是不可挽回，然而作为一个人，则也许是幸福的。当然，这种说法并不正确。虽然不能用这种暧昧的语言加以搪塞，但是差不多就妥协算了。

我现在也感到，凡事不要放在心上，还是随和些好。我觉得人对死比对生要更了解才能活下去。因为企图"通过女性同人性和解"，才发生了斯特林堡（瑞典作家。他的私生活复杂而不幸，有过三次婚姻挫折，心灵屡受创伤，一度精神失常）的恋爱悲剧。正如不好去劝说所有夫妻都离婚一样，不好勉强自己去当真诚的艺术家，这样做难道不是更明智吗？

像我们周围的人，如广津柳浪、国木田独步、德田秋声等人对待自己的孩子那样，他们自己虽然是小说家，但我并不认为他们都希望自己的孩子成为作家。我以为艺术家不是在一代人就可以造就出来的。先祖的血脉经过几代人继承下来，才能绽开一朵花。或许有些例外，不过仅调查一下日本现代作家，就会发现他们大多是世家出身。读一读妇女杂志的文章，著名女演员的境遇或者成名故事，就晓得她们都是名家的女儿，在父亲或祖父这一代家道中落。几乎没有一个姑娘是出身微贱尔后发迹的。情况竟然如此相似，不禁令人愕然。如果把电影公司那些玩偶般的女演员也当做艺术的话，那么她们的故事也未必只是为了虚荣和宣传才编造出来的。可以认为，作家的产生是继承了世家相传的艺术素养的。但是另一方面，世家的后裔一般都是体弱多病。因此也可以把作家看成是行将灭绝的血统，像残烛的火焰快燃到了尽头。这本身已经是悲剧了。不可想象作家的后裔是健壮而兴旺的。实际例子肯定比诸位想象的更能说明问题。

于是乎像正冈子规那样，纵令在死亡的痛苦中挣扎，也还依然执著地为艺术而奋斗。这是优秀的艺术家常有的事。但我丝毫也不想向他学习。倘若我面临绝症，就是对文学，我也毫不留恋。假如留恋，那只是因为文学修养还没达到排除妄念的程度吧。我孑然一身，在世上无依无靠，过着寂寥的生活，有时也嗅到死亡的气息。这是不足为奇的。回想起来，我没写过什么像样的作品，倘使有朝一日，文思洋溢，就是死也不想死了。只要心机一转，也就执著了。我甚至想过：若是没有留下任何有价值的东西，反而更能畅通无阻地通往安乐净土。我讨厌自杀的原因之一，就在于为死而死这点上。我这样写，肯定是假话。我决不可能同死亡照过面。真到那份上，直至断气之前，我也许还要写作，还会不由自主地颤动我的手。芥川龙之介死的时候，已是很有成就了，他还说："我近两年来净考虑死的问题。"另一方面他为什么写下遗书《给一个旧友的手记》呢？我有点意外。我甚至认为这封遗书是芥川之死的污点。

话又说回来，现在我一边撰写这篇文章，一边开始阅读《给一个旧友的手记》，顿时又觉得没有什么，芥川是企图说明自己是个平凡的人。果然，芥川本人在附记上也这样写道：

我阅读了恩培多克勒的传记，觉得他想把自己当做神灵，这种欲望是多么陈旧啊。我的手记，只要自己意识到，就绝不把自己当做神灵。不，是把自己当作一个极其平凡的人。你可能还记得，20年前在那棵菩提树下，咱们彼此谈论过艾特纳的恩培多克勒吧，那时候，我自己是很想成为一个神的。

但是，他在附记末尾却又这样写道：

所谓生活能力，其实不过是动物本能的异名罢了。我这个人也是一个动物。看来对食欲色欲都感到腻味，这是逐渐丧失动物的本能的反映。现今我生活的世界，是一个像冰一般透明的、又像病态一般神经质的世界。我昨晚同一个卖淫妇谈过她的薪水（！）问题，我深深感到我们人类"为生活而生活的可悲性"。人若能够自己心甘情愿地进入长眠，即使可能是不幸，但却肯定是平和的。我什么时候能够毅然自杀呢？这是个疑问。唯有大自然比持这种看法的我更美。也许你会笑我，既然热爱自然的美而又想要自杀，这样自相矛盾。然而，所谓自然的美，是在我"临终的眼"里映现出来的。

在修行僧的"冰一般透明的"世界里，燃烧线香的声音，听起来好像房子着了火；落下灰烬的声响，听起来也如同电击雷鸣。这恐怕是真实的。一切艺术的奥秘就在这只"临终的眼"吧。芥川无论作为作家还是作为一般文人，我都不那么尊敬他。这种情绪，当然也包含自己远比他年轻，觉得放心了。这样不知不觉地接近了芥川死的那年，我惊愕不已，觉得要重新认识故人，就必须封住自己的嘴。好在一方面我自愧弗如，一方面又陶醉在自己还不会死的感觉中。就是阅读芥川的随笔，也决不会停留在博览强记的骗人的恶魔世界里。他死前发表的《齿轮》，是我当时打心眼里佩服的作品。要说这是"病态的神经质的世界"，那么芥川的"临终的眼"是迄今令人感受最深的了。它让人产生一种宛如踏入疯狂境地的恐怖感觉。因此，那"临终的眼"让芥川整整思考了两年才下定决心自杀的。或者说，是隐藏在还没下定决心自杀的芥川的身心之中。这种微妙复杂的感情，似乎超过了精神病理学。可以说，芥川是豁出性命来赎买《西方人》和《齿轮》的。

横光利一在发表《机械》时，无论于己抑或于日本文学，都是划时期的杰作。我写了这样一句话："这部作品使我感到幸福，同时又使我感到一种深深的不幸。"因为在羡慕或祝福友人之前，我首先有一种莫名的不安，被闭锁在茫然的忧郁之中。我的不安大抵已经消失，他的痛苦却更加深了。

J。D。贝雷斯德的《小说的实验》中提到："我们最优秀的小说家往往就是实验家。""请各位记住：不管在散文方面，还是在韵文方面，一切规范都始于天才的作品。倘使我们已经发现了所有最好的形式，那么我们可以从伟大的作家——他们当中许多人起初都是偶像的破坏者或圣像的破坏者——的研究中，引出一种文学法则，这种法则具有更大的破坏力。这种破坏力，倘使必须假定它将被人责难成是超出传统之外的，那么我们就只好安于承认我们的文学已经停止发展了。而停止发展的东西，就是死了的东西。"（秋泽三郎、森本忠译）从这种实验出发，纵令它有点病态，却是生动而愉快的。不过，"临终的眼"可能还是一种"实验"，它大多与死的预感相通。

对"我办事绝不后悔"这句话，我也并非念念不忘，只是由于可怕的健忘，或者缺少道德心，我才抓不住后悔这个恶魔。我每每觉得事后考虑一切事物，该发生的发生了，该怎样的也就怎样了，毫无奇怪之处。也许这是神灵的巧妙安排，或是人间的悲哀。总而言之，这种想法却意外地变成天经地义的了。不管多么平凡，瞬间往往可以达到夏日漱石的"顺乎自然、去掉私心"的座右铭的境界。以死来说，看起来不易死亡的人，一旦真的死去，我们就会想到人总是要死的。优秀的艺术家在他的作品里预告死亡，这是常有的事。创作是不能以科学来剖析今天的肉体或精神的，它的可怕之处就在这里。

我有两位朋友是优秀的艺术家，我早已同他们幽明异处。那就是梶井基次郎和古贺春江。同女性之间纵令有生离，可是同艺术界的朋友之间却没有生离，而尽是死别。我同许多旧友即使中断来往，杳无音讯，或者就是闹翻了，但作为朋友，我从不曾感到失去了他们。我想写悼念梶井和古贺的文章，但我很健忘，若不向故人身边的人或向我的妻子一一探询，就刻画不出他们的具体形象来。尽管是写已故的友人的回忆录，人们也会容易相信，其实有许多事情是难以令人置信的。我倒是对小穴隆一那篇企图阐明芥川龙之介的死的文章《两张画》的内容之激烈感到惊奇。芥川也曾经这样写过："我对两三位朋友就算是没有讲过真心话，但也没有说过一次假话，因为他们也从没有说谎。"（《侏儒的话》）我并不是认为《两张画》是虚伪的，不过，从典型小说来看，作者越努力写真实就越是徒劳，反而距离典型越遥远，这种说法也不算是诡辩吧。安东·契诃夫的创作手法、詹姆斯·乔伊斯的创作手法，在不写典型这点上是毫无二致的。

瓦莱里在《普鲁斯特》一文中曾这样说过："所有文学种类，似乎都是从特殊运用语言产生的。为了告诉我们一个或几个虚构的'生命'，小说则可以广泛地运用语言的真谛。而且小说的使命，是拟定这些虚构的生命，规定时间和地点，叙述事情的发生经过。总之，是用十足的因果关系把这些东西联结起来的。

"诗，可以直接活跃我们的感官机能，在发挥听觉、拟声以及有节奏的表现过程中，准确而层次分明地把诗意联结起来。就是说，把歌作为它的极限。与此相反，小说则是要使那些普遍的不规则的期待——也就是把我们对现实所发生的事情的期待，持续地耸立在我们的内心世界里。就是说，作家们的技巧在于表现现实奇妙的演绎以及现实发生的事情，或者再现事物的普遍的演变顺序。诗的世界语言精练，形象性强，是属于纯真的体系，其本质是锁在身体的思维境界里，是非常完美的。与此相反，小说的世界，则是连幻想的东西也要连接着现实的世界，就如同接连实物绘画所装饰的图画，或者游人往来附近所接触的事物一样。

"小说家雄心勃勃地探索的对象，是'生命'和'真实'。它们的外观，是小说家的观察对象。小说家不断地把它们吸收到自己的探索中——小说家致力于不断引用能够认识的各种因素，通过真实的、任意的细节纬线，把读者的现实的存在，同作品中各种人物的虚构的存在有机地联系起来。由此，这些模拟物往往带着奇怪的生命力。它通过这种生命力，才能在我们的头脑中同真正的人物相比较。不知不觉间我们在自己的内心世界中，把所有的人都变成这些模拟物，因为我们生存的能力，就包含着能使他人也生存的能力。我们赋予这些模拟物越多的生命力，作品的价值也就越大。"（中岛健藏、佐藤正彰译）

梶井基次郎逝世已经三周年，明后天是古贺春江的四七，我还不能写这两位人物。但我绝不因此而认为他们是坏朋友。芥川在《给一个旧友的手记》里这样写道："我说不定会自杀，就像病死那样。"可以想象，假使他仔细地反复考虑有关死的问题，那么最好的结局就是病死。一个人无论怎样厌世，自杀不是开悟的办法。不管德行多高，自杀的人想要达到圣境也是遥远的。梶井和古贺虽然隐遁渡世，其实他们是雄心勃勃的，是无与伦比的好人。但他们两人，尤其是梶井，或许被恶魔附体，他们都明显地带有东方味，或者带有日本味。他们大概不希望我在他们死后写悼念他们的文章。古贺自杀已经有好几年。他平日像口头禅似的说，再没有比死更高的艺术了，死就是生，不过，这不是西方式的对死的赞美。他生于寺院，出身于宗教学校，我认为那是佛教思想深深渗入他身心的表现。古贺最后也认为病死是最好的死法。简直是返老还童，他是经过连续二十多天高烧，神志不清后才断气的，好像安息了似的。也许这是他的本意呢。

古贺对我为什么多少怀有好感呢？我不甚明白。可能是他认为我经常追求文学的新倾向、新形式，或者认为我是个求索者。他爱好新奇，关心新人，为此甚至有"魔术师"的光荣称号。若是如此，这点同古贺的画家生活是相通的。古贺立志不断以先锋派手法作画，努力完成进步的使命。他的作风，在这种思想的支配下变幻无常。可能也有人把我同他都称作"魔术师"。然而我们果真能成为"魔术师"吗？也许对方是出于蔑视吧。我被称为"魔术师"，不禁沾沾自喜。

因为我这种心中的哀叹，没有反映在不明事理的人的印象里。假使他认真想想这些事，那么他就会被我迷惑了，他是一个天真的糊涂虫。尽管如此，我并不是为了想迷惑人才玩弄"魔术"的。我太软弱了，这只不过是我在同心中的哀叹作斗争的一种表现罢了。我不知道人家会给取什么名字。猛兽般的洋鬼子，巴甫罗·毕加索姑且不说，同我一样身心都衰弱的古贺，与我不同的是，他不断完成大作、力作。不过，他难道不像我，没有悲叹掠过他的心间吗？

我不能理解超现实主义的绘画。我觉得，如果古贺那幅超现实主义的画具有古老的传统，那么大概可以认为是由于带有东方古典诗情的毛病吧。遥远的憧憬的云霞从理智的镜面飘逸而过。所谓理智的构成，理智的论理或哲学什么的，一般外行人从画面上是很难领略到的。面对古贺的画，不知怎的，我首先感到有一种遥远的憧憬，以及不断增加的隐约的空虚感。这是超越虚无的肯定。这是与童心相通的。他的画充满童话情趣的居多。这不是简单的童话，而是令童心惊愕的鲜艳的梦。这是十足的佛法。今年在二科会上展出的作品《深海情景》等，其妖艳而令人生畏的气派，抓住了人们的心，作者似乎要探索那玄妙而华丽的佛法的"深海"。同时展出的另一幅作品《马戏团一景》中的虎，看上去像猫。据说，作为这幅画的素材的哈根伯库马戏团里的虎，实际上也是那样驯服的。这样的虎，反而能抓住人们的心。虽然要根据虎群的数学式排列组合，但是作者就自己那张画不是这样说过的吗：自己不由得想要绘出那种万籁俱寂而朦朦胧胧的气氛。尽管古贺想大量吸收西欧近代的文化精神，把它融会到作品中去，但是佛法的儿歌总是在他的内心底里旋荡。在充满爽朗而美丽的童话情趣的水彩画里，也富有温柔而寂寞的情调。那古老的儿歌和我的心也是相通的。总之，我们两人也许是靠时髦的画面背后蕴涵着的古典诗情亲近起来的。对我来说，对他受波尔·克莱埃影响的那些年月所作的画理解得最快。高田力藏长期以来密切注视古贺的绘画，他在水彩画遗作展览会上说，古贺是从运用西欧的色彩开始，逐渐转到运用东方的色彩，然后又回到西欧的色彩，据说现在又企图回到东方的色彩来，就像《马戏团一景》等作品所表现出来的那样。《马戏团一景》是他的绝笔。后来他在岛兰内科的病房里，大概也只画在纸笺上了。

他住院后，几乎每天都在纸笺上作画。多时，一天竟能画10张，连大夫也都感到难以想象，他那样的身心怎么能画得这么多呢。我感到奇怪的是，他为什么要画呢？中村武罗夫、崎勤和我三人到佐佐木俊郎的家里去吊唁的时候，看见他的骨灰盒上摆着四五册他的作品集。

我情不自禁地长叹了一声。古贺春江本来就是一位水彩画家，他的水彩画具和画笔都被收入棺内了。东乡青儿看到这个就说："古贺到那个世界去，还要让他作画吗？真可怜啊。"

古贺是个文学家，尤其是个诗人。他每月都把主要的同人杂志买齐来阅读。首先，在文人学士当中，就不曾有人买过同人杂志。我相信古贺的遗诗总有一天会被世人所爱读。古贺本人爱好文学，给他带去他爱读的书，作为他在冥府的旅伴，他大概不会有意见吧。可是把画笔给他带去，对他来说或许是痛苦的。我回答东乡说："他那样爱好画画，倘使身边没有画具，他就会闲得无聊，感到寂寞的。"

东乡青儿再三写道：古贺春江也预感到死了。据说今秋他在二科会上展出的作品，阴气逼人，令人望而生畏，可见他早已预感到死亡了。我是个外行人，搞不清那样的事情，可我听到他画好了以后，就前去观赏。由于我知道古贺的病情，我一站在一百零三号力作前面，就被吓得目瞪口呆。霎时间，我甚至不敢相信了。例如，听说他画最后那幅《马戏团一景》时，就已经无力涂底彩，他的手也几乎不能握住画具，身体好像撞在画布上要同画布格斗似的，用手掌疯狂地涂抹起来，连漏画了长颈鹿的一条腿他也没有发现而且还泰然自若。那么，画出来的画为什么竟那样地静寂呢？还有，画《深海情景》时，他使用了精细的笔，可是手颤抖，不能写出工整的罗马字，名字则是由高田力藏代署的。绘画，他的手能够精细地动作；写字，他竟连粗糙的动作也活动不了。也许，这是一种超自然的力量。听说，与这幅画同一期间写的文章，也是语言支离破碎，颠三倒四的。仿佛一作完画就要和这个人世间告别似的。他探望了阔别多年的故乡，回来后就住院了。他从故乡写来的信，也让人莫名其妙。就是在医院里，除了在纸笺上画画之外，还赋诗作歌。我曾劝他的夫人把这些诗歌纂清拿去发表。夫人虽熟悉自己丈夫的字体，此时也难辨认了。据说一凝视它，想解开谜底，便会涌上一股可怜的思绪，她也就头痛了。另一方面，他在纸笺上画的画却是工整的。即使笔法渐渐零乱起来，也是规规矩矩的。后来他越来越衰弱了，在纸笺上画的名副其实的绝笔，只是涂抹了几笔色彩而已。没有成形的东西，也不知道是什么意思。到了这个地步，古贺仍然想手执画笔。就这样，在他整个生命力中，绘画的能力寿命最长，直到最后才消失。不，这种能力在遗体里也许会继续存在下去。追悼会上，有人建议是不是把他那幅绝笔的纸笺装饰起来；也有人反对，说这就像嘲笑故人的悲痛。这才作罢。就是把画具和画笔收进棺内，或许这也不算是罪过吧。对于古贺来说，绘画无疑是他摆脱苦恼的道路，说不定又是他堕入地狱的通途。所谓天赐的艺术才能，就像善恶的报应一样。

但丁写了《神曲》，他度过了悲剧的一生。据说瓦尔特·惠特曼让来客看了但丁的肖像之后说："这张脸摆脱了世俗的污秽。他变成这样一张脸，所得很多，所失也很多。"话扯得太远了。竹久梦二为了绘出个性鲜明的画，"所得很多，所失也很多"。随着联想的飞跃，不妨还提出另一个人，即石井柏亭来谈谈。在祝贺柏亭50大寿的宴席上，有岛生马致辞时，一个劲地开玩笑说："石井20不惑、30不惑、40不惑、50也不惑，恐怕从呱呱坠地的瞬间起就不惑了。"如果柏亭的画法是不惑的话，那么梦二几十年如一日的画法也是不惑吧。也许有人会笑话这种比较的突然飞跃。然而梦二的情况是，他的画风就仿佛是他前世的报应。假使把青年时代的梦二的画看做是"漂泊的少女"，那么现在梦二的画也许就是"无家可归的老人"了。这又是作家应该悟到的命运。虽说梦二的乐观毁灭了梦二，但是也挽救了梦二。我在伊香保见到的梦二已是白发苍苍，肌肉也松弛了。看上去他是个颓唐早衰的人，同时看他的眼睛又觉得他确实是很年轻。

就是这位梦二偕同女学生到高原去摘花草，快乐地尽情游玩。还为少女绘制画册。这不愧是梦二的风格。我看到这位禀性难移的、显得年轻的老人，这位幸福而又不幸的画家，很是高兴，内心又像是充满悲伤——不论梦二的画有多少真正的价值，我也不禁为他的艺术风韵所打动。梦二的画对社会的影响力是非常大的，同时也极大地消耗了画家自己的精力。

在伊香保会见之前数年，大概是芥川龙之介的弟子渡边库辅吧，他曾拉我去访问梦二的家。

梦二不在家。有个妇女端坐在镜前，姿态简直跟梦二的画中人一模一样，我怀疑起自己的眼睛来了。不一会儿，她站起来，一边抓着正门的拉门，一边目送着我们。她的动作，一举手一投足，简直像是从梦二的画中跳出来，使我惊愕不已，几乎连话都说不出来了。惯例是，画家变换了恋人的话，他画的女人的脸也会变换的。就小说家来说，也是同样的。即使不是艺术家，夫妇不仅相貌相似，连想法也都一致，这是不足为奇的。由于梦二画中的女性具有明显的特点，这点就更为突出了。那不是荒唐无稽之谈。梦二描绘妇女形体的画最完善，这可能是艺术的胜利，也可能是一种失败。在伊香保，我不禁回想起这件事，从梦二的龙钟老态中，我不由得看到了一个艺术家的个性和孤单。

尔后我又一次为女性不可思议的人工美所牵萦，那就是在文化学院的同窗会上，我看到了宫川曼鱼的千金的时候。在不愧是那所学校的近代式的千金小姐们的聚会中，我看到她，大吃了一惊，还以为她是装饰的风俗画中的玩偶呢。她不是东京的雏妓，也不是京都的舞娘；不是江户商业区的俏皮姑娘，也不是风俗画中的女子；不是歌舞伎的男扮女角，更不是净琉璃的木偶。她好像是多少都兼而有之。这是曼鱼的很有生气的创作，充满了江户时代的情趣。当今世界上，恐怕再没有第二个这样的姑娘了。曼鱼是怎样精心尽力才创作出这样的姑娘的啊？！这简直是艳美极了。

以上本来打算只是作为这篇文章的序言，可是竟写得这样的长。起初是以《稿纸之事》为题的。后来见了龙胆寺雄——我初次见到龙胆寺雄差不多是在与梦二相会的同一时间，也是在伊香保会面的——也就想介绍一下他的稿纸和原稿笔迹，还涉及几位作家有关这方面的情况，试图从中获得创作的灵感。不料这篇前言竟写得比原计划长了十倍。如果一开始就有意写《临终的眼》，我可能早就亲自准备好另一种材料并做好思想准备了。

尽管如此，我还是想染笔于《小说创作方法》，我突然捡起桌边的《创作》十月号，将申特·阿宾的《戏曲创作方法》浏览了一遍。文章是这样写的：

"几年前，英国出版了一本题为《文学成功之道》。几个月后，这本书的作者，作为作家没有获得成功而自杀了。"

1933年12月

# ※ 岸惠子的婚礼

最近，许多周刊杂志几乎同时刊登了有马稻子订婚的传闻，不仅涉及订婚的事。这些报道虽然没含恶意中伤的成分，但我觉得大都是些无聊的消息。关于这件事，有马和中村锦之助都不言声，撰稿人就猜测加上想象，随意添枝加叶。不管怎么说，这种喧嚣一时的报道，当事人恐怕也受不了吧。我和有马是深交，我不能把这些报道当做旁人的事，或一般名演员的逸闻，从兴趣出发去阅读它。这些报道，是写有马先前经常被报刊引为"助兴的话题"，有的还加上有马的性格之类的描写。

小说家的作风也是如此，倘使将人的性格写成类似定评，那就成了先验论，先入为主地去捕捉人物了。我不曾抗议过对自己作类似定评式的描写，但我基本上是持异议的。恐怕谁都会如此。另一方面，这种定评恐怕也不能说是全错。有关有马的性格之议论，大概也不是毫无根据的曲解吧。尽管如此，人的全部性格不是那么容易把握，也不是简单地就能谈清楚的。难得有个女演员的性格，像有马的性格那样容易描写的，因为有马平素的言谈举止无所顾忌地显露了自己的性格，毫不掩饰自己的性格。但这是否就是有马的全部性格呢？这的确是值得怀疑的。

我在这里不想描写有马的性格。传闻有马订婚，我联想起岸惠子的婚礼，也就要把它写下来。那时候，我恰巧在巴黎，赶上这缘分，在婚礼上当了新娘一方的证婚人。新郎桑皮的证婚人是乔治·德阿梅尔的儿子。岸惠子因拍《雪国》而推迟了赴法的行期。我先行前往，还见了桑皮。我记性虽不好，但在外国当国际婚姻的介绍人（也许不叫介绍人，叫证婚人更接近）这是生平第一遭，我也难以忘怀。

岸惠子同桑皮结婚以后，曾返回日本两次。第一次在三年前，第二次在今年。三年前秋天，我患胆结石症，住进东大医院好几个月，没有机会同岸惠子作长时间的会面。岸惠子来医院探视那天，我经医院许可，回镰仓的家小住了一宿。胡萝卜须俱乐部为岸惠子举行的送别会，我也是从医院前去的。因为是从医院出来，我就想早点返回医院。有马却说要送我回医院。我劝阻说：哪能这样呢，你不能离开会场啊。很少女电影演员出席，令我感到惊奇。如果有马不在场，就大为减色了。那天，有马在试映会上看见自己主演的许多镜头都被剪掉，有点沮丧。她说：我不出席也无所谓。可是，经我劝说，她留了下来。

今年秋上，岸惠子拍完《弟弟》一片，大家为她返回巴黎举行欢送会兼胡萝卜须俱乐部的庆祝会。我从纪尾井町的福田家前往参加了。五月初起程赴美之前，我听说桑皮为拍摄"佐尔格事件"继岸惠子之后也将前来日本。如果我回日本，还可以在日本再次见到桑皮。在巴黎，我曾三次登门拜访过桑皮，他还邀我到西餐馆一起进餐。我很想利用这次好机会在日本会见他。可是，8月29号我从美国回到日本时，桑皮已经返法国去了。

这次岸惠子是被作为法籍人士接待的，在日本的演出费用等，都按外国人的规定办理，（扎伊拉问题刚刚发生不久）桑皮对入境手续也牢骚满腹。岸惠子为他东奔西走。日本方面对桑皮导演的合拍电影，似乎十分冷淡。岸惠子为此而苦恼。但她在《弟弟》一片中还是显示了雄厚的实力，这总算是在日本的一点慰藉吧。许多电影评论家都承认她是1960年度女演员中的佼佼者。可以说，倔犟的岸惠子在日本是受尽冷遇之后才获胜而归的。

我只在胡萝卜须俱乐部为岸惠子举行的欢送鸡尾酒会上见了她一面，没能同她畅谈。

会场设在产经会馆二楼。我回家的时候，有马稻子相送。当时天下雨，夜间出租车很少空车，有马急匆匆地跑到雨中去叫车。我觉得不好意思，自己也走到了雨中。有马再三说：着凉就不好了，请进屋里等吧。连有马也穿着晚礼服。总不见空车来。有马让胡萝卜须俱乐部给家里挂电话，把她自己的车子叫来了。我弱不禁风，淋了雨，第三天就感冒病倒了。但福田家的女佣说：有迹象表明我半夜里还洗过凉水澡。我服了安眠药，无意识之中，可能这样做了。不过，到了早晨，我已了无印象了。

有马待人诚恳亲切，我头一回感到震惊的，就是她亲自给我叫车的时候。

这是几年前的往事了，我和有马一起乘横须贺线的电车，有马站着同我招呼，而后回到自己的座位上。我虽然也想到有马那边去，可当时我和她的交情还不是那么深，话题不多；再说，走到如此貌美的女子身旁，我有点难为情。在新桥站下车的时候，有马却来到我身边，拎起我的手提包，我大惊失色。因为是去工作，手提包里全是书籍和纸张，相当沉重。有马一直拎到出站口，叫住了一辆出租汽车。我以为是有马自己要乘车，她却把我的手提包放进了车厢里，自己留在外面。有马给我办这些事，没有一点是造作的。她是当代电影明星，这样做真是出乎我的意料之外。我对有马不由感到亲切。

我认识岸惠子比认识有马早得多。第一次见岸惠子时，与其说她是女影星，莫如说她是一个志向当作家的少女。胡萝卜须俱乐部的若槻繁从前曾参加过我们镰仓文库编辑部的工作，镰仓文库倒闭之后，他转到《向日葵》杂志当编辑，与我有交往。这位若槻君经常对我说：他有个亲戚，是个姑娘，很想写小说，希望我见见她。这个姑娘就是岸惠子。当时她已进大船电影制片厂，但还没有成名。那时岸惠子作为女影星拍过什么片，我不甚了解。记不清是几年前了，岸还是20岁或不到20岁时，她在若槻陪同下到了纪尾井町福田家我工作的地方。那时候岸惠子确是娇嫩、天真极了。我心想：倘使她写小说，那将会诞生一位大美人女作家啦！我和若槻交谈，岸惠子几乎没有言声。他们俩走出福田家时，岸惠子的连衣裙下摆拖在洒过水的门口放鞋的石板地上。我大吃一惊。裙下摆沾湿了吧。岸惠子穿着很薄的下摆敞开的连衣裙。漂亮的裙下摆蹭在石板地上沾湿了，当时我觉得像是一朵花被水濡湿了。也可以说，这是岸惠子给我留下的第一印象。至今还历历在目。

在汤泽温泉拍《雪国》外景的时候，我听说岸写过一部小说。纽约克诺普夫出版社（该社曾出版过谷崎、大佛、三岛等人的小说以及拙作《雪国》的英译本）的总编辑斯特劳斯夫妇访问日本的时候，听说《雪国》一片正在拍摄中，他们就想去汤泽参观，还邀了翻译家赛登斯德卡，由东宝电影制片公司的山内君陪同前往。抵达汤泽的当天，举行了欢迎宴会，席间来了三四个当地艺伎，她们放开嗓门妖冶地唱了起来，弄得我啼笑皆非。客人们也大失所望，大概以为《雪国》中的艺伎就是这副样子的吧。说起来，我太不好意思了，写了《雪国》之后就未曾去过汤泽。这20年间，汤泽作为滑雪场繁荣起来，发生了很大的变化。从滑雪场山麓的车站到高半旅馆，铁路沿线上的接待滑雪客的经济旅舍鳞次栉比。可是我写《雪国》那阵子，这样的旅舍一间也没有。高半旅馆也进行扩建，大门变得有点奇特，丰田导演还是按照当年的大门布景。只有我写《雪国》的房子周围原样地保留了下来。那天我们一抵达，就乘上雪橇从车站沿着滑雪场山脚下的路，直驱旅馆。翌日我们散步时，依照斯特劳斯的愿望，走了旧路。旧路上家家户户的乡村风光，依然如故。从屋顶上落下来的雪和路上把拢在一起的雪，都堆到了房檐前。尽管如此，斯特劳斯夫人也能在积雪很厚的道路上信步行走。

斯特劳斯说岸惠子的手指格外的美。她的手指纤细而修长。我比岸惠子先到达巴黎，遇见桑皮时，我谈及岸惠子很消瘦，桑皮却说惠子消瘦点才好呢，胖了反而不好。岸惠子决定拍罢《雪国》就前往巴黎同桑皮结婚。可是岸惠子告诉我，丰田导演要求精益求精，再加上气候的缘故，拍摄工作一拖再拖，丰田反复地说："这里不是巴黎，是'雪国'，你是驹子啊！"

到达汤泽次日傍晚，我碰上召集当地的孩子拍赶鸟的场面，这是雪原最美的景色。观罢这场景，回到旅馆里就接到岸惠子挂来的电话，她说《平凡》杂志的记者从东京带来了上好的肉，准备做烤肉，大伙一起尝尝好不好。我不认识《平凡》杂志的人，也就婉言谢绝了。这天夜里，岸惠子到我房间里聊天，约摸谈了两个钟头吧。能同岸惠子悠然畅谈，是空前绝后，仅此一次。岸向我诉苦说：同桑皮订婚之后，遭到周围的人的冷眼；可是桑皮在巴黎的朋友听闻他订婚，都为他高兴。

《雪国》未拍完，3月20日以后，在松冈洋子的率领下，我到了欧洲。这一年，在伦敦召开国际笔会执行委员会，讨论东京会议以及其他一些问题，我也出席了。我从巴黎去伦敦，又折回巴黎，然后赴慕尼黑、罗马。岸惠子让我到达巴黎后见见桑皮，起程前我便拜托小松清给桑皮挂了个电话。据小松说，桑皮非常高兴地回答说：我认识他，惠子的来信也提及过他的名字。我马上见他，还可以带几位日本相识同来，我请客。

桑皮虽说可以带几位日本相识来，可我有点困惑，我不能这样随便邀别人同去，再说我也不道该邀谁好。小松说，可以邀请芹泽光治良的千金一起去。于是就这样决定下来了。松冈和我在下榻的库列阿利兹饭店等候芹泽的千金，傍晚我们一道前往桑皮的公寓。它距饭店所在的香榭丽舍大街不远。坐落在日本大使馆的斜对面，地点适中。桑皮说，为了迎接惠子，他将这所公寓重新装修了。据说，装修是由桑皮的电影布景师设计的（现在桑皮夫妇也居住在这里，妇女杂志和周刊杂志刊登了岸惠子在巴黎拍的照片以后，我回忆起访问这所房子时的情景），确是别具一格。一进门，就踏上狭窄的走廊（后来才知道走廊边上设有女佣房间厨房），走下台阶便是大厅。大厅右侧置有半圆的精致的高书架，成为房间的一种装饰，也起着房间间隔的作用。书架后面是起居室和卧室。连卧室也领我们去参观了。床铺等一切摆设都是崭新的。我们是在惠子新娘来到之前参观的。大厅壁上悬挂着成排浮世绘复制品，还摆设了玩偶等日本饰物。

　　桑皮和我们一见如故，待人和蔼可亲，没有陌生感。可能是他好客，又是急盼惠子到来，他在巴黎能看到惠子的相识，也就高兴了吧。书架上摆着许多文学书和美术书。他从中抽出限额印刷版的精美的塞尚画集和凡高画集，并说可以送我其中一册。我稍作考虑，决定要塞尚的（后来小松清又领我到安多列·马尔罗奥的家，在那里又得到一册达·芬奇的研究画集。这两本画集成了我在巴黎的最好纪念）。桑皮问我们喜欢什么菜肴，我们说想吃地道的法国菜。看样子，桑皮是这家饭店的常客。蜗牛佳肴也端了上来。我第一次吃蜗牛肉。他教我用左手拿夹子把蜗牛壳夹住，用右手拿小叉子叉出蜗牛肉，可我手指动作不灵巧，怎么也夹不住蜗牛壳。我自己觉得滑稽，止不住地放声笑了。我的笑声，惹得邻桌的客人都望着我笑了。我没有不好意思，倒是觉得十分愉快。

　　……这年春天的欧洲之行，我笑出声来，除了这次吃蜗牛肉之外，还有两次。在伦敦，我想在饭店里理发，到了地下理发店，只见门前写着必须预约；拜访某人或会见某人事先打招呼是理所当然，可理发也要预约，未免太过分了。我自由散漫惯了，最讨厌要预约。就是去高级饭馆或欣赏歌剧，我也是说去就去，没有座位也就作罢。不过一般是可以设法解决的。（据我所知，在欧美旅行，上理发店需要预约的，就只有伦敦这家饭店）理发为什么还要预约？于是我在半夜里自己用保险刮脸刀削起发来。前发和边发总算凑合，用镜子照了照后脑勺，觉得滑稽可笑，有的地方削得太高，有的地方还留下短发，真不像样。因为我没有对镜修理的缘故。我对镜望着自己的后脑勺，忍不住笑得眼泪都流了出来。翌晨，我给松冈洋子的房间挂电话，求她帮忙修理时，我也笑出声来了。松冈来到我房间里，她大吃一惊，埋怨了我一通。她好歹帮我将头发理齐，总算像样了。这是不得已而为之。我对自己后脑勺的头发放心不下，走到街上观察男士们的脑袋，不少人也把后脑勺的头发推得很高。大概是此地的理发师不像日本理发师那样精心、手巧，技术还不够娴熟吧。看来我的脑袋也不是那么滑稽可笑，我也就安然了。再说，也不会有人专门留意别人如何理发的。还有一次放声大笑，是在罗马一家饭店的账房里发生的事。我们从巴黎绕经慕尼黑，到达罗巴正好是复活节。罗马所有饭店无一空房，我们就在公寓里下榻，住了一周。这期间日本大使馆替我们订到饭店的客房，我搬到饭店的当晚，松冈起程到埃及去了。翌晨，我要上街，将房门钥匙寄存在账房时，账房问道：你有什么行李让搬运工搬运的吗？我显出诧异的神色。

账房说：你今天走吧？我大笑，笑声不止。账房大概以为我小住一宿就走吧。比起用保险刮脸刀理发或夹不住蜗牛壳来，这件事并不怎样可笑，可不知为什么我却那样笑起来……

桑皮吃罢蜗牛，离开座位到店门口买了一份晚报回来，他谈了一条大新闻以后说：今儿白天弗郎索瓦丝·萨冈因车祸受重伤，生命垂危。我是从小松的翻译那里听说的。我也读过萨冈的处女作《忧愁，你好》的日译本。我们受到了冲击。

萨冈会不会丧命呢？大家变得鸦雀无声。我读了《忧愁，你好》，觉得并不像世界所评价那样使我惊异。现在我觉得她还是位"天才少女"，不愧是《忧愁，你好》的作者，她会死吗？（那是发生在1957年4月的事。萨冈的第二部小说《一种微笑》虽是1956年的作品，我离开日本时似乎尚未出版。萨冈是在出巴黎市区的公路上发生事故的，我也曾乘车经过这条公路。我已记不清楚了，萨冈是高速行驶翻车的，晚报也刊登了图片……后来我才知道萨冈捡回了一条命）

桑皮好像不认识萨冈，他很快就转移了事故的话题。我们又恢复了快活的气氛。这家饭馆的菜肴都是上佳的。走出饭馆，坐上了车子，桑皮连续呼了几声"惠子，惠子"，显得非常欢快的样子。这是一个美好的春之夜，在街树嫩叶掩映下的喷泉美极了，至今还留在我的印象里。因为要拍由我的原作改编的电影，惠子推迟回到巴黎，我为此向桑皮表示了歉意。惠子推迟来法国，不仅是由于丰田导演着迷拍片的缘故，而且也是因为在雪中拍外景，更需时日。一降雪，场景就全变，不能继续在同一场景拍摄了。冰雪融化以后，也是同样的情况。雪国的气候干扰就更厉害。桑皮说，以前他自己也在瑞典拍过雪景，这种情况他很理解。桑皮又说："这虽是秘密，不过可以向你透露，惠子将在本月30日凌晨3点抵达巴黎。"当然，我是这时候才知道。桑皮把我送到饭店，也把芹泽的千金送到下榻的地方，然后再送小松。这时已是夜里10点多快到11点了。后来听说桑皮还去过小松泊宿的日本饭馆牡丹屋，一直畅谈到两点钟。这是一个非常愉快的夜晚吧。据说芹泽的千金也十分高兴。

我和松冈绕道慕尼黑到了罗马。我说，桑皮会去接她的，不过她在巴黎恐怕没有相识的日本人，我打算去机场相迎，松冈你也去吧。复活节罗马连日休息，且平日午休时间长，傍晚又早闭馆，我们停留时间虽不短，却未能饱览各美术馆，多少有点依恋。我想，至少要去参观佛罗伦萨吧。但我们最后还是决定29日返回巴黎，归国的日子也决定下来了。没有同东京联络，也不知道国际笔会东京大会的经费筹集进展如何，我不能这样悠闲地待下去了。松冈已赴埃及，我得亲自前往航空公司购票。法航虽有一位混血儿略懂日语，但我完全不得要领，于是就去莎士航空公司，那里服务热情周到，我预购了5月11日由哥本哈根飞东京的机票。为了避免出差错，对关键的地方就笔谈。

29日的飞机得在日内瓦换乘别的飞机，晚点一个半小时，这是没有料到的。只有我一人去探问乘务员是怎么回事。西方乘客很泰然，似乎并不介意。我到国外旅行很有体会，遇事绝不能焦急，然而我终于还是探问了。相反，飞机飞越阿尔卑斯山时，机舱许多人都跑到一侧的机窗呼喊："白山！白山！"可我依然坐着眺望，有人拍了拍我的肩膀告诉我，那是"白山，白山"。从飞机上鸟瞰，没有多大意思。

回到香榭丽舍饭店的翌日清晨，我开始患痢疾。头天日本驻罗马大使馆的人领我去罗马郊外的奇波利公园时，我嗓子干燥，双手捧起瀑布水就喝，别人告诉我："啊，这水不能喝！"这里的庭园有不计其数的形态各异的瀑布，驰名于世。我原来以为瀑布水干净，但却是脏的。

听说这是由于安了一种装置让水忽高忽低造成的。大概是喝了瀑布水，或是翻越阿尔卑斯山时肚子着了凉的缘故吧，我不进食，静静地躺在床上。

佐藤敬来了，我仍躺在床上听他讲话。佐藤热衷于艺术，滔滔不绝地谈论了一番。他谈到日本绘画自古以来就是抽象的，倘使像近来那样，美术的趋势走向抽象，那么日本画家就可以大显身手了。如今法国画家都说"抽象美术·日本"之类。后来，巴黎春季美术展开幕那天，小松清自不消说，我也应佐藤之邀请前去了。还把主要会员一一给我们介绍（我不懂法语，没能交谈）。我对展出的画，大失所望。这些作品几乎没有神韵，平淡，缺乏厚度和分量，仿佛没有什么大天才。有些画受到了书道和野兽派的影响。日本画家也提供了许多展品。以前佐藤敬在画室里也让我看过他的画，画得相当精细，厚度和锐度都有了。差不多都是抽象画，其中获须高德和向来一样是写实画，与会场的气氛很不协调。

佐藤谈了很长时间，他回去之后，小松清就挂来电话，问我去不去吃粥。我到了西方，全然不想吃日本的米饭、酱汤和酱菜了。松冈洋子常出国旅行，却要找这些东西吃，实在有点可笑。唯独这时候，我十分感谢小松的好意。傍晚，我到了牡丹屋，他在那里给我准备了白米粥。前来学习音乐的日本姑娘把咸梅给了我。她自己只剩下一颗，这咸梅多么难得啊。姑娘告诉我，我去意大利期间，我给她的樱草花花茎长了，花也开了。法国姑娘好像也说了同样的话。那束樱草花是我和佐藤、小松清去找画商的归途，在塞纳河岸的路旁买来的，一束大概是50元或100元。这些樱草花竟在两位姑娘那里开了花，给人一种优美的感觉。小松问：今晚你去接岸惠子吗？我回答说：去。他说：你去我也去。昨天晚上我也在想：惠子为了同桑皮结婚，独自一人千里迢迢来到了巴黎，那是非常感伤的。

从牡丹屋回到饭店，我便躺在床上，等着凌晨3点去接飞机。下泻止住了。深夜里，小松挂来了电话，说：今晚只有我们两人去接飞机喽。我也回答说：就这么办吧。虽说是接机，实际上我打算站在机场大楼外的一个角落上，等候岸惠子走出来，只瞧她一眼就回去。于是我就听从小松的安排了。

翌日上午，我为了点什么事（大概是去参加戛纳电影节）到日本大使馆文化处去了，办公室门扉敞着，我看见岸惠子和桑皮从走廊上迎面走来。两人大概是来大使馆作礼节性的拜会，刚从古垣大使的房间里走出来的吧。没想到在这里遇见了岸惠子他们。岸惠子肯定也没料到我会在这里。我从椅子上站了起来，惠子急忙迎上，她一同我握手，眼泪就扑簌簌地滚落下来。真是热泪夺眶而出。我也泪眼汪汪。惠子变成泪人儿了。弄得文化处的两个人背过脸去。

桑皮也吓得目瞪口呆，伫立在门口。（岸惠子回到日本后提及此事时，她说：我真爱哭啊！）大概是岸惠子长途跋涉之后，又没有睡上一觉，才涌出那么多泪水的吧。岸惠子哭罢说道：桑皮想请您同我们一起吃顿午饭。惠子今早刚到达，我还是到桑皮的公寓去了。我坐了片刻，一位身材矮小的老人走了进来。岸惠子介绍过老人是桑皮的父亲之后，旋即朝对面走去。

我用蹩脚的英语向老人祝贺了桑皮他们的新婚之喜，说了几句惠子是日本最美最贤惠的姑娘之类的话。惠子折回来说，老人不懂英语。接着她又说：他不懂英语，可他说他懂。

桑皮的母亲很迟才来，听说她得了一种"惊人的病"。我没有探问、也不知道她患的什么病。不过，她眼圈发黑，的确像个病人。桑皮的双亲都是有名的音乐教师。据说他父亲也是第一次到这所公寓里来。儿子迎亲，新修了房子，父亲却不来看看，怎么说这是西方的风俗，我也觉得不可思议。在餐桌就座的是桑皮一家四口，再加上我一共五人，家中有个女佣，岸惠子却仍然很操心，忙不迭地干起活来。她给我沏了日本茶。茶很清香。听说这是岸惠子在巴黎吃的头一顿饭。惠子换了装，穿上元禄藏青地碎白花纹短袖和服。桑皮拜托我说：我知道惠子很尊敬您，请您担任我们的证婚人。我说：最好还是请古垣大使担任。回想起来，日本人和法国人结婚，证婚人大都应该由大使来担任；但他们却认为像我这样的旅游者无灾无难，便决定让我来担任。我问桑皮我穿什么服装参加婚礼好。他回答是黑色或藏青色一类的好。我说：我倒是把晚礼服带来了。他就说：这就行了。以上对话都是岸惠子给翻译的。举行婚礼那天，古垣大使说他用车子送我去，我便应邀到了大使官邸。古垣大使看见我那身晚礼服，就说："这身打扮很庄重啊。"大使穿的是便服。他让我和古垣大使夫妇同乘一车。虽说会场是在巴黎郊外，大概也走了一个半钟头。听说这里有点像轻井泽，可地势却没有轻井泽高，是掩映在杂树林中的村庄（也许是市镇，不过我感到是村庄的气氛），他们就在村公所举行仪式。那是乔治·德尤梅尔父子居住的村庄。桑皮同德尤梅尔的儿子过从甚密，在他的照拂下，桑皮选择了这地点。恐怕也是为了躲避众多新闻记者吧。但有几名文字记者和摄影记者还是来了。拍摄的照片也发送到了日本，刊登在当时的妇女杂志上，这是众所周知的。

村公所的房子窄小却很整洁。同日本农村古老的村公所无甚差别。村公所的门口挤满了人群，动弹不得。村公所前有一排房屋，孩子们从二楼窗户探出头来。惠子他们到达时，孩子们一边异口同声地呼喊"真漂亮啊，桑皮太太！"一边挥手。他们对来自东方的新娘子不好奇也不嘲笑，而是扬起一片祝贺声。我深感钦佩。仪式极其简单。村长站在讲坛上念了宣誓文（？），而后大概是祝词了吧，我记不清了。只记得古垣大使说，那是一篇十分美好的讲话。村长俨然是一位村夫子式的老人，念宣誓文时直打哆嗦。看样子简直是慌了神。继村长之后，由乔治·德尤梅尔致辞。然后新郎新娘在一个大本子上签了名。德尤梅尔的儿子在桑皮签名的下方签了字。我则在惠子签字的下方署上了我的名字。证婚人的工作仅仅署个名而已。我用汉字署名，旁注了罗马字。我想，用汉字署名，人们会感到稀罕吧。岸惠子是用罗马字签署的。签名过后，仪式就结束了。

继仪式之后，就是新婚喜宴。这是在德尤梅尔的儿子家的庭院里举行的，还有游园会。房子小巧玲珑，是山中小屋式的。庭园则比较宽阔，栽种着各种花草，美极了。在混凝土造的小泉水池里，还有出水芙蓉，我觉着奇怪，细看却原来是将花盆置在水中。泉水池里还有可爱的喷泉，是用细皮管引来，人工做成的。据岸惠子告诉我，德尤梅尔家为举办今天的庆祝会，光装饰庭园就花了一个月的工夫。好像从巴黎运来了两卡车的花。今早惠子到达的时候，德尤梅尔一家人还光着脚板在庭园里劳动。庭园里装饰着奇花异卉，别具匠心。草坪上的花草，也是为今天这个日子而栽种的。

在婚礼仪式上，惠子身穿素白绢西式礼服，这是请三越公司特制、她随身带来的。而后她换上华丽的长袖和服，出现在喜宴的游园会上。我原以为岸惠子从日本只身来巴黎，其实还有美容师同行，今天好像也来照顾惠子了。新郎桑皮却是一身普通便服，这是我始料未及的。那是蓝色带小白点的料子，很不显眼，这身服装我不知见过他穿了多少回。男士们也都穿着适体的服装，没有人像我这样身穿晚礼服，脚登皮鞋的。难怪古垣大使说："这身打扮很庄重啊！"而在西方，我即使独自穿着与众不同的服装也几乎无人介意。

庭园里有有五十至一百位客人。小松清和日本大使馆公使松井，以及大使馆官员也都出席了。古垣大使对我说："咱们一起回去吧！"这时大约已过下午3点钟了。

古垣大使的汽车停放在距会场稍远的地方，靠近乔治·德尤梅尔的附近。这宅邸格局相当讲究。我们乘上汽车，只见惠子从马路上急匆匆地跑了过来。她换上了长袖花和服，趿上日本木屐，跑动起来十分费劲。岸惠子希望我留下来。她说：游园会往后更有趣呢，傍晚开始放焰火，通宵跳舞。还说已经在附近的旅馆给我订了房间。身着长袖花和服的新娘子亲自跑来，这种真情打动了我。桑皮随惠子之后也跑到我们的车子这边来了。我不知如何是好。喝酒、唱歌、跳舞，我一样也不会。再说，法语一句也说不出来。这倒也无所谓，可是日本人全部走后，我一人留下的话，新娘子一定为我操心。也考虑到既然与大使同车来，现在又只我一人留下，对古垣大使也有失礼貌吧。岸惠子显得很遗憾的样子。后来我和小松清到巴黎的公寓登门造访了他们，惠子还说：婚礼之夜在花园通宵跳舞，快乐极了，要是我能留下来多好啊！

我第一次旅游欧洲期间，欣逢岸惠子的婚礼，还让我当了证婚人，这件事成了我美好的回忆。

△岸将她自己第一次在香榭丽舍买东西用的手提包送给了我女儿作纪念。

△岸先前表示过"志向当作家"，然而迄今她只写过一篇小说。那是她进大船制片厂不久创作的，共60页稿纸。据说，这是以与她同台演出的望月优子《美惠子》为模特儿写就的。

篇名叫《楼梯》。作为年轻女演员的第一篇小说，我觉得这篇名不甚雅致。我问她带来巴黎了吗？她答称带来了。可是，她没让我看。

惠子在巴黎还说过，今后时间允许的话，还想试写小说。惠子聪颖而机灵，充满热情，也有非同凡响的一面，我想：总有一天她也会写小说的。她丈夫桑皮非常好客，如同在《明星一千零一夜》等电视节目里所看到的那样，惠子本人也以日本的"外交官"的形式出现，她的巴黎生活十分忙碌，拍了《弟弟》一片之后，她还是过着女演员的生活，不知什么时候才能定下心来写小说。

△去年夏天，桑皮为了拍《索尔吉》一片，到日本来了，刚好我去了美国，没有见到他。

△埃伊拉·莫利斯夫妇到我镰仓的家造访已记不清是哪年份了。莫利斯虽是美籍，却住在法国。他们夫妇都是作家。为了安慰原子弹受害者，他们在广岛自费修建了一所"休息之家"。他们希望在长崎也修建一处。今年埃伊拉向美国和欧洲文学家求援。在日本，也通过日本笔会的斡旋，把文学家们写上诗句的纸笺，作为对修建"休息之家"的一点帮助，并决定最近将它们送到广岛去。埃伊拉的儿子莫利斯同日本芭蕾舞演员结婚，长期居住日本。他是翻译家，翻译过三岛的《金阁寺》等书，这也是为人所知的。去年他作为哥伦比亚大学的教师赴美去了。

我欢迎了埃伊拉夫妇。我在庭院的草坪上铺了席子，同他们悠闲地促膝叙谈。我询问晚礼服应该什么时间穿。莫利斯答：下午7点以前穿的，都是餐厅侍者、赌场看守人或殡仪馆的人。我大笑起来。岸惠子的婚礼是在7点以前举行的。然而，没有哪个法国人格外注视我穿晚礼服的，这点至今仍然使我钦佩。我向来满不在乎。倘若我听从惠子的挽留，待到晚上，那么到了7点以后，我就是穿晚礼服不也就正好了吗。

△感谢《风景》编辑部连续九个月刊登我这篇悠闲的文章。这期间，岸惠子由于演《弟弟》演技出色，囊括了电影女主角奖等所有奖项。她还在巴黎主演了让·科库托的舞台剧。

1961年1月—9月

休斯

兰斯顿·休斯（1902—1967），美国著名黑人诗人、小说家。
他写过多种体裁的文学作品，如幽默小品、短篇小说、独幕剧、自传等。

## ※ 拯救

　　我在十三岁头上得到了救赎。其实哪里是真的救赎。事情的经过是这样的。那时，吕德婶婶的教堂正经历巨大的复兴。几个星期的晚上连着布道、唱赞歌、祈祷，还有嘶喊，连不少顽固不化的罪人都皈依到基督的身边，于是，教堂的信徒激增。就在这次复兴活动结束前夕，他们专为孩子们举行一次特别的祈祷，"把这些迷途的小羔羊带回羊群"。婶婶谈论这件事已好几天了。到了那天晚上，我被护送到前排送葬者坐的长凳上，与所有尚未被召唤到基督跟前的小罪人挤在一起。

婶婶说过，得救时能看得见一缕光芒，接着内心就发生了变化！这是耶稣进入了你的生命呢！从此上帝将与你同在！她说，你看得见、听得到，能感觉出耶稣就在你的灵魂里。我相信了她。我早就听许多老年人——这档子事该他们知道——讲过同样的事。于是，我不紧不慢地坐在又热又挤的教堂里，等待着耶稣向我走来。

牧师的布道抑扬顿挫，其间充满了呻吟、呼叫、孤零零的哭诉，一幅幅地狱的可怖图景。接着，他唱了一支歌，歌中说九十九只羊会在羊栏里得到庇护，还会有一只小羊羔留在外面挨冻。他接着说："难道你们不过来吗？难道你们不想来耶稣身边吗？小羊羔们，难道你们不想过来吗？"他向我们这些坐在送葬人的长凳上的小罪人们敞开了胸怀。这时，小女孩们哭了起来；有的跳将起来，径直奔向耶稣。可我们大多数还死坐在那儿。

老人蜂拥而至，跪在我们四周祈祷起来，有漆黑的脸、编着辫子的老太太，有干活干得指节弯扭的老头儿。全体教徒唱起一首歌，大意是，微弱的灯儿燃着，可怜的人儿将赎去罪孽。整幢房子就在祈祷和歌声中震荡。

然而我还在等着见耶稣。

最后，所有的孩子都登上了祭坛，得到了拯救，只剩我和另外一个。他是酒鬼的儿子，名叫韦斯特里。他和我被淹没在姐妹们和执事的祈祷声中。这时教堂里很闷热，天也很晚了。终于，韦斯特里对我悄悄地说："见他妈个鬼！我可坐腻了。我们上前去被救算了。"他站起来，就赎了罪。

我这样就一个留在了送葬人的长凳上。婶婶走过来，跪在我的膝下，哭着，而祷告声和歌声如凶猛的波涛把我卷在这小小的教堂里。全体教徒为我一人祈祷呻吟，呼喊声呼天抢地。

我安详地等待耶稣的到来，等呀，等呀——可他没来！我要见他，可什么也没发生。什么也没发生！我想要让自己身上发生点什么变化，可什么都没发生。

我听到歌声，听到牧师说："你为啥不过来？宝贝儿你为啥不过来？耶稣等着你呢。他想要救你呢。你为啥不过来？吕德姐妹，这孩子叫啥？"

"兰斯顿，"婶婶呜咽道，"兰斯顿，你干吗不过来？不过来，不想得到救赎吗？噢，上帝的羔羊！干吗不过来？"

这时，天的确很晚了。我开始为自己害羞了，都是我，让大伙儿耽搁这么久。我想弄明白上帝会对韦斯特里怎么想了，他准没看见耶稣，可瞧他现在在祭坛上那个得意劲儿，一边晃荡着穿灯笼裤的双脚，一边和我扮着鬼脸，还有执事和老太太们团团地跪在周围为他祈祷。上帝并没有因他玩弄自己的名义，在教堂里撒谎而将他用轰雷劈死呀。于是，我明白，要避免进一步的麻烦，我最好也撒个谎，说看到耶稣来了，站起来，去得救。

我站了起来。

霎时，整个大厅成了欢呼的海洋。欢腾的声浪席卷着小教堂。女人们向空中雀跃。婶婶双臂围住了我。牧师拉住我的手，领我上了祭坛。

等平静下来，四周一片静默，不时听得几声狂喜的"阿门"，在这种气氛中，所有的小羊羔都以上帝的名义得到了祝福。接着，欢乐的歌声响彻大厅。

那天夜里，我哭了——这是倒数第二次哭，我毕竟已是十二岁的大孩子了。我哭着，床上一个人，哭得不能自已。我把头埋进了被窝，婶婶还是听见了。她醒来告诉叔叔，说圣灵来到了我心中，说我看见了耶稣，所以我哭了。可其实我哭是因为我不忍心告诉她我撒了谎，我骗了教堂里所有的人，而且我实在没有看见耶稣，而我现在再也不相信有耶稣，不然，他总得来帮我一把呀。

（陶乃侃 译）

# ※ 清贫赋

一

长久以来，一直想一人独自过活。家乡和家乡亲人的事儿早已忘得精光，现在，就连户口本上也依然是一页空白。远方的亲人，在我的记忆里已逐渐淡薄。

"……你呀，就连我也觉得你命不济，没嫁着好男人。一吃苦，就闹别扭。你该把手放在心口上，好好想想。你说你挺稳当，我总是相信你，可男人的名字，走马灯似的一换再换，我也很难堪。上次要我给你寄五元钱，可是你奶奶死了，家里连殡葬钱也出不起，你也不是不知道。你爸又是那样一个人，也真能忍的。这阵子，饭上浇点酱油，只拿这么个盒饭，就上海军兵团运煤去了。五元是寄不出了，就寄二元吧，先凑合凑合。涂这封信，花了我一天，头都疼了。要是回来就两人一起回来吧。"

拿出带有太阳气息的母亲的信，不由得簌簌掉下泪来。"谁回去呀？回到乡下连顿饱饭也吃不上……等着瞧吧。"母亲信里提到，继父每天拿着只浇点酱油的盒饭，就去海军兵团干活的事，我心里真难过极了——来东京已经四年了，说起来，也并没有多久啊。

这四年里，我嫁过三个男人。现在，这第三个男人，跟我的性情正相反，是个普普通通不爱吹嘘的家伙。比方说吧，人家问起我们："像是又要搬家啦？这回地点怕是挺冷清的吧？"我会像平时一样高高兴兴地说："可不是么，那儿呀，跟所大宅子似的，种了这么多杜鹃花，有好几千棵呢。"我摊开两手，煞费苦心地比划着，形容几千棵杜鹃花有多美。但我这第三任丈夫却出其不意，拿出让人扫兴的面孔说："哪儿呀，那是所旧宅子，简直像块荒地。杜鹃花有二百棵就不错了，而且都是些最常见的，品种挺次。"他常常让我这么下不来台，弄得我很难为情。于是我想，等只有我们两人时，非好好给他点颜色看看不可。不过，也许因为我们结婚还没多久，彼此还有些客气，使我太拘谨的缘故吧，对他这种说话不留面子的做法，我始终一声不吭，从未故意去顶撞他。

本来，我是个嫁过两个男人的女人，不论怎么说，对先前两个男人的本性的了解，即便如今，依然如煤烟熏黑的标本一样，牢牢地封存在我另一个记忆之中。事到如今，再去争什么"是非短长"，未免太多事了。

二

是第二个男人使我同第三个男人小松与一结合的。关于这事，我曾经这样写道：

"打你这个臭娘们好似家常便饭，

让你的骨头咔吧咔吧响。"

可怜的钱袋里只剩一串中国铜板，

打人倒是一条上好的皮鞭。

骨头散了架，身子像泥一滩，

我一趔趄撞在墙垣。

"蒲公英怎么能吃？你这个贱货！"

丈夫嘴里咯吱咯吱嚼

滋着白浆的蒲公英。

他对我厉声叫：

"都怪你不好！"

抡起铜板鞭，

不断抽打我身腰。

　　第二个男人名叫鱼谷一太郎。"我祖上大概是流浪为生。捕上来的鱼，兴许生的就咯吱咯吱吃掉。"他说是这么说，一旦穷到一连几天吃不上一顿饭时，他就打我。我把蒲公英拿水焯一下当饭给他吃，他就打。"你怎么就不能改改这贱女人的习气！领子都滑到背上了，你究竟打的什么主意？"他连骂带打，真是，每天打的我骨头都咔吧咔吧像要散架似的，我活着简直就像个挨揍的木偶。

　　那个男人我跟了两年光景。一次肋骨给踢坏了，我一狠心逃到老远一条街上，离开他不再挨打了。我偶尔会在信里夹上一张一元纸币，写上："要是不打我，我可以回来看你一次"这类的话，寄给那个分手的男人。可他回信却说什么"你就是想当婊子，想浓妆艳抹香粉搽得厚厚的，吃香喝辣肚子撑得饱饱的，所以才离开我。到今天，我已经饿了三天啦。你收到这封信时，该是第四天了。你就想想吧。"

　　在这繁华的大都市的一隅，有一个男人一连四天没吃上一口饭。他想干活，可社会又不给他活干，他总是呸呸地唾弃这个社会，大声地叫骂着……这样的信，我没法再回。只能哼着"为了你一个呀，我抛弃了一切"的小调，对付着混日子。

　　没过多久，鱼谷大概又结婚了。我看到他很快活地和一个瘦溜溜的女人走在一起。那时，我正好扎着白围裙，也就没叫住他。看来我也该尽早辞掉女招待这种营生才是。我一心盼着，今后塞进扑满的钱，都应是凭劳力换来的。

后来，没过几个月，在近郊的咖啡店里，迎来了新年；同时，我又第三次做了新娘，和现在的与一成了家。"当初那么盼着一个人过，可自己竟是这样一个没骨气、怕寂寞的女人。"

这事不能不让我思前想后，自怨自艾。

## 三

"你前夫是怎么骂你的？"

与一把一块不带骨头的竹荚鱼干从嘴边拿开问道。

"哪儿骂过我呀。"

"不会没骂过吧？我想，他肯定对你很凶。"

我吮着一块带骨的竹荚鱼，望着澡堂的烟囱。"怎么骂你的"，这话问的多不客气呀！我竭力忍着那令我后背发热的忧虑，抬头望着与一的面孔。与一剔出碎渣，舔着筷子。我胃里像翻倒的醋缸，眼皮也肿了起来。"干吗现在要问这个呢？你也想欺侮我是不？我求求你，无论日子怎么穷，也别欺侮我，别打我，好吗？我们不见得会比眼下过得更富裕，但比眼下穷得没饭吃的日子倒可能会常有。不过，那也别因为穷就来打我。你非要打，我……就不得不离开你。而且，这次要再打，那摇摇晃晃的右肋骨，就非断了不可，那我就没法干活了。"

"噢……你前夫打你打得那么狠呀！"

"嗯，骂我是烂货臭女人。"

"怪不得你常说梦话呢。骨头要打飞了，饶了我吧。在梦里，你还哭呢。"

"可你知道，我可绝不是因为还惦着那个分开的男人才哭的。太受欺负了，就连狗不是也会在梦呓里呜呜哭嘛。"

"我并不是责备你。只是觉得你从前太苦了。"

"这条竹荚鱼，不吃啦？"

"不吃了。"

也许饭桌太小的缘故，鱼显得非常大。有头有尾的一条整鱼当下饭的菜，可是难得有的，我把与一没吃干净的鱼，都吃得一干二净，像洗过一样。与一看着剩在盘子里白惨惨的鱼骨头，好像很惊奇，笑了起来："女人这种动物，怎么这样喜欢吃鱼呢？"

"男人不喜欢吃带鳞的东西吧？"

"说起鱼鳞，不敲开你带来的鲤鱼扑满看看吗？搬家的费用总该够了吧？"

"是呀，不知够不够搬家费……不过，从这间八块钱的房子，搬到十七块的地方，房租差的可太远了。再说，昨天我去看了一下，那房子怎么那么破旧呀？简直像能跑出黄鼠狼子。"

"十七块钱又算得了什么！只要找到份好工作，就什么都不用担心。"

"可你除了我，还没跟别人成过家呢。依我看，我们恐怕很快就要没辙了。"

"哼，你当然是过来人啦。不过，甭跟我来这套。"

和与一一起生活，如果我再年轻一些，肯定会变成一个天真烂漫的女人。可现在，我却像条野狗似的，成天为吃的事儿发愁。况且，从这间二楼的房子搬进独门独户的宅子去住，简直像进到无边无际的沙漠一样，使我心里极其不安。

## 四

从包袱里取出扑满，在与一耳边摇给他听，这个举动可事关重大，使我越发骑虎难下。因为从前每逢想起远在他乡、只能吃上酱油拌饭的继父和母亲，我就用旧明信片从扑满里抠出银币，再换成纸币，然后夹在信里给母亲寄去。现在他要我"敲开看看吧"，我心里有数，里面剩下的只有铜板，迫不得已，我只好老老实实承认："敲开也行，不过……说实话，里面可只剩些铜板了。"

"铜板也是钱呀。倒还有点分量，两三角钱总该有吧？"

这男人，也许感觉有点迟钝吧，连风吹过来，眼神都不带动的，自管自喝他的茶。

"钱这玩意儿是存不住的。啊，到底下雨了，唉，真糟糕。"

我打起精神，把扑满朝柱子敲了过去。

日历上今天是六月十五日。

上面写着吉日，宜于婚嫁出行。

午后，雷声隆隆。雨点如雹子般打了下来。

也许因为是山里长大的缘故，与一露出来的两腿，汗毛像密林似的又浓又黑。他忙忙火火的开始捆行李。我真是高兴极了。看到男人劲道十足，捆行李的姿势，不由得想起过去，总是自己捆行李，一个人孤孤单单的凄凉景象。"不管怎么说，但愿我俩能长远这么过下去吧。"

想到这里，心里竟有说不出的甜蜜。

我把菜刀、火筷子、萝卜擦板、汤勺一类缺少不得的家什，一股脑儿塞在潮嗒嗒的薄毛呢腰带结上。怀里又揣上用报纸包好的筷子、手镜和五分钱买来的两块鲑鱼。

"别那么乱七八糟的，用包袱皮儿什么的包上。"

"嗯，不过，我想这样可以放在水桶里提着去。"

从我们刚成家时租下的这间二楼上的房子，搬到那所旧宅子，路程不过五百来米。可就这五百米的路上，要穿过火葬场、萝卜地、墓地和杉树林，否则就得绕远。为了省下搬运费，我们只好走近道，自己一件一件把这些仅有的家当搬过去。要说家具，也只有一个啤酒箱改的碗柜，一个快散架的齐腰高的桌子，被褥和几个包袱，还有与一的一些画具之类的东西。

被褥当然是我的了，和已经离开的两个男人过日子时，还没有这些东西。被面是用夏季单和服拼拼凑凑做成的——母亲寄被褥来时，还写信问了一下"一个枕头够吗？"关于第三个男人，我给母亲的信里，只约略讲了一点自己的看法。"这丫头真的又换了个男人吗？"母亲心里大概很难过吧。不过，思量过后兴许又回心转意，灵机一动提上一笔："一个枕头够吗？"看着从被子里掉出来的母亲的信，真是说不出的羞愧。听说上流社会的人对羞耻心很是淡薄。但是，即便内心觉得这是自己的母亲，又是下等人，未必会觉得这有什么可羞耻的；可是提到枕头，连过去给的都算上，我为了男人，竟然要过三个新枕头了。想到这里，真是万千感触充塞心，感到又悲伤又害羞。

那时，与一有一条棉被和一个枕头，那枕头像熟透的柿子，里面装的荞麦皮。我没有枕头，就把坐垫一叠二当枕头用，倒没什么不方便；可是眼见得坐垫脏得油光光的，看着怪不舒服的。所以，母亲体贴地问我是否需要两个枕头，我本想回信说要两个，结果却故意含糊其辞，带点暗示地说，一个就够了。于是，我果然收到一个黑糊糊的乡气十足的枕头。大概是已故祖母的枕头吧？许是因为小枕头太高的缘故，枕着脖子非常不舒服，竟至分不清究竟是睡着还是醒着。

后来，我给母亲写了封长长的信，感谢她送我的被子，可枕头的事却装作忘了一般，一句感谢的话都没提。

## 五

房子周围不用说栽了很多杜鹃花，还环绕着水晶花、蓟花、梧桐树等。这个宽敞的宅院，除了我们家，还有四栋平房，也和我们一样，四周种着花草树木，一圈儿排在那儿。

房前种着五六十棵矮松树。透过松树梢儿，可以看见一片杂草丛生的空地，约有六百多平方米，空地中间长着一棵喜马拉雅杉。

"全东京怕也找不出这么好的地方了。"

与一在调色板上，用调色刀咔哧咔哧正刮着像牡蛎一样硬的颜料，那神情似对新搬的家很满意。

大门的玻璃上写着"出入口"三个字。拉开门便是一条长长的走廊横在那里，像个集体宿舍似的。走廊的对面是一排三间六张席大小的房间，如同鸟笼一样。

"要是外人看来，会以为这家主人是干什么的呢？我觉得忒像洋铁匠、木匠住的地方，真像的不能再像了。"

"哼，两个行当都够高雅的，真是半斤八两。干脆挂上个油漆匠的招牌得了。话又说回来，这么舒服的房子，打着灯笼也找不到的哟，院子这么大，和邻居又离得那么远……"

"说起邻居，倒想起来了，今晚该过去拜访一下，送些荞麦面，你看怎么样？"

"一家送多少呢？"

"是啊，一家三份总够了吧。"

搬家之初，总会莫名其妙的有股说不出的凄凉，勾起人的思绪。这种情绪，我不知有过多少次了。想起和已分手的男人一道搬家，给人送荞麦面的日子，似乎已成为遥远的往事。窗外天色渐暗。仿佛要撩开错觉似的，我忽然抬头望了一下天花板。

"哟，电灯还没接上呢。"

"真的，怎么电线还没拉进来？这两三天可不方便了。"

长期养成的习惯是很可怕的。我站起来用食指在柱子中间使劲捅了两三下。没想到这一捅，柱子竟摇晃得很厉害，尘土像头皮屑似的从天花板上掉在两人的后脖子上。

"我说，你瞧瞧这房子，要是塌下来，顶多二三十块就能买下来。房租竟要了十七块，怎么想怎么觉得不划算，真糊涂。"

与一一声不吭，一个劲儿地擦着红鼻头。心里似在寻思："这女人要是出门旅行的话，准是爱管闲事。从前过的日子，想必是常常跑当铺，东挪西借遭白眼，在房租上也要讨价还价，大概很吃了不少苦。"他后背咕咚一下靠在墙上说：

"因为我这人非常浪漫，可你究竟有什么地方会让我着迷呢……"

料不到他居然说出这种话来，泪水止不住涌了出来。"难道他也要从我这儿跑掉么？"男人的心呀，实在叫人猜不透。先前那两个男人，也是叫人摸不着头脑，左也不是右也不是的。有了钱就一个人胡乱花掉；没饭吃了，又来打我出气，糊弄我。

"我说，我就那么不招人喜欢吗？可咱们毕竟是夫妻呀。再说，我也没人可指望寄钱来……"

与一从钉子箱里找出一截二寸来长的黄蜡烛点上，烦躁地朝厨房那边走去，把我一个人留在黑洞洞的房间里。我无可奈何，趴在潮湿的席子上，袖子遮住眼睛，不觉出声唱道："我也是个浪漫的人哟！"

## 六

许是长久没人住过，房间里充满了马粪纸一类陈腐的气味。席子四周的黑包边上也有些霉印子。

"喂，给隔壁一家送点荞麦面就行。这倒正合适，好像两家合用一个水井。"

与——一面不高兴地冲我喊着，一面不知往壁橱里扔什么东西，撞得门框咚咚直响。

我在附近的荞麦面店，花三角钱买了一张购面券，去向左边头一家邻居致意，表示新来乍到，请往后多照应。

虽说是贴邻而居，房子像乡下格局，家家之间隔着灌木丛，看上去和一栋一栋孤零零的房子没什么两样。我身穿一件洗过多次的法兰绒单衣，已经脏得透顶，腰上系的是一条与一当腰带用的三尺长的带子。

人家一定会想："这家人是干什么的？"

要是问我，就打算含糊其辞地说："是个画画儿的先生。"我心里这么琢磨着，便拉开邻居家的玻璃门，上面和我家一样，也写着"出入口"三个字。

这家人好像特别喜欢白花儿，空地上，早开的除虫菊像雪似的开了一片。

屋檐上白烟飘袅。

只听花荫里响起歌声："青蛙咕咕叫，快快回家好宝宝。"一个男孩正独自个儿站在那里撒尿。

只拜访了这一家就回来了，一看与一已点上我买来的一分钱一支的小蜡烛，正在挨着厨房的房间里，往墙壁上刷糨糊贴什么东西。

屋里已是黑洞洞的了。

"那家是干什么的？"

"说是在烟草专卖局当会计。"

"嗬，那很可靠喽。"

土黄色的墙上，贴着莫迪利亚尼的画《只有半个头的女人》，还有一张是杜菲的《蓝色的大海》。

即使这么粗糙的彩印画，也能给这乏味的墙壁添点色泽。大概因为烛光柔和吧，看上去海的颜色湛蓝湛蓝的，显得水灵灵的。

"他们隔壁那家是气功诊疗所呢。"

"咦，那又是做什么的？"

"我一个人来看房子时，就是气功诊疗所的姑娘给我带的路，人挺好的。"

"这么说，我也是她领来的。他们房子好像和我们一样。挂了一块木头牌：出售甜瓜、西红柿和茄子秧。是那家吧？"

与一带着蜡烛，在三间屋里转来转去，我就像飞蛾一样，跟在他后面。右边只铺着席子的屋里，墙上贴着凡高的一张画，画的是一个少女瘦骨嶙峋的侧面像。那下面真想摆个衣橱。这间屋当卧室最合适，两面是墙，窗外有梧桐树叶掩映，远远的，可以望见小里万造家的厨房。

中间的屋子不用说，应该是与一的画室，四扇纸拉门全挨着走廊。三间屋里，这间最不清静。

与一把自己画的一张风景画镶在自制的画框里，挂在这间屋的墙上。这幅画并不怎么好。我从不觉得与一的画有多高明。也许是因我不太喜欢画面上横着一条小路的缘故。

"我喜欢画面上没有路的画。"我试探地这样说过。与一动了气，又胡乱涂上几条茶色的路。

"你这种人要能懂画，还了得。"也许他心里在这么想吧。

## 七

"山静以养性，水动以慰情，动静两者间，斯人得其所。"我曾听与一说过，芭蕉的《洒落堂记》里，有这样的绝妙好词儿。

与一虽然熟知这段绝妙好词儿，却租了这样一间与收入不相称、租金过分高的房子，连马都跑得进来，简直叫人难以安居。而他居然还很满足，我实在有些失望。

厨房水池下面长满了小矮竹、山牛蒡之类的蔓草。门槛下端做了蚂蚁窝，木头已朽蚀不堪。

"劳驾，要是你不累，到厨房吊块搁板好吗？"

"搁板那些等明天再说吧。怎么还不做饭？"

"就做，不过连块搁板都没有，我没法儿放东西呀。"

"我都要饿晕了，快做饭吧。"

与一解下缠头巾，提着炭箱到厨房来了。

家里只有两块鲑鱼，没有米。

为此，等与一走到隔壁房间，我摸黑拿起没敲坏的鲤鱼扑满，用石头当当地敲鱼尾巴。

碎瓦片一块一块地掉在围裙上，落在膝上的铜币倒是沉甸甸的。无论哪个，看上去全像铜币。我心想，会不会有一枚五角的银币混在里头？便用指头去拨弄堆在膝上的硬币边儿。

铜币刚好有二十枚，带孔的一角和五角银币各一枚，有好一会儿我像孩子一样，心里怦怦直跳。

要是倒出来的一分铜币全是五角的银币，加起来就会有十多元啦！我拿起竹篮，走进漆黑的街上。

低矮的房屋一家挨一家，卖什么的店都有。有一家像货箱一样小、名叫鸽子的小酒馆里，放着唱片，唱的都是些银座的歌曲。

街中间有条河，河上架着一座白桥。桥那边鳞次栉比，是一溜儿地道的郊外便宜饭馆。据说那儿还有座法华寺。

我买了一升米，又在菜店买了一些洋葱和山东白菜，像藏小猫似的，一股脑儿全兜在围裙里。此刻我又尝受到这种滋味，过去也不知咂摸过多少次：有了这点东西，明天就能填饱肚子，不必发愁了。我还想起从前跟一个一个男人不得不过的这种日子，饱尝的如许辛酸……倒不如索性往哪儿一撞，撞个头破血流，粉身碎骨，以后的路也就不用去管了。人究竟为什么要活着？为干活吗？为吃饭吗？天天这样得过且过，我越来越感到痛苦。

摸索着走进枸桔木做的家门，屋里漆黑一片，只有厨房灰泥地上炭炉的火，像眼珠一样灼灼发亮。

"上哪儿去啦？"

"我，嗯……没米了，上了趟街。"

"买米去了？怎么不早说呢，我都饿得动弹不了了。"

与一躺成个大字形，似乎边说边在席子上滚来滚去。

"早就想说来着，一直没得便……饭马上就做得。"

"嗯，我说，你也甭顾虑什么。没钱了，就痛痛快快告诉我没钱。有话直截了当说出来才好呢……我明天去上野的博览会转转看。我想，油漆的活儿多少还能找到些。不干活，光画画儿，太自私了。对吧？什么艺术啦，画画儿啦，无非自我安慰罢了。我这种人，用颜料画画夏天的景致，给乡下的老头老太太看看，就很不错了，我只配干这个。"

"你在怪我吗？"

"怪你？哪儿怪你了。就不喜欢你这样，你呀，还是不要太乖僻的好。我的意思是，穷人做什么事都不应当含含糊糊。无论对谁，有什么要求，都该抛开顾虑，把话说清楚，这样做岂不更好！低三下四的，只能使自己变得下作。"

我一边淘米，一边落泪。

"不要低三下四"，丈夫的这句话，深深打动了我的心，把我一向俨然贞女似的虚假，整个儿地给摧垮了。

眼下，自己对一切都已感到绝望。与一一仿佛要把我从这一状态里拉出来，声如皮鞭，毫不留情地叫喊道："现在说什么无人溺水，就无法生存。这种非分之想必须打消。弄到连饭都要吃不上……"

"饭都吃不上，淹死不是更好吗？"

"你才挨过几天饿？能有多少体会？总不见得能饿上一年吧？"

## 八

一连几天，天气晴朗。

井边种着鸭儿芹，根儿上开了些淡淡的碎米似的白花。墙上挂的莫迪利亚尼、尤德利奥和杜菲的画，颜色退得厉害，已没有看头。每天早上，与一一出门，我便在院子里呆呆地坐上一天。

空无一人的房间里，空气像巨掌一样，重重地压在坐着的人的肩上。何况没有家具，触目皆墙，即便是白天，也使人感到沉闷寂寥。

天空湛蓝。

鸭儿芹白米似的花朵，轻轻款摆。

"阿姨怎么不系腰带呢？"

小里家唱青蛙之歌的男孩儿歪着脖子，奇怪地盯着我的腰部问。

"一系上带子，阿姨就头痛。"

"噢——，我爸爸也头痛。"

我把蓝黄两色的棉纱捻成一条绳子，合上前襟，系在腰上。唉！那条旧的红法兰绒带子，大概已从收破烂的朝鲜人手里，转到哪个女佣手上了吧？卖掉腰带，已经是第五天了。今天早上，连与一去上野的电车钱也没有了。他提上自己那双褐色的皮鞋，去卖给老朴。

"卖了多少钱？"

"六毛钱。"

"是吗？老朴知道鞋上有四个洞吗？"

"他说反正要上住宅区收破烂，到时亏损也就找补回来了。还叫我喝碗酱汤再走，我就喝了。"

"好喝吗？"

"啊，好喝极了……给你留两毛钱，买点什么吃的吧。"

今天早上，我一直攥着这两毛钱，茫茫然站在院子里。松树梢上知了已开始吱吱鸣叫，处处都是一片青葱翠绿，看得人眼睛发酸。

想咽口唾沫，舌头上却怪怪的热辣辣的发毛。想吃点什么——红豆饭、中国面条、黏豆沙饼、日本面条，凡一毛钱能买到的吃食，都称心如意想了个遍。我把两枚一角的铜板，放在耳边敲得丁零零响。

知了在吱吱吱叫。

隔着松林，看见那边有人牵了几匹无鞍马走过。

"今儿天气真好。"

收破烂的老朴用秤杆敲着脖子，一脚踢开枸桔木做的门，走了进来。

"老朴，那双鞋有窟窿呢。"

"没事儿。反正在住宅区里能赚回来。"

"真帮了我们大忙啦。"

"没什么。小松回来很晚吗？"

"嗯，总得到晚上……"

"真够辛苦的了。怎么样？不买个煤油炉吗？分三次付款也行。"

"哦……多少钱？"

"九毛钱就行。这玩意儿很方便。"

老朴躺在门口长长的走廊上，凉凉快快的，大概很惬意吧，一面看着我点煤油炉。可能炉子长了锈，上面涂了层灰色搪瓷，样子很古朴。炉芯刚点着，便呜地一下，发出轰轰的声音，宛如飞机下降。

"费不了多少油。一罐能用上三个月。我家就用煤油炉。"

老朴放下煤油炉就回去了。我把灰色的煤油炉放在厨房的窗口，眼睛望着，心想，家具这东西为什么能让人这么高兴呢？

傍晚，我正在井边倒面汤，小里家的孩子跑过来，望着天上说："你瞧，阿姨！飞机在飞呐。"

"在哪儿？"

"你听，听见声音了吧？"

我摸着孩子仰望天空的头说：

"那是阿姨家煤油炉的声音。等你明天来阿姨家，给你看。"

我每天都能望到小里家屋顶上的炊烟，他们家大概是烧木炭或柴火做饭的吧？虽然跟孩子这么说了，可他还是一副不解的样子，望着阴暗的天空说："不是飞机吗？"

## 九

与一记日记真是一丝不苟。如果是我，这么百无聊赖，是什么也不会记的。可是与一，即便是这样无所事事的日子，也总是雨啦晴啦的，像例行公事似的一一写下来。

天天都记些雨啦晴啦的，大概与一自己也觉得没意思，结果便写些"想要顶蚊帐"啦，"在街头看到一则广告：我若称王……"这类事。

可是挨饿的日子像锁链一样持续不断。就连勤勤恳恳的与一也常常把日记扔在一旁，上面蒙上一层薄薄的灰尘。

于是，日记在连续的空白中，进入了八月的某个清晨——似乎做梦跌了一跤，睁开眼睛，像往常一样看着映在墙上的影子。那是个淡黄色美丽的黎明，光线还没照到窗口。

那时，我听到一双穿着新皮鞋的脚步声。"才五点多，会是谁呢？"心里正纳闷，推开隔扇，隔着玻璃门往院子看过去，只见一个大红脸膛的男人，正满不在乎地瞅着我的眼睛笑。背上觉着一股凉气袭来，我也冲他笑笑。

"小松起来了吗？"

"您真早呀！我这就去叫他。"

或许是早上光线的缘故，这个穿戴一新的绅士，这么早就来找与一，该是远道而来相当好的朋友吧？我赶快把与一叫了起来。

"没有这样的朋友呀，他说是找小松吗？"

"嗯，还笑着问，起来了吗？"

"奇怪。"

与一穿衣服时，我打开大门上的锁。

接着，不知怎么回事，四五个男人手拿着鞋，在长长的走廊里高声叫喊着，分三面站开。我吓得就往卧室里逃，可后面站着两个人，堵在那儿叫道："你是小松与一吗？"

与一也吓了一跳，嘴唇直哆嗦。

"到警察局走一趟吧。"

"啊……怎么回事？要是当作现行犯，站着小便的事儿倒是有过，可究竟是为什么？"

"别装糊涂。"

"你是小松与一吧？"

"是呀。小松与一油漆匠，目前正在上野的博览会上画东照宫的杉树，每天能画七八棵。"

"哼，你画不画是你的事，总之，先去一趟吧。"

"是思想犯吗？我现在是临时工，今天不去，这工就会让别人抢了。"

"哎，像个男子汉的样儿，去一趟吧，把话说清楚就行了。"

"要多长时间呀？不会耽搁很久吧？"

许是镇静下来，与一松开嘴巴，露出了笑容。

"我可不想让这事拖到二十九号，你看看这个吧。"

说着，与一从壁橱里拿出征兵令给他们看。

"说真的，你们是不是搞错人了？这个月底，我要入伍服役三个星期。"

搜查完另两间屋的几位绅士，一脸呆相地说："喂，好像是找错人了。"

"没的事儿。就是他，我拿到证据了。"

"是吗？这可有点儿怪了。喂，你这个与一是不是雅号呢？本名叫小松世市，是这样写吧？"

"所以呀，你们看看征兵令不就清楚了吗！"

一张小小的征兵令，在一个个绅士的手上传来传去。

"奇怪，再找一次。你这儿没别的客人吧？"

枸桔门外等着一辆白色的小汽车。鱼店里出去采购的人和送报纸的，都往屋里探头探脑的。

"喷！拿着工资干什么吃的。喂！加奈代，撒点盐。"

"家里没盐了。"

"没盐撒点泥不也行吗？没泥就倒些煤油。"

"这么随随便便在人家里翻来翻去的，连句道歉的话也没有。"

"道歉个鬼……饭也吃不上，急得什么似的，见了他们，倒真要赤化了。"

"小时候，我继父在路边摆摊儿，常挨警察的耳光。真是的，再这样下去，到底要我们怎么着！"

十

上野博览会的活儿再有两三天就干完了，一天傍晚，与一头上缠着绷带回来了。

"真是人不走运，处处倒霉。我说，也许是天气太热的缘故，让人心里烦躁，结果便打了一架。"

"和谁打架了？"

"油漆工那帮家伙说：'那小子不过是个半瓶醋，就会调弄点儿油彩，倒摆个臭架子，让人讨厌。'于是，我就说了：'是说我吗？要是说我就明着跟我说好了。'可他们却说：'就画画儿这个小子刺儿头。'我就冲他们大喊：'你们有什么了不起的？混蛋！你们揩油水捞钱！'这时，冷不防扔过来一只杯子，砸在我额头上。"

"瞧你，跟他们较什么真儿，疼不疼？"

"玻璃碴子扎了进去，估计没事儿。"

与一那天没系皮带，换了条三尺长的布腰带，从中掏出十三天的工资，说："日薪是二元五角。这一打架给扣了五角。博览会本来一天给我们四块来钱，他们从中揩了油，真忍不下这口气。"

即使这样，也有近三十元的现金，心里高兴得怦怦直跳。

"不过，这会不会是故意找茬儿，要辞掉你？"

"不会吧，一个个都怨声载道的，可事到临头，又都点头哈腰的净讨好。"

"都是这样的呀。"

隔了很久，直到今天才买了一升煤油。

灰色的煤油炉发出飞机一样的声响，呜呜地叫着。

两人到院子去浇水。

杜鹃花的叶子变得黑糊糊的，往上面哗哗洒水的时候，无意中想到与一出发的日子。

"再过六天你就要去入伍了……"

"是啊。"

"你不在家，我怎么办？"

"不是有三十来块钱吗？我的旅费和零花钱五元就够了，房租交去十元，剩下的钱好歹也能对付着过吧？"

"差不离吧。"

从气功诊疗所拿来的西红柿秧，总算开了三朵黄花。等花儿落，果鲜红的西红柿成熟时，与一就该回来了吧。一想到要一个人这么无所事事地过活，不免有些惶惶不安；还有，老家来信说，我那天拿着酱油拌饭的盒饭去海军兵团干活的继父，推小车受了伤，所有这些都使我说不出的忧郁。

继父铺好席子，一面摆上唐津产的饭碗、盘子和大海碗，一面高声叫卖道："谁家吃饭不用碗啊？瞧，这碗可全是唐津瓷。五个贱卖，只收一半。若还嫌贵，便宜三毛。嗨，再搭上这个闺女碗，一共二角五。多俊的小闺女，头发红红的，还流着鼻涕哩。"

——我想起了往事，在长崎多石阶的旧码头上，继父挨着卖缎子的中国人摆地摊，露着一只膀子叫卖唐津瓷。连一碗黄黄的长崎汤面都要一家三口分着吃呢。可是，即使这样的地摊，还说什么妨碍交通，不让摆了。继父只好拉着板车，到北九州的乡下四处叫卖。想起继父那黝黑疲倦的面容……我来东京的四年里，贫穷的父母差不多给我寄来了二十块钱。

最后，继父他们好歹在佐世保落了脚，已经有一年了。他在海军兵团推斗车，说不定这是他一生最后干的一个活儿。

老家愁云惨淡，生活窘迫，来信说：

——你若有办法，就筹措个七八块钱，赶快寄来吧。你爹老喊：疼呀，疼呀，快给我开刀吧。现在只能用石炭酸给他洗洗，要是能住院就好了。

吃完晚饭，我想把家里来的信拿给与一看。不知他在想什么，凄凉地靠在窗口唱歌。那曲调很有些秋意，充满忧愁。我喝着热茶，几次想找机会把信拿出来，可是与一却一直不停，尽唱那首凄凉的歌。

## 十一

"还是悄悄地把钱寄给家吧。"每天给与一换头上的绷带时，心里便这么想。

"稍微受点伤就这么疼了，要是把胳膊或腿给切断了，会怎么样呢？"

"那人生也就完了，要是我，就自杀。"

"干不了活儿，活着也白搭……"

与一动身去山里部队那天，风大极了，连天色都变得灰蒙蒙的。

"简直像春天一样，这风真让人难受。"人们一边这么说着，一边在停车场上集合起来。

"煤油炉关掉了吗？"

与一只说了这么一句话，露出一副无可奈何的样儿，看着我笑。

他提着"奉公袋"，穿了一双木屐，一副报社收款员的架势，我咯咯笑了，便遮掩说："着了火才好呢。"

"要是一个人寂寞，可以找诊疗所的姑娘做伴儿。"

"用不着，一个人反而清静。"

我对与一不由得生出一种骨肉之情。对以前那两个男人，从未感到过的一缕柔情，这格外使我动辄流泪。我使劲儿抵住下颏，看着地上，心想："多难为情，真是的……"

我给爱吃甜食的与一买了五分钱奶糖和一串香蕉，用报纸包好交给他。

"今儿晚怎么也得住旅店吧？"

"不认识什么人家，好在兵营旁有家小客栈。"

"给征了兵，恐怕有不少人家都挺惨吧？"

"可不是，农民正赶上收庄稼，的确挺困难的。"

海水浴场的导游招贴，正在寒风里哗啦哗啦地飘动着。那些从站前经过的女人，单薄的衣裙下摆，像风帆一样鼓了起来。

扩音器里传来发车的通知。

"好好保重身体。"

走在长长的站台上，这句话与一重复了好几次。他这么亲切地对我说话，倒叫我心里有说不出的感触。我便故意露出一副傻婆娘样儿，鼓起腮帮，冲他微笑着。这么一鼓腮帮，眼睛却很疼。我使劲抿着嘴，一动不动，等着与一从窗口看我。

开往山里的火车被煤烟熏得漆黑，车窗如同眼睑似的，吧嗒吧嗒地打开了。窗子一开，很多送行的人就像蚂蚁一样，拥到窗下。与一正高举着帽子和报纸包儿，往行李架上放。看得见他那又大又尖的喉结。一瞧见那健壮的脖子，一直忍着的泪水，呛到鼻子里，我只好佯装望着远处的挂钟。

"喂！"

与一好像在吃糖，嘴里在嚼着，手上已经剥开一块奶糖，叫了我一声。

"干吗？"

"给你一块奶糖。"

没有人理会我们。与一的座位靠着厕所，想必能舒舒服服地把脚伸出来。

他好像突然想起什么似的，掰着手指头，一个人嘟囔着："三七，得二十一天呢。"神情很不耐烦的样子。

"没人照顾你，一定要当心，可千万不能生病呀！"

我心里巴不得火车快点开走才好呢。整整让人急了五分钟。那难舍难分的情意，互相之间竟不能明说，让人分外地焦急难耐。我强忍着泪水，眼珠儿直盯盯的，带笑的脸恐怕都要歪扭了。

## 十二

兴许是只有一个人的缘故吧，即使是白天，厨房里也总有几只蟋蟀在跳来跳去。与一已经走了九天了。从山上寄来的头一张明信片上写道：

"火车到达之后，在山谷里的小镇上，深更半夜去寻找客店，真是令人不快。"

第二张明信片是告诉我地址：

"回信就写'松本市第五十团留守队第二中队应征兵小松与一收'。"

第三张明信片是帧很漂亮的照片，高原上的白桦树闪着白光，天上浮着大朵大朵棉团似的白云。信的内容是这样的：

"今天行军，走了三十多里。在农家吃了些葡萄，非常好吃。看样子农民都很忙。行军途中不禁想到，好像只有我们最悠闲似的，真不明白，究竟为什么要走这么一趟。虽说这么悠闲，有人仍旧焦急不安。一个人看家，能行吗？来信告诉我。"

为了消磨时间，与一的明信片和信，我翻来覆去读了好几遍，借此来消愁解闷。他那双木屐是怎么处理的？穿上威武的军靴，也许会像小孩子一样高兴吧？一想起出发那天，与一孤单的身影，感到揪心似的痛楚。

第四封信上写道：

"似乎一直是我给你写信。你或许会觉得我太无聊。离得这么远，我吃饭是不成问题的，倒是你，让我惦记着，不知是怎么吃的。到现在还没收到你一封信呢。生活上，你往后应该建立起一个秩序，等真的定下心来就好了。我说的定下心，并不是让你去学资产阶级太太的样。是指你要积蓄一种力量，能够处理好你我的生活。有钱的家伙去兵营的小卖部，没钱的只好呆在班里，寂寞的时候就瞎嚷嚷唱唱。唱歌的这些人，大概是因为收获临近而焦虑不安吧。我旁边的铺位是个造船工，说是留下三个孩子和老婆来的，头一个星期就把到手不足一元的津贴寄了回去。竟有这样的人呢。总之，身体要健康，好生过日子吧。如果养了鸟或种了花什么的，还可以问问，我走以后都长得如何了；可是家里除了你，什么都没有，便只能问候你了。要多保重。"

从未咂摸过男人这种悠悠的思念，让我变得多么爱哭多么多愁善感。

我用手镜照着自己的面孔。母亲常常说我"你天生流浪的命"。才二十三岁，竟显得那样憔悴，嘴唇一点都不丰润，眼睛也露出了黑眼圈。那么得意的长睫毛，像拔掉了似的，倒饧着，简直不成个样子。

对我这个既不搽胭脂也不抹粉的从不修饰的人，与一却给予强烈的爱，他的体贴温存，是我在过去的两个男人身上从来没有得到过的。而且，儿时母亲对我的爱，让我觉得远不及她对继父的爱，长久以来，我一直很孤独，性格变得有些乖僻。

第五封信的内容是：

"还没收到你的信。准是你原来那种莫名其妙的爱面子心理在作祟。再过一两年，你就会明白，这有多蠢。希望你能下决心，超越自己的旧观念。你好像尽量避免对我讲不愉快的事，竭力不向我暴露自己的弱点，可这些是禁不起风吹的。哎，反正我得说，这脾气很让人头痛。随信寄上的钱，是在队里领的津贴和离开东京时省下的旅宿费。我现在身无分文。然而，这儿的生活也就是吃吃饭罢了，毫无困难。山上晴朗无云。"

第六封信是这样写的：

"在我心里，你每天一点点顺利成长。信，我读了。一字不漏地读了。不像你，匆匆忙忙地读。我是想象着你的模样儿读的。给你寄的二十块钱，好像你挺感动，我猜想，你那儿是不是出了什么事？你给母亲寄去十五元，以为我会生气，可见你还太不了解我。我也想给佐世保家里写封信呢。你想找事做，那倒也好。"

"光靠两块来钱是维持不了十天的，但我绝不同意你去当女招待。这不是什么让人自豪的行当。在兵营里，迫使我想了很多事情。不过有时也想得挺美：比如想两人去佐世保新婚旅行什么的。兵营里真令人扫兴，无论是睡是起来，净是谈女人。我也渐渐地对你有种客居的相思了。再过十天就能见面了。除了女招待，要是能找到旁的工作，就努力干，好好儿生活吧。你说小里先生发疯了，对这不幸的邻居，你要多去安慰他们才是。"

西红柿花儿落了，结了三个青果子。从未有过的快乐，使我心情极其开朗。接到与一的信后，经老朴介绍，我和气功诊疗所的姑娘，每天清早去废品站，挑选做手纸用的废纸。

日历一页一页撕下来，天天早上听着煤油炉着得旺旺的呜呜声，喝着热茶，是一天中最令我神清气爽的事。

第七封、第八封、第九封从山上兵营寄来的信，写满了让人脸红的字句。

地榆、芒草、黄背茅

秋草何寂寥

赠君黯销魂

这一点也不像与一写的诗。但诗的旋律，萦绕回环，渗透我的心底。

（罗嘉　译）

巴勃罗·聂鲁达（1904—1973），是20世纪拉丁美洲最杰出的民主主义诗人，

他原名内夫塔里·利加尔多·雷耶斯，出身于智利中部帕莱尔小镇一个铁路工人的家庭。

10岁开始学写诗，不久就成了相当有名气的少年诗人。

1924年以出版第一部诗集《20首爱情诗和一支绝望的歌》震动智利诗坛，

成为当时最有声望的青年诗人。

此后，又连续写了《巨人的希望》《钟声》《热情的辛肖脱》等诗作。

1945年聂鲁达被选为国会议员，1948年右派势力上台，他被迫流亡国外，

1953年智利政权更迭后他才得以重返祖国，以创作来度过大部分时光。

1970年阿连德当政，聂鲁达被任命为驻法大使，两年后因病回国，病逝于圣地亚哥。

他的抒情诗《西班牙在我心中》、长诗《伐木者醒来吧》和诗集《葡萄园和风》代表了诗人

思想上和艺术上的最高成就。

## ※ 燃烧的忍耐

　　我现在要谈谈那漫长的旅途。那个地方与瑞典相距遥远，在地球的另一边，景色与孤立状况却相似，好似一直延伸到地球南端的我的国家。智利南北走向，她的一端几乎与南极相接，所以地形跟瑞典非常相似，瑞典北端属于积雪深埋的地球最北方。

　　在祖国如此广袤辽阔的地方，我有一个至今仍不愿遗忘的经验。当时，为了

探寻祖国智利与阿根廷的边界，我必须横跨安底斯区。苍茂的森林宛如隧道，覆盖着这片难以接近的地方。我们必须秘密行动，所以只能凭借极少的标志。没有前人行走的痕迹，也没有小径。我和几个伙伴骑着马，避开大树、无法横渡的河流、大岩石、积雪障碍，攀援侧身前进。陪送我的同伴，都很了解这片浓密的森林，但仍然骑着马挥起厚刀，剥下大树皮，作为标志，希望回程可以更安全。他们就这样前进着。

我们在无边的孤独中前行，巨树、大藤蔓、几百年前留下的腐土，蓦然挡在前路的半倒树干——就在这绿白相间的沉默中前进。四周都是眩人而神秘的大自然，同时也有寒冷、白雪，与追逐者渐渐迫近的威胁。孤独、危险和我急迫的使命合为一体。

时时发现不清晰的足印，可能是走私者或一般罪犯逃亡时留下的足迹。他们大多数可能已为严冬的魔手捕杀。在安第斯山中，可怕的雪崩有时吞噬行人，埋得好深好深。

路旁荒野中，我看见一些人做的东西，那是忍耐好几个冬天堆积而成的树枝；是饯别树枝。由长久以来几百位通过这里的行人献给未达目的地即长眠雪中的人，也是高大树枝做成的坟墓。我的同伴又用厚刀砍下大树上低垂于头顶的树枝。那大橡树在冬天暴风雨来临时，仅余的树叶仍会沙沙作响。我赠送给每座坟墓的礼物，即是装饰陌生行人坟墓的树枝。

我们必须渡河。源自安第斯山巅的小溪以炫目的速度汇成了瀑布，蕴涵的"动能"足以击碎岩石与地面。然而，我们遇到的都是平如巨镜的沉静浅滩。马群奔入河流，马蹄无法着地，开始游向对岸。我的马在水中挣扎，想把头露出水面。当时，我失去依靠，时浮时沉。好不容易才抵达河边，跟来做向导的老百姓露出微笑，问我：

"先生，很可怕吧？"

"呵，可真吓人哩——以为这下可完了。"

"我们有您做靠山，这才紧跟着您。"

其中一人又加上一句：

"看到先生那在河水中折腾样子，心想这下子可糟了。"

我们又继续前进，走入了大自然开凿的隧道。这是花岗岩中的水路，不知是水量众多的河流到尽头后冲开岩石造成的，还是因为地球震动隆起时造成的。刚走进隧道，马就开始滑足，它们必须在凹凸不平的石上找到落脚的地方才能前进，马蹄溅出火花。我不时地从马上摔下，我的马，以及鼻上、脚上都渗出血来，而且沾满泥土，就这样在辽阔明亮却又十分难行的道路上往前走。

在这片大密林中，有东西在等待我们。我们蓦地看见盘踞山麓的美丽小牧场，好似幻境。水色清澄，牧草碧绿，野花遍地，小河低语，天宇碧蓝，没有树叶阻碍的阳光普照大地。

我们宛如进入魔环，像"圣"城的客人，自然而然停下脚步。之后，我所参加的仪式"更为神圣"。向导都下了马。城内中央，就像举行仪式一样，安放着雄牛的头盖骨。我的同伴一个个沉静地走过去，把硬币和食物放入骨头的洞孔。我也献东西给那些可能会在死牛眼窝中找到面包和帮助的迷途旅人，以及各种类型的逃亡者。

这难忘的仪式并非就此结束。我的乡下朋友脱下帽子，跳起奇怪的舞蹈。他们单脚踩着前人足迹留下的圆环狂跳着。我望着他们那难以理解的举动，却也模模糊糊有些省悟：

"不相识的人与人之间也能沟通。在这最边远、人迹罕至的地方，也有关怀、愿望与感应。"

我们再继续前行。抵达我长久别离的祖国边界附近的最后山峡时，太阳已西下。我们看到一盏灯火，猜想那儿一定有人。接近一看，有几幢临时搭盖的半倒破屋。其中的一幢，房间中央有一根大树干，甚至可以说是巨大的胴体在燃烧；不分昼夜地燃烧。从天花板空隙冒出的烟雾，有如蓝色的厚面纱，在黑暗中飘荡。屋里堆满了当地的干酪，火旁静静地坐着几个汉子，仿佛袋子似的物件放在一边。沉默中，我们听到了吉他的音色和歌词。这些从黑暗炭火中发出的语言是我们在旅途中第一次听到的人类声音。那是爱与隔绝之歌，是爱的叹息与对"遥远的春天"、"舍弃的故乡"、"无限扩延的人生"的思念。他们不知道我们是谁，对我这个逃亡者也一无所知，更不知我的诗和我的名字。呵，也许他们知道？而在当前的现实里只是大家围着火唱歌、饮食而已。之后，我们走向徒有其名的房间，穿过几间，有温泉在流动。那是从山脉中火山涌现出来的热水。我们被迎入它温暖的怀里。

身子深浸在温水中，喧闹地拨着水，大家都恢复了马背上的疲劳，身心又都充满活力。黎明时，我们走上最后数里的旅程。精神抖擞，心情舒畅，在马背上一面唱歌，一面前进。迄今我仍清晰记得，启程时，为了对歌唱、食物、温泉、屋顶、木柴这些意外的庇护表示谢意，我拿出一些钱币，他们断然拒绝："只是小小的帮助，如此而已。"

在这"如此而已"的短短几个字里，岂不是已包含了许多话语、理解和梦想？与会的各位先生：

我不会从书本里学得作诗的方法，因此我也不认为会给后来的诗人留下诗的知识。我在这演讲中所以要谈过去的事情，所以要在这不合时宜的地方叙述绝不敢遗忘的往事，主要是因为我想指出：在我人生旅途中随时都可以找到必要的帮助。这种必要的帮助并非只是描写一次的素材，它们让我能够了解自己。

我在这漫长的旅途中找到了写诗的要素。我从大地与人的灵魂里得到莫大的资产。于是，我认为写诗是刹那间的严肃行动，其中含有孤独与连带、感情与行动、对自己或他人的接近与自然的神秘启示，两个相对而学等。进而我又以同样的信念想道：一切——人及其阴影、人及其行动、人及其诗情——这一切都是需要随时间而扩大的村社以及梦想和现实永远在我们心中合二而一的行为模式的支持，因为诗情会把这些统一、混合。经过漫长的岁月，到了今天，我们仍然不知道，在横渡那眩人的河流时，在牛的头盖骨四周路舞时，在用高台上的净水沐浴时，我所得到的教训是为了再传达给多少人？那瞬间体验的诗以及后来我歌咏的经验，到底是真实的？还是诗情的？是刹那间的？还是永恒的？我不知道。

各位先生，诗人必须向别人学习，这是我从刚才所说的所有事物中体悟的。没有不能克服的孤独。所有的道路都通向一点，那就是把我们原有的形象传达给别人。同时，要抵达可以跳原始之舞、唱叹息之歌的圣域，就必须超越孤独与严酷、孤立与沉默。在这舞蹈与歌唱中，满含着远古以来的仪式：相信人之为人的自觉与共同命运。

即使有一些人或许多人认为，我是一个党派性很强的人，不能同坐在友谊与责任的圆桌上，我也不想辩白，因为指责和辩白不是诗人的工作，也就是说任何诗人都不曾控制过诗。我认为，诗的敌人不是爱护诗的人，而是那些缺乏与诗人有共同心境的人群。因此，诗人最可怕的敌人就是不能得到他那时代最易被遗忘、最受压榨者的理解。这是任何时代、任何国家都相同的。

诗人不是"小小的神"，也绝不能是"小小的神"，不能受神秘的命运左右。神秘的命运往往被视为比从事其他生计或职业者的命运更为珍贵。过去我常常说，最好的诗人就是给我们日常面包的人，就是不梦想自己是"神"的面包店老板。他从事那了不起的朴实工作，并视之为义务。每天把面粉入灶烤成的面包交给我们。如果诗人把自己承认的工作交给别人，参加绝不会终止的斗争，向我们每天的工作表示献身与体谅之意，那诗人——呵，不，我们诗人就可共享汗水、面包、葡萄酒及全人类的梦。只有经由这条凡人的道路，我们才能使各时代慢慢展露的广袤性再度回归诗的世界。

引导我走进相对真理的错误以及使我一再犯错的真理，都不可能引导我走向创作道路上难以到达的顶峰，而我自己也不敢奢望能够拥有这一切。不过，我曾有过一种觉悟：我们常任情地创造神话，制作幻影。我们制造或想制造的，到后来往往会妨碍我们自己未来的发展，我们一定要走向现实与现实主义。换言之要强烈意识到我们四周的一切事物与变化之道，然后到我们觉得太迟的时候，也要能发觉我们已建造了太厚的墙壁。不仅没有使生命发芽开花，反而扼杀了活生生的东西。既是事后发现，但确已负荷比砖头还重的现实主义。因此，甚至连我们以前认为工作上不可或缺的部分建筑物，也建不起来。人才能了解的偶像——排他性的秘密偶像，而且如果我们无视于现实及现实的堕落的话，我们马上会被闭锁在不可能的世界中，隐身于树叶、泥泞与雪的沼泽，而在被压碎般的断绝中困难呼吸。

就我个人来说，我不断听到美洲大陆作家的呼吁：用血肉填满这广大的空间吧！我们已自觉到我们作为建设者的义务。在这人口稀少但不公正、惩罚和悲哀却不少的世界里，批评性沟通的义务对我们已是不可或缺的事项，而且我们觉得有责任想起往昔的梦。梦不仅沉眠在石像与半塌的纪念碑里，也沉眠在这草原的辽阔沉默中，深深的密林里与雷鸣般的河流中。这块大陆有许多遥远的土地还沉没在沉默中，必须用语言填满它们。说话或命名的工作使我们沉迷。我处于现在这种状况下也许有决定性的理由。如果此言不虚，我可以夸张地说，我的作品和我的修辞，在表现美洲的各项事物中，实在是最单纯的。希望我的每篇文章都能凝固为可以触及的东西，希望我的每首诗都会成为有助于实际工作的器具；希望我的每首歌都会成为交叉路口聚会所的标志，成为人们可在上面刻上新标志的石块与木片；而在这片广大的空间中有所助益。

不管对与错，在诗人的义务扩展到最后的结果，即使不多，也要努力去帮助别人，这种努力才是对社会与人生的态度。我已下了这样的决心。我是看了光荣的失败、孤独的胜利与辉煌的挫败后才下决心的。置身美洲战场，我体悟到自己作为一个人的使命，就是以鲜血和灵魂、热情与希望参加有组织的群众的广大努力。因为只有从这浩瀚澎湃的激流中才能孕生作家与民众所需要的变革。即使我的态度曾经遭遇痛苦的反对与亲切的允诺，或许今后仍会引起这种反对与驳斥，只要希望能在黑暗中开花，只要期望那些不知道读我们的书、或不识字、不能书写、不知道写信给我们的几百万人，能够坚守人之为人不可或缺的尊严，那么在这广大而残酷的美洲国家里，作家所能走的道路也就只有这么一条而已。

我们继承了几世纪来整个民族在惩罚中苟延残喘的不幸命运。这民族像在天堂一样纯粹，以石块和金属建立起奇妙的高塔、光辉耀人的宝物，却蓦然遭遇至今犹有的殖民主义的恐怖时代，遭受掠夺，被封住了口。

作为我们指导针的星辰是战争与希望。可是，没有一个人的战争，同样也没有一个人的希望。所有的人已将遥远的时代、怠慢、错误、现代的紧迫以及历史的速度融合为一。然而如果我以某种形式去帮助维持美洲大陆的封建传统，我将会变成如何？如果我丝毫不以参加我国目前的变革为荣，我今天又怎能在瑞典颁赐给我的这项荣耀前昂首无愧呢？黑暗的神已将污名和掠夺赐给美洲民众，然而为什么会有许多作家不愿意共同拥有这些呢？要了解这点，必须看看美洲地图，必须面对那雄壮的繁复和环绕在我们的空间所具有的宇宙性宽容。

我选择了分担责任的艰难道路。我选择参加每天无休止向前进的军队，好去对付那些一再被奉为太阳系中心却时时犯错的顽固落伍者与不断跃升的性急者。作为诗人的义务教我要与蔷薇、和谐、可称颂的爱和无限的乡愁有连带感，也指示我要跟我在诗中咏唱的受虐者的工作有连带感。

一个不幸而又杰出的诗人，在绝望的人当中最绝望的诗人，写了下列的预言后，迄今已有一百年：

我们在燃烧的忍耐中武装，随着拂晓进入光辉的城镇。

我相信兰波的预言。我来自被黑暗、险峻的地形与世隔绝的国家。我是最被遗弃的诗人。我的诗有地域性，沉重而难过。但我相信人，绝不放弃希望。因而我想我也许能够举着我的诗和我的旗走到这里。

最后我想告诉各位善良的人、劳工和诗人们，所有的前途包含在兰波这句话里，只有靠"燃烧的忍耐"我们才能拥有赐给全人类光亮、正义与尊敬的"光辉城镇"。

因此，诗绝不是徒然吟唱的。

（1971年）

# ※ 归来的温馨

我的住所幽深，院内树木繁茂。久别之后，房子的许多去处吸引我躲进去尽情享受归来的温馨。花园里长起神奇的灌木丛，发出我从未领受过的芬芳。我种在花园深处的杨树，原来是那么细弱，那么不起眼，现在竟长成了大树。它直插云天，表皮上有了智慧的皱纹，梢头不停地颤动着新叶。

最后认出我的是栗树。当我走近时，它们光裸干枯的、高耸纷繁的枝条，显出莫测高深和满怀敌意的神态，而在它们躯干周围正萌动着无孔不入的智利的春天。我每日都去看望它们，因为我心里明白，它们需要我去巡礼，在清晨的寒冷中我凝然伫立在没有叶子的枝条下，直到有一天，一个羞怯的绿芽从树梢高处远远地探出来看我，随后出来了更多的绿芽。我出现的消息就这样传遍了那棵大栗树所有躲藏着的满怀疑虑的树叶；现在，它们骄傲地向我致意，然而已经习惯了我的归来。

鸟儿在枝头重新开始往日的啼鸣，仿佛树叶下什么变化也未曾发生。

书房里等待我的是冬天和残冬的浓烈气息。在我的住所中，书房最深刻地反映了我离家的迹象。

封存的书籍有一股亡魂的气味，直冲鼻子和心灵深处，因为这是遗忘——业已湮灭的记忆——所产生的气味。

在那古老的窗子旁边，面对着安第斯山顶上白色和蓝色的天空，在我的背后，我感到了正在与这些书籍进行搏斗的春天的芬芳。书籍不愿摆脱长期被人抛弃的状态，依然散发一阵阵遗忘的气息。春天身披新装，带着忍冬的香气，正在进入各个房间。

在我离家期间，书籍给弄得散乱不堪。这不是说书籍短缺了，而是它们的位置给挪动了。在一卷17世纪古版的严肃的培根著作旁边，我看到萨尔加里的《尤卡坦旗舰》；尽管如此，它们倒还能够和睦相处。然而，一册拜伦诗集却散开了，我拿起来的时候，书皮像信天翁的黑翅膀那样掉落下来。我费力地把书脊和书皮缝上，事前我先饱览了那冷漠的浪漫主义。

海螺是我住所里最沉默的居民。从前海螺连年在大海里度过，养成了极深的沉默。如今，近几年的时光又给它增添了岁月和尘埃。可是，它那珍珠般冷冷的闪光，它那哥特式的同心椭圆形，或是它那张开的壳瓣，都使我记起远处的海岸和事件。这种闪着红光的珍贵海螺叫Rostellaria，是古巴的软体动物学家——深海的魔术师——卡洛斯·德·拉·托雷，有一次把它当作海底勋章赠给我的。这些加利福尼亚海里的黑"橄榄"，以及同一处来的带红刺的和带黑珍珠的牡蛎，都已经有点儿褪色，而且盖满尘埃了。从前，就在有那么多宝藏的加利福尼亚海上，我们险些遇难。

还有一些新居民，就是从封存了很久的大木箱里取出的书籍和物品。这些松木箱来自法国，箱子板上有地中海的气味，打开盖子时发出嘎吱嘎吱的歌声，随即箱内出现金光，露出维克多·雨果著作的红色书皮。旧版的《悲惨世界》便把形形色色令人心碎的生命，在我家的几堵墙壁之内安顿下来。

不过，从这口灵柩般的大木箱里出来一张妇女的可亲的脸，木头做的高耸的乳房，一双浸透音乐和盐水的手。我给她取名叫"天堂里的玛利亚"，因为她带来了失踪船只的秘密。我在巴黎一家旧货店里发现她光彩照人，当时她因为被人抛弃而面目全非，混在一堆废弃的金属器具里，埋在郊区阴郁的破布堆下面。现在，她被放置在高处，再次焕发着活泼、鲜艳的神采出航。每天清晨，她的双颊又将挂满神秘的露珠，或是水手的泪水。

玫瑰花在匆匆开放。从前，我对玫瑰很反感，因为她没完没了地附丽于文学，因为她太高傲。可是，眼看她们赤身裸体顶着严冬冒出来，当她在坚韧多刺的枝条间露出雪白的胸脯，或是露出紫红的火团的时候，我心中渐渐充满柔情，赞叹她们骏马一样的体魄，赞叹她们含着挑战意味发出的浪涛般神秘的芳香与光彩；而这是她们适时从黑色土地里尽情汲取之后，像是责任心创造奇迹，在露天地里表露的爱。而现在，玫瑰带着动人的严肃神情挺立在每个角落，这种严肃与我正相符，因为她们和我都摆脱了奢侈与轻浮，各自尽力发出自己的一分光。

可是，四面八方吹来的风使花朵轻微起伏、颤动，飘来阵阵沁人心脾的芳香。青年时代的记忆涌来，令人陶醉：已经忘却的美好名字和美好时光，那轻轻抚摸过的纤手、高傲的琥珀色双眸以及随着时光流逝已不再梳理的发辫，一起涌上心头。

这是忍冬的芳香，这是春天的第一个吻。

# ※ 难忘除夕夜

三十年前，我有机会乘坐一辆黑色豪华轿车来到西贡。那辆车像棺材一样锃光发亮，开车的是个穿着笔挺号衣的法国司机。车开到市中心，我问道："城里哪个饭店最好？"

"格朗大饭店。"他答道。

"哪个最差？"我又问道。

他惊讶地看我一眼，便说："我认识的一个在唐人街的饭店最差。那是要多差就有多差。"

"把我拉到那里去。"我对他说。

他拉长着脸改变行车方向，朝唐人街那边驶去；到了一个大门口，把我那沾满尘土的行李卸下。他把我的行李一扔，露出一脸瞧不起的神色。原来他是错把我当成绅士了。

房间确实是乱糟糟的，不过倒也宽敞宜人。房里有一张床，上面罩着蚊帐，旁边放着一个床头柜。房间另一头放着一张木板台，台上有一个瓷枕。

"那是干什么用的？"我问那华人侍者。

"是抽鸦片用的。"他答道。"我给你拿支烟枪来好吗？"

为了使他对再做成一笔生意抱有希望，我便说："暂且不要拿来。"

其时我已处在平民百姓之中。东方各城市，从加尔各答到新加坡，从槟城到巴达维亚，或明或暗都是欧洲殖民者的聚居地，在其周围则是当地老百姓广大的居住区，其中有银行区、手工业区，等等。

我有一条雷打不动的原则：每到一个城市，就要去逛街，逛市场，去那些向阳或阴暗的、坑坑洼洼的居民区走走，目的是看看那里沸腾的生活。但是，那次我太疲倦了，在那纱帐中一躺下就睡着了。

那次在印度支那半岛的旅行，一路上非常辛苦，我乘坐的是一辆破旧的公共汽车，摇晃得我全身都散架了；到后来，那辆老爷车干脆趴在丛林里不动了。在那令人心惊胆战的黑暗中，我无法睡觉，正在那时，一辆汽车路过，把我接走了。那正好是法国总督大人的座车！这就是我之所以能大摇大摆、耀武扬威地进西贡的原因。

在那张中式床上，我酣然进入梦乡。在梦中我在窗口望着南方的河流，望着婆罗洲的霏雨，考虑着我的几个固执念头。突然，一声炮响把我惊醒。一阵火药味窜进蚊帐。接着，一声炮响，又一声炮响，响成一片。四周都是铃声，号角声，喇叭声，钟声以及鼎沸的人声，是在进行一场革命，还是到了世界末日？

其实很简单：原来那是在过中国大年三十夜。

成吨成吨的火药在爆炸，震耳欲聋，令人眼花缭乱，我走到街上。只见到处在燃放焰火爆竹，喷射着蓝色、黄色、红色的火星。令我惊讶的是，有一座高塔在倾泻着瀑布一般的五颜六色火光，等那"瀑布"泻完，就看见在塔顶有一个杂技演员在一个圆球形的火笼里舞而蹈之。那杂技演员就在离地35米高、烧得劈啪作响的圆球里扭来扭去。

过了几年，我有机会在除夕夜在那不勒斯街头舍命行走。那不勒斯城里，家家户户窗口都向外喷射着焰火爆竹，那简直是焰火爆竹狂，无与伦比的焰火爆竹狂！对我这个在那样的街上瞎走的人，最要命的还在后头：等焰火爆竹放完，街上重新安静的时候，各式各样乱七八糟的东西开始落到我身边。其中有断了腿的桌子，破烂书籍，瓶瓶罐罐，破沙发，破锅，以及镀金层已经剥落里面还装着老头儿相片的镜框，等等，不一而足。那不勒斯人把一年来积攒的穷酸，一股脑儿从窗户和阳台扔出去了。他们高高兴兴地把废旧物品请出去，便承担起在未来的日子里彻底清扫的重任。

过除夕夜，最好还是在瓦尔帕莱索。那景观是满目的灿烂辉煌，满目的船舶舰艇。所有船舶都用灯光照明，其中有一艘"绿宝石"号的豪华小帆船，船上每根桅杆都像是用钻石缀成的十字架，它们挂在这位节日夜空女郎的脖子上，显得楚楚动人。在除夕夜，所有船舰不仅让我们欣赏焰火之神妙，而且还动用那些深藏暗处的声音助兴：海上遇险时的专用汽笛也在欢快地鸣叫。

不过，最妙的还是周围的山冈，配合着海港船舰上闪烁的灯光，忽而灯火通明，忽而亮光全无。山冈上所有的眼睛与船舰有节律地眉目传情，这情景确实动人心弦。

在瓦尔帕莱索迎接新年的活动令人终生难忘。在那里也以某种方式焚烧我们的穷困，用灯光和焰火干净利索地迎候未来的日子。

# 唐维

肖格特·唐维（1907—1963），巴基斯坦作家。
主要作品有《判官先生》《玻璃宫》《无法无天》等。

## ※ 妻子的亲戚

　　结婚以后养成了一个要经常思考这样一个问题的习惯，即结婚究竟是件明智的事还是一件愚蠢的事呢。因为，假如是明智的话，那为什么全世界的人都愚蠢呢？假如是愚蠢的话，那为什么有时候会情不自禁地感觉是愚蠢呢？你可以说，如果要思考这个问题，应该早在结婚以前就思考。但我认为，思考此问题的意识通常产生在结婚以后，否则，世界上结婚这件事早就不存在了。说到这里，又出现了另外一个问题，这就是，婚后考虑这件事有什么好处？它的结论是，虽然对已经完婚的人谈不上有什么益处，但对整个人类来说还是有可能从中受益的。正像人类要感激世界上所有从事实验工作的人员一样，晚辈们也应该感激我们这些结了婚的人。当然，只指那些晚辈，他们注视着我们，以含情脉脉的目光。

的确，我们所有人都要感激那位最早服毒、完成了死亡实验的人，他的实验使世界对毒有了认识，知道人服了毒是会死亡的。我们之所以结婚是为了让未婚的人们看到，人一旦结婚就会变成我们这个样子。

婚姻是永恒的话题，也是一门完整的艺术。我们现在要讨论的仅仅是这片沙漠里的一粒沙子和这个海洋里的一滴水珠即妻子和妻子的亲戚。如果你要探求这粒沙子的广度和这滴水珠的深度，你一定会为之惊叹。有诗为证：

> 江河流淌在这滴水珠中，
>
> 沙漠包容在这颗沙粒里。

妻子的亲戚对一个结了婚的男子来说就好像一只张着蛇一样的口的耗子，既不能吞下去，也不能吐出来。吐不出来是因为他们是妻子的亲戚，吞不下去是因为他们不是自己的亲戚。一个人对自己的亲戚总是可以选择要么吞下去要么吐出来的。心情好的时候，开心的时候或者能够容忍的时候，与亲戚的关系就能维持，否则就可以找个借口吵闹起来，他们过他们的日子，我们过我们的日子。但是，同妻子的亲戚打交道好像有条不成文的规矩，这就是无论如何要与他们保持一种关系。向他们表现诚意，与他们肝胆相照。如果他们是长者，就要像他们自己的后代一样表现孝心；如果他们是平辈，就要相处得体，不卑不亢；如果他们是小辈，就不能对他们太谦恭，当然，注意表现得文明礼貌一些是绝没有坏处的。谁能知道，这种压力和精神负担对一个男子来说在多么大的程度上变成了一种犯罪感呢？他丧失了道德勇气，良心受到刺激，变得真假不辨，口是心非。总之，如果他还未完全失去人格的话，那也仅仅是一个口是心非、假话连篇和某种意义上的胆小怕事的人。但是，如果妻子很可爱，那么与妻子的亲戚们就得保持一种友好的关系，无论这会给自己心灵带来怎样的创伤。

一个已婚男子会碰到各种各样的妻子的亲戚。如果把他们分成等级的话，相当于死亡这种亲戚差不多人人都会遇到，但也仅仅是死亡而已，有些人碰到的却是暴死，还有些人碰到的是客死他乡，也有的人是始终被死亡之神纠缠着。相当于死亡这样的亲戚是一些特殊的人，一个已婚的男子对他们也已习以为常了。如妻子的父亲、兄弟、母亲、姨妈、叔叔、婶婶、舅舅、舅妈等等。相当于暴死的亲戚是一些不认识的人。一天，我下班回到家，看见厨房里佣人正在忙乎，烤全鸡、大盘果奶和抓饭等美味佳肴一应俱全。得知是岳父大人的表弟从南非回国，光临寒舍。院子里铺着地毯，上面摆着靠垫，他一边抽着水烟袋一边嚼着槟榔包，摆出一副阔少爷的模样，妻子在一旁端茶递水大献殷勤。我不得不走上前去向他请安，只听他答道："你好啊，老兄！来，坐！坐！见到你真高兴！你们这里也真怪，早早地出门，到傍晚才回家。"

我说："没办法，上班就这样。"

他扬扬得意地说："实际上，当公务员就等于当奴隶。我们家都是经商的，只是几个女孩子的命运如此，她们嫁给了政府职员。说是商人有什么不好，他们可以富到和帝王一样。托你的福，我在南非早先开了一家茶叶店，现在经营两家饭店，生意兴隆。再看看你岳父，过去卖卖花边、尺子一类的小玩意，现在托真主的福只要付点商店的租金，每月八个卢比。这意思是说，经商不是你们想象的那回事。你说说，挣多少工资？"

答道："八十五卢比。"

这位岳父兄弟即两家饭店的老板轻蔑地说："这点收入还不如弄辆马车收点马车费赚的多。"

我用乞求同情的目光看了看妻子，她似乎也赞同这位非洲大哥的看法。大家相视无语，只有陪他用完这顿丰盛的晚餐了事。

这也是一件令我每日心烦的事，周围的人常向我抱怨说，瞧你岳父开的店，苹果型纽扣到处都是四安那一打，他却卖五安那。我怎么向这些有文化的朋友们解释呢？又怎么能劝说他们不要动不动就叫我岳父是小商贩，而称他是老板呢？这件事我虽然已经习惯了，但对那些不速之客的亲戚却束手无策，尤其是那些居住在异国他乡的亲戚更是拿他们没办法。妻子的这些亲戚虽乔居异域，却还要折腾你。他们到某个国家谋生，赚了钱，心里很自在，而他们并不知道我是小商贩的女婿。有朝一日，他们老了，拄着拐杖，突然登门造访，一见面大声地向你问好，吓你一跳。这时他们会说，我们来了，事先也没有告诉你。眼下日子没法过了，但总归是亲戚，我是你岳父大人的姨妈的女婿。虽然我们是近亲，但过去相互之间却没有来往。如果说我不知道你家的地址，你也不会相信。这里所有的人包括马车夫都知道你家岳父大人住在什么地方。

这种情形都发生在那些势利小人那里，他们或许与一些比自己地位低的人攀亲戚，或许是怀有其他目的而隐瞒真实情况。许多当女婿的可怜人都明白妻子那边的亲戚很有一些这样的人。妻子那边的亲戚越多越广，自己的亲戚就会变得越少越疏远，但为了平平安安地过日子，只有结束一些自己的关系，维持妻子那边的亲戚关系，否则怎么会听到和看到许多大动干戈的夫妻之战的故事呢！

（刘曙雄 译）

托尔加

米格尔·托尔加（1907—1995），是当今葡萄牙最优秀的短篇小说家，
托尔加的作品中最著名的还是他始记于三十四岁、已出版了十多卷的《日记》。
《日记》内容浩大，大多以诗和散文的文体写成，用词简洁而富于节奏感。

大师谈幸福

111

## ※ 金翅雀

一家三口人正在不声不响地吃饭，孩子突然开口说："我找到了一个鸟窝！"

母亲抬起头，瞪大了黑黑的眼睛。父亲像往常一样心不在焉，连听也没有听到。也许是为了回答母亲询问的目光，也许是为了引起父亲的注意，孩子又重复了一句：

"我找到了一个鸟窝！"

父亲总算抬起沉重的眼皮，也开始聚精会神地听儿子说话。

孩子高兴了，指手画脚地讲起来。他说，今天下午赶着羊回家的路上，看见一只金翅雀从一棵大白松树树冠里飞出来。他看呀，看呀，在浓密的树枝里搜

寻，终于在高处一根树杈上发现有一团乌黑黑的东西。

母亲把儿子的话句句吸入心田，还用整个心灵吻着可爱的宝贝。父亲则又开始吃饭了。

孩子没有在意，接着讲下去。他说，把羊拴在一棵树枝上，开始往松树上爬。

父亲又抬起疲倦的眼皮，和母亲一样提心吊胆地听着，几乎屏住了呼吸。

孩子一直往上爬。巨大的松树又粗又高，他那纤细的身子紧紧贴在树皮上，慢慢往上挪动，每一次都要分两次进行。先用胳膊抱住，接着两条腿尽量往上蜷，最后才停下来，四肢牢牢抓住坚硬的树皮。

用了很长时间才爬上去，中间不得不在结实的树杈上休息三次。现在只能靠手，因为前面都是脆弱的新枝了。

父亲和母亲都惊呆了，谁也没有吱声。就这样，两个人战战兢兢、一声不响地让儿子爬到树上、爬上树冠，用两只天真的眼睛看到鸟蛋——窝里仅有一个鸟蛋。

听到这里，父母的心脏都停止了跳动，完全忘记了儿子在什么地方，似乎还在高高的树巅，紧挨着天际，完全忘记了他脚踏在地上，无须两只胳膊小心翼翼地攀附着树枝。突然，两个人看见孩子身子一斜，从高处，从松树顶上栽下来，掉在硬邦邦的地上，看来是必死无疑了。

但是，孩子无意中表明，他站在树巅，完全不曾意识到飘在空中、面临深渊的可怕，并且也没有掉下来。倒是发生了另外一件事。拿起鸟蛋以后非常高兴，情不自禁地吻了它一下。蛋壳得到了孩子嘴唇上的这点热气，突然从中间裂开了，里面露出一个还没有长羽毛的金翅雀。

说这件怪事的时候，孩子的表情天真无邪，如同复述从邻居那里听来的《出埃及记》的故事一样。

随后，他满怀怜爱地把小鸟放到毛茸茸的鸟巢里，从树上下来了。现在，他心境坦然，非常高兴——发现了一个鸟窝！

晚饭吃完了，屋里气氛严肃，谁也没有开口。后来，一家人回到暖烘烘的壁炉旁边，看着里边燃烧的橄榄木时，父亲和母亲才交谈了几句。他们的话说得晦涩难懂，孩子没有猜透。何必要知道他们说些什么呢？他只想把那只还没有长出羽毛的小鸟的形象深深保存在记忆之中。

# 萨罗扬

威廉·萨罗扬（1908—1981），美国小说家，剧作家。

代表作有著名话剧《你这一辈子》和长篇小说《人间喜剧》等。

其作品富有人情味和幽默感，不事雕琢，语言简练生动。

## ※ 一张创造奇迹的唱片

　　1921年，我刚满13岁。一天，我从弗雷斯诺市中心骑自行车回家，车上捎着一架胜利牌手摇留声机和一张胜利牌唱片。

　　那架留声机在1935年我去欧洲旅行时，把它送给了基督教救世军。可是，那张唱片我始终保存着。我对它怀有一种特殊的感情。

　　我之所以特别喜爱它，是因为每当我听这张唱片的时候，就想起当初我挟着留声机和唱片走进家门的情景。

留声机花了我10元钱，唱片0.75元，两样东西都是全新的。钱是我当电报员挣的头一个星期的工资。买完这两样东西，还剩下4.25元。

母亲刚刚从古根海姆工厂回家。从她脸上的神色可以看出：她干的活儿是装小瓶的无花果罐头。我知道，罐头食品工最不愿意装这种小瓶的罐头。因为装小瓶罐头干上一整天只能挣1.5元最多不会超过2元钱；要是装大瓶的罐头，就可以挣到3~4元钱。这个数目在那个年头是相当可观的。

我抱着留声机满心欢喜地走进家门。母亲看了我一眼，从眼神中流露出她那天干的是装小瓶罐头的活儿。不过，她没说话，我也没吭声。我把留声机放在客厅的圆桌上，又将唱片取下来，正反两面检查一遍。这时，我觉察到母亲正在注视着我。就在我摇动留声机的曲柄时，她终于开了腔，语调又温和又客气。我心中有数，这意味着她对眼前的事并不赞许。

"威利，你在那儿摆弄的是什么玩意儿？"

"这叫留声机。"

"你从哪儿弄来的这架留声机？"

"百老汇大街上的克莱·谢尔曼商店。"

"是他们送给你的？"

"不，是我买的。"

"你花了多少钱，威利？"

"10元钱。"

"10元钱对咱们这个家来说可不是个小数目。也许这钱是你在街上捡的？"

"不，这钱是我给邮电局送电报挣的第一周的工资，还有这张唱片花了0.75元。"

"那么你从第一周的工资里拿回来养家的——付房租、伙食、添衣服——共是多少钱？"

"4.25元。我每周工资是15元。"

这时，唱片已经放到留声机上。我刚要把机头放在转盘上，就在这时，我突然觉得最好别再摆弄下去，还是逃走为妙。于是，我撒腿便跑。后廊上的纱门砰的一声，我跑了出来，紧接着又砰的一响，母亲追了上来。

当我围着房子奔跑时，我意识到两件事：首先，那是个美丽的夜晚；其次，莱文·凯马尔扬的父亲——一位非常严肃的人，正站在马路对面的家门前愣神儿瞧着我们，兴许还有点惊讶。毫无疑问，塔库希·萨罗扬和她儿子围着房子跑绝不是为了锻炼身体，更不是进行什么体育比赛。那么，他们究竟为什么要跑呢？

出于睦邻关系，在我要跑回客厅时，我向凯马尔扬先生行礼致意。一进客厅，我急忙把机头放在唱片上，然后赶紧躲进饭厅。从饭厅里，我既可以观察到音乐对母亲所产生的效果，在必要时还可以逃到后廊上，再跑到院子里去。

母亲刚回到客厅，唱片的音乐开始从留声机里传了出来。

有那么一会儿功夫，母亲对音乐似乎根本不理会，还要继续追赶我。

突然她停住脚步，也许只是为了喘口气，也许是在听音乐——当时我说不准。

随着音乐继续演奏下去，我不能不注意到母亲要么是累得跑不动了，要么就是确实在听音乐了。过了片刻，我发现她的的确确在倾听了。我看着她来到留声机旁，而不再追赶我。我们家有6张藤椅，还是1911年我父亲活着的时候留下来的。只见她搬了一张到圆桌边，坐了下来。这时我注意到母亲脸上的疲劳和恼怒的神情已化为乌有。我站在通往客厅的过道里，等唱片一完，我走到留声机旁，从唱片上抬起机头，把机器停了下来。

母亲没有看我，只是说道："好吧，我们把它留着吧。请你再放一遍。"

我连忙摇了几下曲柄，把机头放回到唱片上。

这一次，当唱针走到唱片尽头的时候，母亲说："教教我怎么让它转。"我做了一遍给她看。然后，她亲自动手把唱片放了一遍。

不用说，音乐确实很动听。可是，就在一刹那前，她还为了我把一周的工资大部分扔在一件可笑的废物上而大发雷霆哩。后来，她听到了音乐，从中得到启示。是这种音乐感受使她明白了：钱不仅没有白白扔掉，而是花得很值得。

她一连把唱片放了六遍。而我一直坐在饭厅的桌子旁边，浏览着克莱·谢尔曼商店的女售货员免费赠送的一份唱片目录。然后，她说："你就带回家这一张唱片？"

"嗯，它反面还有另一首歌呢。"

我走到留声机旁，把唱片翻过来放上。

"另一首歌是什么！"

"呃，歌名叫《印度之歌》。我还没有听过。在铺子里，我只听了第一面，歌名是《巧巧桑》。您想听听《印度之歌》吗？"

"请你放一遍吧。"

就这样，当家里的其他成员回家时，就看见母亲坐在藤椅上守着留声机在听音乐。

难道那张唱片不值得我永远保存吗？不应该受到我格外地珍爱吗？它几乎一下子就把母亲拉进艺术的境界里去。

并且，据我所知，它标志着一个转折点，从那以后，母亲开始意识到：她儿子把某些东西看得比金钱——甚至可能比衣、食、住还重是正确的。

过了一个星期，母亲在吃晚饭时向大家提出，到了该拿出一些家用钱再买一张唱片的时候啦。她想知道有哪些唱片可买。我拿出目录，把上面列的名字念了一遍，但这些名字对她来说毫无意义。于是，她叫我到商店去挑一张"赫拉沙里"的唱片。

42年后的今天，当我重新听这张唱片、力图猜测其中的奥妙时，我认为是那班卓琴的节拍打动了母亲的心。琴声直接在向母亲诉说，仿佛在向一位情投意合、相互了解的老朋友倾诉衷情。与单簧管配上的班卓琴产生一种使人回忆过去、正视现在和展望未来的效果。它奏出了一个日本姑娘遭受美国水兵遗弃的心声。双簧管奏出了故事的内容，萨克管表现出忍气吞声的呜咽。

从那以后，只要家里人攻击我性格孤僻，母亲总是耐心地替我辩护，等到她实在按捺不住而发火时，她就朝他们大声嚷道："他不是生意人，谢天谢地。"

契斯拉夫·米沃什（1911—2004），当代波兰最著名的作家，
1980年度诺贝尔文学奖获得者，代表作《白昼之光》《冬日的钟声》。

# ※ 存在

　　我望着那张脸，目瞪口呆。地铁车站的灯光飞闪过去；我没有注意它们。如果我们的视觉缺乏刹那间恍惚地吞噬物体的绝对能力，那么所能做的一切，不过留下了一个理想形式的真空，一个犹如从一幅鸟兽画简化出来的象形文字的符号。一个微扁的鼻子，一个头发光滑后梳的高额头，下巴的线条——但视力为什么不是绝对的呢？——而在一种略带粉红的白色里，有两个雕刻的孔穴，装着一

片黑色的闪光的熔岩。吸收那张脸，同时又使它反衬于所有春枝、墙壁、波浪的背景，在它的哭泣中，在它的欢笑中，推后十五年，或者推前三十年，使它反衬。这甚至不是一个欲望。像一只蝴蝶，一条鱼，一株植物的茎，只是更其神秘。因此我觉得，多次试图称呼世界之后，我只能够重复、唠唠叨叨地重复任何力量也达不到的最高的独特的声明：我在，她在。叫喊吧，吹号吧，组织千万人的强大队伍行进吧，跳跃吧，撕碎你的衣服吧，只是重复：存在！

她在拉斯帕尔站口走出来。我被抛在后面，和大量存在物一起。像一团海绵，因不能浸水而受苦；像一条河流，因云和树的倒影不是云和树而受苦。

斯特里马特

埃尔文·斯特里马特（1912—1994），德国著名作家。

他的剧作《猫儿沟》（1954）、长篇《丁柯》《奥勃·毕恩科普》先后三次获国家奖金。

三部曲《创奇迹的人》广泛描写社会现实生活，引起很大反响。

## ※ 父子情

我常常去探望我父亲。有一次，他劝我去剑桥，我拒绝了。他问我理由，我回答说，为了德国革命，我愿意和工人在一起。自从我们这一场分歧之后，他再也不跟我争论政治问题了。

有时，我劝他到外国去。他微笑着瞥了我一眼："为什么呢？"片刻之后，他接着说，"德国是一座监狱，但不是一座舒适的监狱。此外……"他接着又说，"我好久没像现在这样赚过这么多钱了。人们必须承认，那些当权者为经济生活做了许多事情。"

他问我需要什么东西，我安慰他说，我的收入蛮够用。他的神色表明，他不想接着说下去，他坐在钢琴旁，我们弹起了莫扎特的奏鸣曲。

他这个人，向来不爱说话，具有一种疏远的、不露声色的和蔼，在他深深陷入沉默和梦幻的时候，一旦有人要跟他说话，或者提出问题，他为了返回到现实中来，常常需要几分钟的时间。然后，他的目光里会流露出惶恐不安，因为我从年轻时起，也常常出现类似的情形，所以毋须说明，我也能理解他的态度。从小我就听人说："你的举止多像他呀。"尽管生活把我们分开了，可我却觉得，跟他始终贴得很近。不用问我便知道，他在想什么，因为我的性格跟他太相似了。这一点他也许是知道的；在这样长时间之后，来揣度他那些极不连贯的谈话，对于我来说，倒是一种安慰了，可那些谈话，早在几十年以前，就以他的亡故而变成了冷冰冰的沉默。

每天拂晓，在用早餐和女秘书到来之前，他总要弹两个小时的《平均律钢琴曲集》。他的钢琴历来弹得十分出色，和从前相比，在这个为他所鄙视的时代，他弹得更多了。是音乐不断地给他以生机，现在他同钢琴一起度过一天的大部分时光。有时他让我跟他一块儿演奏，我的小提琴拉得还不错，当然是无法跟他相比的。可他总是夸我，因为，正如他说的那样，我理解我所演奏的东西。

演奏规模不等的室内乐，从前在我们家是惯例，这时几乎不再举行了，我家的朋友和搭档都走掉了，或者尽可能地不来探望我们。有一次，一位朋友，一位非常出色的德国青年作曲家，在我和我父亲很少共同散步的路上，遇见了我们。多年来，他在我们家出出进进，他是我父亲曾经帮助过的许多艺术家之一。现在他却匆匆地走开，回避跟我们打招呼。后来我听说，他再也未来过我们家。他在艺术上并未对纳粹作出任何让步；战争期间，他的一部最优秀作品，被一家最著名的帝国乐团搬上舞台，几天之后，便被宣传部长禁演了。多年以后，我又遇见他。他以巨大的同情谈到了我的家庭和我个人；他问起我父亲的情况。我告诉他，在那个打砸抢之夜，他被拖进了萨克森豪森。其实，在我们之间并未发生什么不愉快的事情。他不过是从某一个时刻起，不愿意再同我们交往而已。

很久以后我才理解，对某人怀有感恩之情，只有内心有力量的人，才能做得到，这对懦弱的人来说，是完全无法忍受的，甚至会刺激他反对自己的恩主。此公既非坚强有力之人，亦非软弱怯懦之辈；他属于那种第三类型的大多数。后来，我经常遇到他，那都是无法回避的。我们从未提起他在大街上避开我们的那次邂逅和他疏远我们的事情。有时在他的目光里，流露出某种慌乱和企求，好像他意识到我又回想起了那件事情。这种表情弄得我十分尴尬。我并不想使他难为情，但我也未设法打消他的疑虑。这样的邂逅更加强了我新的生活感受，使我有一种愿望，要么高声呐喊，要么保持彻底冷漠，这表明，我既感到某种惘然若失，同时又感到有所收获，正是这种收获，给了我继续生活下去的勇气。

关于我父亲后来的遭际，我知道得很少，没有什么见证人。我的一位朋友，一个年轻的钣金工人，在萨克森豪森看见他年底还穿着单薄的劳动服砸石头。我朋友说，他知道我父亲从未干过体力活儿；他还看见他被投入集中营之后，毫无怨言地扛抬重物，当初进去时一定是很可怕的。他在党卫队面前始终保持了一种令人感到奇怪的态度：守纪律、有礼貌、鄙视。

从前，他在这个不愿意放弃的国家，越来越感到寂寞。他要么弹钢琴，要么在他多年搜集的那些绘画中间踱来踱去。这期间，我已经到了别的国家。每当我思念他的时候，出现在我眼前的，却不是他最后几年的形象，那几年本来就不是我们共同生活的岁月。我看见他同一些斯文的人在一起，他是那么年轻、敏捷、文质彬彬，我自己则显得又小，又沉默，又无足轻重，紧挨着我的女教师，站在一个不显眼的地方。不知是什么人在我们附近对他身旁的人说："这是一个多么漂亮的人呀！"我惊讶了，他怎么会漂亮呢？他是我的父亲呀！我们家里常有客人来。如果人们午后到来，有时他们想见见我弟弟和我，我们两人或者我自己便被领到招待客人的房间，他们和蔼地跟我们打个招呼，马上便会忘掉我们。

有一次，父亲正在同客人交谈，他的目光忽然落到我的身上，当时我正无所事事地站在一个角落里，他停下交谈，握住我的手，把我领到隔壁房间，他突然把我抱起来，紧紧搂在怀里，一声不响，拼命地吻我。

那是一个既甜蜜，又令人惊讶的瞬间，面对如此贪婪的吻，我极力要喘口气，我在他的怀里挣扎着，因为他那天脸刮得不光，他的胡子茬儿直扎我。他把我放在地上，领我走进儿童室，当我抬头看他时，我惶惑地发现，他的眼里噙着泪水，这是我头一次，也是最后一次看见他的眼泪。

我看见他立即又返回儿童室，这可是很少见的。大概是一两年以后的事情吧，当时我大约六岁。他让我张开手，说要送给我们玩具。那是两件金属的小东西，是他从战争中带回来的两枚勋章。我们真不知道该拿它们怎么玩，一直把它们跟我们的布缝的动物和木制的小汽车放在一块儿。

后来我听说，1914年的时候，我父亲像大多数人一样，是信仰野蛮的民族主义观点的，后来他变了，回来时他已经转变了立场。他很少禁止我们做什么，但却禁止我和弟弟玩锡铸的士兵，这是我们无法理解的，我们觉得特别委屈。他只打过我一次，大约是在我十三岁的时候，我已不记得大家围着饭桌在谈论什么，显然是涉及到了政治问题，我插嘴说，我们有权利重新收回阿尔萨斯一洛林。我父亲一听这话，脸涨得通红，他站起身来，一句话未说，走到我的椅子旁边，给了我一记耳光，便离开餐厅而去。后来我才想起来，他从未谈过战争，相反，一旦有谁提起这个话题，他便会陷入一阵长时间的沉默。

那时，也就是很久以后，当他孤身一人沉浸在音乐里，似乎在等待那场灾难来临的时候，他几乎改变了所有的习惯。他没想到，人们会劝他退出他的俱乐部，他宣布退出了。他不再买画，却卖了许多；我不便询问这些画的去向，在我那仅有的几次探望中，我发现要么这幅画不见了，要么那幅画不见了；不过，我还能看见那幅美丽的、阴森森的奥迪隆·勒东的画，透过画面上的烟雾，可以看到许多人世间所没有的花卉；科林特为我父母画的那幅肖像画，还挂在大房间里。第二次世界大战以后，我已经很久不再想到我父亲的那些藏画了，偏巧在奥斯陆博物馆里又看见了那幅蒙克的画，这幅画曾多年挂在他的写字台上方。

画面上描绘了一个男人的侧影，他站在一间昏暗房屋的窗旁，窗外黑蒙蒙的海面上，驶过一艘灯火通明的船只。但是，不只是某些绘画不见了，我父亲把马也卖掉了，他不再骑马了，在那些先生们在动物园里借骑马奔突取乐的时候，他若仍然设法保持这种习惯，那就令人难以理解了。我早就没有马了，当我父亲发现我并不怎么喜欢骑马，原来只是为了讨他的喜欢才骑马时，他失望了。他自己是个出色的骑手，他在训练跑道上还正正规规地训练过跳越障碍呢。

早年，我还是孩子的时候，每当女教师陪着我去散步，都会遇见他。晴天，我还可以带上小自行车，沿着与骑马的沙路平行的莎洛滕堡大街行驶，街上有些忽上忽下的小土丘，散落在工学院门前那些古树中间。他驾驭马匹跑着碎步向我们走来，从远处透过树丛就能互相看见，他总是一个人骑马。看不见的阳光照射着的薄雾弥漫在秋天的树林里，树上的叶片，像滑行一样，轻轻地飘落在地上。我欣喜地望着他漫不经心地、轻松愉快地坐在马背上。我喊了一声："爸爸！"可是，他未答应，仍然骑在马上，踏着毫不减慢的碎步继续跑着，带着他那和善的微笑斜视了我们一眼，在略微靠近我们的时候，他只是把鞭子举到他的帽檐上。我们静静地站在那里，目送他走过去，在我们身后，零零星星的马车走在沥青路上，车上的饰物发出叮叮当当的响声，我们看着骑手和马消逝在金色的雾霭当中。

（张黎 译）

# 罗曼·加里

罗曼·加里（1914—1980），原名罗曼·卡谢夫，法国著名作家，

也是唯一一位两次获得法国龚古尔文学奖的作家。

俄籍犹太人后裔，童年时代在俄国和波兰度过，1926年移居法国。

第二次世界大战期间参加"自由法国"空军，转战欧洲、北非和中东，

获十字军功章和代表法国最高军事荣誉的解放勋章。战后曾任法国驻洛杉矶总领事。

罗曼·加里于1945年发表处女作《欧洲教育》，一举成名。

长篇小说《根深蒂固的天性》（《天根》）（1956）和《如此人生》（1975）荣获龚古尔

奖，但真正给他带来国际声誉的还是他的自传体小说《童年的许诺》（1960）。

他的作品充满对自由和正义的幻想，

并贯穿着人道主义和乐观主义的奋斗精神，着力揭示人类文明所面临的种种灾难，

谴责"欺诈，谎言和伪善"。

## ※ 我的母亲独一无二

记得我13岁时，和母亲住在法国东南部的耐斯城。母亲没有丈夫，也没有亲戚，够清苦的。但她时常能拿出点令人吃惊的东西，摆在我面前。

她从来不吃肉，一再说自己是素食者。然而有一天，我发现母亲正仔细地用小块碎面包擦那给我煎牛排用的油锅。我明白了她成为素食者的真正原因。

我16岁时，母亲成了耐斯市美尔蒙旅馆的女经理。这时，她更忙碌了。一

天，她瘫在椅子上，脸色苍白，嘴唇发灰。马上找医生，做出诊断：她摄取了过多的胰岛素。直到这时我才知道母亲多年来一直对我隐瞒着的疾病——糖尿病。以致每天上班前，她须先给自己悄悄注射一剂胰岛素。

她的头歪向枕头一边，痛苦地用手抓挠胸口。床架上方，则挂着一枚我1932年赢得耐斯市少年乒乓球冠军时得的银质奖章。

啊，是对我的美好前途的憧憬支撑着她活下去。为了给她那荒唐的美梦至少加一点真实的色彩，我只能继续努力，与时间竞争。直至1938年我被征入空军。

巴黎很快失陷，我辗转调到英国皇家空军。刚到英国就接到了母亲的信。这些信是由在瑞士的一个朋友秘密转到伦敦，送到我手中的。

直到胜利前夕，这些无日期的信一直忠实地跟随着转战各国，源源不断地送到我手里。

后来她的信越来越简短了。我感到有点不对劲。可是信中没有说出了什么事。管他呢。我真正关心的只有一件事：她还活在世上，我还能见到她。

巴黎快解放了，我去法国南部执行一项任务。我一路匆匆忙忙，急躁得浑身热血沸腾。除了想早点回到母亲身边，其他我什么都不想了。

现在我要回家了，胸前佩戴着醒目的绿黑两色的解放十字绶带，上面挂着五六枚我终生难忘的勋章，肩上还佩着军官肩章。

到达旅馆时，没有一个人跟我打招呼。原来，我母亲在3年零6个月前就已经离开人间了。

在她死前的几天中，她写了近250封信，把这些信交给她在瑞士的朋友，请这个朋友定时寄给我。就这样，在母亲死后的3年半的时间里，我一直从她身上汲取着力量和勇气——这些给了我能够继续战斗到胜利那一天所需的力量和勇气。

芝木好子

芝木好子（1914—1991），日本女作家。

新婚当年，以小说《青果市场》荣获芥川奖，《豆腐皮》与《青瓷砧》获女流文学奖。

1984年出版的长篇小说《隅田川暮色》，既展现了隅田川的风情，

也表现了主人公独立不倚、为实现自我价值而奋斗的精神，

是为芝木好子毕生的力作，获当年日本文学大奖。

# ※ 奈良的乡里

别看在山里，清晨醒来的时候一样能感觉到这姗姗来迟的春的气息。

从奈良的八木乘樱井线下行，在第一个小站下车后步行相当一段路，有一个小小的村庄。村子的中间有一座古寺，周围住有十六户人家。玲子家就在这依山的一面坡地上。房侧是一片疏林，门前是开阔的庄稼地。山坡下，一条清溪蜿蜒流去，玲子常在这浅浅的溪水中浣纱濯布。

敬一和玲子从遥远的中南美旅行归来后因为暂无去处，于是，提着行囊住进了这所师兄留下的空房。原本打算小住一段，却不知不觉中度过了两个春秋。这天，她又来到溪边，忽见邻居家的小狗从山上疾奔而来，想必是受到鹿或狐狸之类的追击。温融融的溪水中长出了水芹，在这风和水暖的季节里，玲子不禁俯身去看水中的游物，定睛一看，不料，却是条蛇，若在过去，她定会吓得拔腿就跑，而如今却能抓起镰刀自卫了。

敬一一周中有三天要去京都。自从任京都一所大学的工艺研究室研究员以来，每次去上班都是由玲子开着自家破旧的车送他到车站。尽管住在这里上班不大方便，但对他们来说，能有现在这样一处带工棚的住房已是十分满足了。早上，敬一出门时，玲子托他给买一些染织材料，因为她本人很少去京都，尽管从八木乘车去京都不消一个小时。敬一因为要在有许多参考资料的研究室写作，所以回到家里总是很晚。玲子的白天常常是独自一人度过，家里静无人声。干活时，时而眺望眼前的自然景色，想起自己在东京生长了二十八个年头后，竟漂泊到南美，现在又来到山里，这一切连她自己都感到不可思议。

这一天，敬一一身平时极少有的西服打扮，说今晚要会什么人。去年深秋，在京都的一个小画廊举办了杉田敬一和菊竹玲子的作品展以后，他的视野开阔起来，开始了与社会上同行间的交往。玲子为自己能给敬一当助手而感到满足，她随他从墨西哥到危地马拉、秘鲁等国，潜心学习当地手织物的各种技法。他的罗麻织物风格独特、技艺精湛，而她一开始学的就是用地机织原色的坯布，并且喜爱织一些自己独创的图案。她在展览会上展示了一件用危地马拉织法和刺绣制成的玛雅文化传统庆典时穿的盛装，这种服饰是在藏蓝色地儿上分布着紫、红、绿色的奔马、天使、花卉和几何图案，再配以横条纹，给人以华贵绝伦之感，被视为当地民族服装的极品。连敬一也由衷地赞叹："你的感觉真不赖！"不过，危地马拉的华丽之美，也给她锦上添花。

俩人出门时连家门都没锁。上了车，他说："今天要领津贴了。玲子，你不是想买一只烤箱吗？"

"要说最想要的还是设计画集。不过，那也许很贵。"

"嗯，知道了。"他应道。

"我说的要见一个人，是请研究室室长引见一位东京的画商，顺利的话，上次那样规模的二人展说不定还能再办一次。"

"真的？有那等好事？"

"当然有可能。上次的展览，《京都新闻》和一些周刊上都报道过嘛。不过，即使能成，最快也要到明年。"

"没有新作，就没有再展的意义呀！"

"在东京办展览你没有兴趣？"

敬一注意着正手握方向盘的玲子的反应。

"我不是不想回去，可回去又去见谁呢？举目无亲的。"

"总有值得怀念的地方吧，像曾经住过的地方啦……"

"那倒也是。"她淡然答道。

车站到了。他下车后，用目光向玲子道了别，转身朝站里走去，颈项处比平时显得白皙和清爽，那是因为昨天玲子刚为他理了发。玲子在车站附近买了点什么就回到山里。一天的工作还在等着她去做。她从未感到单调乏味，反倒从中领悟出人生的意义。所谓地机，是坐在地上来操作的一种织机。学生时代虽然曾经学过，但没有想到会有什么实用价值。玲子驾着老爷车驶向回家的路上，道路的两旁在玲子的遐想中变成了东京郊外的景色。在那里，要说想去的地方，恐怕只有阿爸阿妈的长眠之地。在国营电车田端车站的前一站有个个地方铁路的小站，叫上中里车站。记得从这个车站出来，正面对的那段坡地叫平冢山。用石头垒成的围墙那一边是平冢神社，墙这边有一座古老的寺庙，寺庙的山门横额上写着"平冢山"三个大字并刻有寺庙的名字。

这是一块不小的墓地。靠边缘的那块墓碑上，最先刻上的是玲子阿妈的名字。从事地质勘探工作的阿爸常年奔波在旷野，很少回家。阿妈因晚期乳腺癌去世，对阿爸的精神实是一个非同小可的打击；他比以前更加寡言少语，除了工作，回到家里总是大门不出二门不迈，偶尔领着还在上中学的玲子和大玲子三岁的长子胜巳去为妻子扫墓。墓前仪式完毕后，爷仨默默不语地边浏览别人家的墓碑边往回走，这时阿哥或许是觉得无聊，总是匆匆地先他俩而去。

玲子不忍那样做，她知道，这时刻对阿爸精神上是多么大的慰藉。阿爸终于也长眠于这块墓碑下，那是玲子出嫁后的第三个年头。那时候，阿哥被派往大阪工作，阿爸独居在老宅。一天，因饮酒过量引发心脏病而溘然逝去。在玲子看来，自己的人生之路正是从这时起开始走向坎坷。什么时候能重返故地，一定要去上中里的高地走走，如果没记错的话，那座神社里还应该有一家汤团店。

一回到家里，她立即支起拴在柱子上的地织机。平日里，敬一在做纤秀的薄织物研究时，她在一旁用原色织些在南美学来的具有古老传统特色的图案，怕时间一长淡忘掉。

晌午时分，玲子无意中望见一个男人出现在远处一片庄稼地旁的小斜坡上，正朝这个方向走来。那人身着西装，肩挎公文包，一副城里人打扮；年纪像是中年人，细高个，白皮肤。玲子站在屋檐下踌躇地打量了许久，在这个偏僻的山里，一般不会有人不约而来。再看那人的模样，不像保险公司的推销员之类的，莫非是要去寺庙而走错了路？也不像。待那人走近，能看清五官时，玲子怔住了，简直不敢相信自己的眼睛。待进一步证实没看错时，不禁为这突如其来和几乎不可能的偶然打了一个寒战。不，也许这并非偶然，他绝不是奔这无名山村的小小寺庙来的，而是特为寻访自己来的。

那人被树丛遮挡而看不见时，玲子退进屋里的一角，她设法使自己平静下来。此刻，她并不想知道他为什么来这儿，而是不想再见到这个已与自己毫无关系的男人，不愿再受到他的伤害。然而，不管她愿意还是不愿意，都将逃避不了一个令人尴尬的处境。门外传来男人的询问声，怎样回避呢？玲子一时茫然不知所措，门外那人一遍又一遍的拍门声似是催促主人快开门。终于，她迎了出去。门打开时，他看到的是一张绷紧的、充满戒备表情的面孔。

"是谁呀？"

"贸然打扰，对不起。要是给你添麻烦的话，我可以马上回去。"

"你不至于到这个山里来办什么事吧。"

"听说杉田先生不在家。我是昨天到大阪的，向他的研究室打听过，说他今天去。趁他不在时来打扰你，这也许不合适，可我是担心他在的话你会不见我。"

他的这番话显然经过深思熟虑的。这时，她虽然不至于把专程来访的这人拒之门外，但是让其进屋也是十分不情愿的。来人好奇地把这所房子扫视了一遍，这里几乎没有一件像样的家具，也没有电视机，甚至连一把待客的椅子都没有。主人让他坐在廊下的坐垫上，这儿可以望见奈良绵延的丘陵。或许是受到这田园诗般景色的衬托，这宅院的工棚显得那么质朴和悠然，只有墙上挂着的那只敬一织的挎包鲜艳夺目。玲子为客人冲了一杯咖啡，家里除了咖啡也没别的东西招待，不过，这有着中南美特殊酸味的咖啡倒是产地寄来的正宗货。来人就着杯中溢出的浓浓香味细品似的呷了一口，长长地舒了口气，像是驱散赶路的疲惫。

"唔，味道真不错！记得你以前就很会冲咖啡。"

"那是因为阿爸总离不了咖啡。"

"是啊，你父亲明知咖啡伤胃，却偏爱喝。"

"阿爸是谁的劝都不听。他身体不好，所以总想在自己身子还能做主的时候让我早一天嫁人，可是，我却不想离开他老人家，因为阿哥在大阪工作。"

"出嫁了并不等于见不到嘛。"

"话虽那么说，可在小冢家，我要说回家看看阿爸的话，谁都一脸的不高兴。"

的确，无论是丈夫还是婆婆贞子，都不乐意她回娘家。兴许是多年来母子俩相依为命的缘故，母子情深，以致后进这个家门的玲子都没有立足之地。那时候，玲子每日接过贞子数与的钱照其吩咐上街买这买那。他每天下班回来进门后的每一句话都是问："我妈呢？"

玲子唯一的乐趣是学习染织，并每周去听一次课。但是，她无论染个什么都没有得到过婆婆的满意，即便按照她的立意构好图、点好色，做成的草样似乎凑合中意了，但不知为什么，玲子辛辛苦苦、花费三个月功夫终于为婆婆做成的手绘和服最终仍得不到她一句满意的话。说不清是因为时间一长，还没做成就已经看够了的缘故还是什么。

那时，阿爸的身体总是不好，自退休后就守在家里，难得出门。一个人过日子后，平时只有一个女佣在每周固定的日子来清扫一次室内卫生。因此，玲子难免放心不下。有时，称去上课，其实是回家探望阿爸。几次回家都看见阿爸孤寂地坐着或因哪儿不舒服躺在床上，她便忙着给阿爸熬点粥，做碗汤。过不了一会儿，阿爸就催她早点回去。

"你离开这么久，小冢家该有什么事了吧。"

"爸，您别操那份心，那边妈才六十岁，身子骨又挺结实的。我不在跟前，怕是她更气顺哩。"

"等有了孩子就不一样喽。"

"我可不想生孩子。"

玲子边说边摇头。婚后一年时，她曾经流产过一次。那是在一个冬夜里，屋外下起雨来，遵婆婆贞子之命，她带上雨具去接迟迟未归的丈夫，在长时间的等候中受了寒，腹中的小生命夭折了。毕竟是为父者，为此他好不痛惜，有一度蔫得像霜打了一般。可是贞子就像听到什么令人生厌的事情似的蹙了蹙眉头，到底没说一句作为婆婆应该说的安慰话。或许这就是女人对女人自身的事会有某种本能上的厌恶和逆反吧。贞子视玲子的不多言语为阴险，对其怀孕也毫不掩饰嫌恶之意。小冢开始冷落妻子当然与他母亲的影响不无关系。贞子出身于金泽的名门大户，时时处处一副良家贵妇派头，对多半随父亲长大的玲子的女德教养总是百般挑剔。

阿爸心脏病的发作越来越频繁，时而住院，时而出院，一个人生活实在不方便，于是让一个熟人正在读研究生的儿子寄宿在二楼，好歹有个照应。玲子回去陪护阿爸时，贞子叫来一个远房亲戚的女孩做家务帮手，家里琐碎细小的事一应都让她干。结果玲子回来后就显得多余起来，可与丈夫一说，他却不以为然道："让你舒服点还嫌不好，真不知好歹。"

不知从什么时候起，他也开始话中带刺了。

玲子回家服侍阿爸的日子里，他曾经有一次在漆黑的夜里突然到来，说是来看望阿爸。这时，阿爸非常消瘦，使人感到日子已经不长了。可固执的阿爸不肯住院，宁肯住在自己家里，在起居室读读书看看报，或望着庭院里自己摆弄大的花草树木，求一份自得与安谧。小冢很难得来，偶尔来也是总心神不定的样子，敷衍地问上一两句，就没什么话了。阿爸本来就是个不多言语的人。

"您老一定感到寂寞冷清吧。"

"不，这夜晚的小院也很好看呢。看看它，就联想起我这辈子走过的大自然的山山水水，所以总也看不够。为调查尼泊尔的地质情况，从加德满都到其他各地，我们都跑遍了。从博卡拉看喜马拉雅山，那雄姿壮景实在叫人难以忘怀。你对那些地方有兴趣吗？"

"没兴趣，我不喜欢那种荒僻的地方。"

病人一反常态，滔滔不绝地说着，显然是为了别冷落了没话说的女婿。玲子在一边默默听着。小冢坐了一会儿，又看了看家中的各处，问起楼上那研究生的事。

"哦，你是说江并君，他出去了。他呀，每天要睡到中午才起床，到晚上就来精神了。"

玲子笑着，同阿爸一道你一句我一句地应酬"来客"。玲子说到江并时，小冢脸上浮出厌恶的神情。夜已经很晚了，那研究生才回来。小冢像要牢牢记住对方似的，目光在他的脸上停留了好一会儿后，对玲子说："我走了。"玲子和阿爸都以为他今晚会住在这里。

"你不认为那样的话，妈妈会感到寂寞吗？"

对要留他住下的妻子，小冢冷冰冰地甩下这样一句话，就匆匆离去了。

直到这时，玲子都没有觉察出丈夫的不悦、婆婆的无端猜疑和请年轻姑娘在家帮忙的用心。然而，她抱定一个念头，即只要能在阿爸最后的日子里尽一份做女儿的孝心，自己的人生中出现什么样的变故都无悔无怨。阿爸的病情反反复复，总算艰难地熬过了年关。一天夜里，玲子在婆家接到江并君打来的告阿爸病危的电话，立即赶到阿爸床前时，老人已经神志恍惚。弥留之际，阿爸见到从大阪赶回的阿哥时，才沙哑地嚅嗫道："没想到死也是这样遭罪。"

小冢终于没来。阿爸的死成了他们夫妻关系的终点。葬礼结束后，玲子便无家可归了。贞子身边那姑娘的肚子一天天大起来。面对玲子的诘责，小冢脸色顿时刷白，理屈词穷地不敢正视对方，突然，想起来什么似的反唇相讥道："那你自己就没有任性和不检点吗？"

玲子不否认自己确有任性的时候，但对不检点之说实在不可接受。

"你父亲去世前后，你都和谁住一起了？你倒是说个明白呀！"小冢振振有词起来。

对妻子日日夜夜在病床前守护着的死亡线上痛苦挣扎的自己的阿爸，做丈夫的竟会生出如此疑心，玲子惊愕之下说不出一句话来。玲子心里明白，她们夫妻间的感情已经彻底破裂，任何试图消除丈夫的误解和妻子的冤屈的努力都是枉然的；此刻，多说一句话都只能导致更加对立和进一步受到伤害。在小冢的身后，有他的母亲和大肚子女人以绝对优势与玲子对峙着，而在丧父的她来说，有的只是愤懑和冷静之余的虚无感。虽然三载有余，回首这段日子，的确与丈夫之间甚至连一次推心置腹的谈话都不曾有过。

阿哥在玲子谈起已经分手的丈夫时说："世上确有一类男人永远主宰不了自己。"阿哥胜巳在一家贸易公司工作，不久将被派驻墨西哥的墨西哥城分公司，并准备携家属同去。阿哥让已是孑然一身的玲子随他赴任暂住一阵，调节一下郁闷的心情。胜巳和妻子多津子都性格外向且好胜，常为鸡毛蒜皮的小事吵得天翻地覆，把个玲子吓得不知所措；可第二天早晨起来后，他们竟像不曾有过什么一般开起玩笑来。玲子简直傻了，心中叹道世上竟也有这样的夫妻。他们的争吵并不伤害对方，只是让自己、也让对方痛快淋漓地发泄一下不满和怨气，颇似进行一番体育锻炼，过后不留什么阴影。两岁的小侄儿像是已经习惯了父母的暴风骤雨，并没有从熟睡中醒来。玲子悟出了夫妻模式原是随遇而异的，但并不羡慕哥嫂他们。对男人，她不再抱什么期望，因为在男人周围她没能再看到像阿爸那样一种克己的、安详的世界。

胜巳平时除了去其他城市跑贸易，就是领着从日本来的客户去阿卡普尔科或尤卡坦半岛游玩，多津子挪揄他是旅行社的导游。这次，蒙阿哥的好意，玲子随他来到瓦哈卡州。他们从墨西哥城乘飞机，大约四十五分钟后，来到瓦哈卡市。这座城市虽不算大，却是州府，也是印第安手工织物的集散地。市中心有一个广场和一座教堂，教堂前参天的古树下有一些供游人休息的长椅。周围，各类商店鳞次栉比，道路四通八达。趁阿哥外出办公务，玲子来到长椅前坐下，欣赏起大街上过往行人绚丽多姿的穿戴，无论是图案还是款式都让人百看不厌。自打离婚，一转眼将近一年了，这一年里，她感受到了世界之广阔和多彩。虽说墨西哥人中有70%以上是印第安人与西班牙人的混血，但仍有一些一眼就能辨认出来的纯印第安人。

印第安人的女性都身穿风格独特的原色图案的服装，走在人群中十分惹眼。

广场边，一辆公共汽车到站停了下来，下来一些人，其中一个穿白衬衫的年轻男子一下子注意到了玲子，在走过长椅前时，他停下脚步，自言自语般地问道："是日本人吗？"

对眼前这位晒得黝黑的陌生男人，玲子一时判断不出他是哪国人。

"是的。"

"真稀罕，在这儿竟能遇上日本的女性。"他兴奋了，又问玲子从日本什么地方来。

"从东京来，现在住在墨西哥城。"

他似乎意识到对方投来的审慎的目光，马上说："哦，失礼了，因为好久没说日本话了。我这正要去邮局。"

说完微微鞠了个躬离去了。那人的言谈举止中多少还带有学生气。玲子有点责备自己刚才的冷漠，可当时确实也不知该说些什么才好。阿哥还不回来，今天出来才只看了教堂，想去逛街又担心和阿哥走岔，让他着急。

正等着，就觉得身后有人在招呼自己。回头一看，是方才那位年轻人。他两手各握着一罐可口可乐，正朝这边走来。"给，喝吧。"说罢向玲子递过一罐，自己打开另一罐喝了起来。他仰起脖子一气喝得喉头咕咕作响。玲子这时才稍稍打量了这人一下，确信是自己的同胞。

"您在等谁呢？"

"我在看当地人的服装，总也看不够哩。这里和墨西哥城不同，穿民族服装的妇女很多，艳丽的色彩和图案的题材非常协调，使这里的妇女很具魅力。"

"我住的那个村子，女人平时不穿上装，只在腰上系一块布遮体。"

玲子心里想这人在那儿干什么呢？却没有问出口。她用手帕揩了一下可口可乐的罐口，喝了起来。时下，日本正是早春季节，这里已是烈日炎炎的初夏了。玲子又会给这位年轻人留下什么印象呢？她并不就某个感兴趣的问题去弄个明白，无疑也是日本女性的特点。但其内心是很想知道他是做什么的，是搞历史研究的呢，还是从事宗教活动的。

"您来此地有多长时间了？"

她问这话时，眼睛却随面前走过的一位女子在转动，被其腰间的一条手编红色腰带吸引住了。

"有两个月了。哦，像那样的红带子我也会织。"

"啊……"玲子发现阿哥出现在广场的另一角并匆匆向这边走来，她终于等回了阿哥，可不免又为这边的交谈就要结束感到惋惜。

胜巳走近时，年轻人已经从长椅上站了起来。在瓦哈卡市，偶尔能见到日本游客，长住的则很少见。久别故土的同胞能在此邂逅，实在是非常难得，所以彼此都倍感亲切。寒暄中，胜巳一本正经地介绍说："这是我妹妹。"年轻人比较似的瞅瞅这两人，说："真像哩。"其实，兄妹俩并不相像，所以，在玲子看来他这般讨好显得十分笨拙，又十分可笑。年轻人自称是京都某大学工艺专业毕业，正在研究中南美民族服饰史。

"那你是在印第安人部落体验生活、学习织物喽？打算在那里住多长时间？"

"在经济力量允许范围内尽可能多呆一段时间。"

胜巳听了付之勉强地一笑，问他知不知道墨西哥城博物馆的民族服饰专家萨拉特先生，年轻人说自己正是经那位学者的介绍才来到目前所住村落的。如此一说，两人立刻近乎起来。胜巳邀他来所住旅店共进晚餐，他当即兴高采烈地说："今天真是个好日子。我都好久没吃上像样的饭菜了。是上帝安排我们在广场相识的吧。"

瞧他这副率直的样子，玲子禁不住笑出声来。来墨西哥以后，她还是第一次如此放声大笑，连一旁的胜巳也为之惊讶。三个人边散步边聊，直到暮色朦胧。古老的小城开始人影稀落，偶尔有车驶过，显得那么宁静。

"要说陶器，离这儿不远的科约太佩克村里就有作坊。你是问我吗？哦，我是在圣托·托马斯·德·哈利埃尔村。那里的妇女都以织布为生，欢迎你们过来看看。从前，渔民从墨西哥西海岸采来紫贝，用它来染紫纱，妇女们再将纱织成布。印第安人视用紫色、胭脂红和蓝色织出的条纹布为至尊至贵，年长的妇女只有在节日里才难得地把它系在腰间。我打算什么时候开车去一趟西海岸。"

"墨西哥的民族服装有多少种？"

"大约六十多种。我准备从墨西哥开始，却危地马拉，走得远点的话，直到秘鲁一带。当然，那得在哈利埃尔村再呆上个把月，把各种织法都学会了以后。"

　　三人来到市场。在五颜六色、琳琅满目的上衣和披肩中，玲子挑选自己所喜爱的花色品种，年轻人在一旁很留意的样子，说：

　　"你挺在行，能看出哪些是费工的。"

　　"也许女人对自己喜爱的东西总是很挑剔。"

　　"红黄蓝，还有黑白色尽管都是些原色，可交织在一起时，就能得到意想不到的效果。不同的民族，哪怕是相邻的村子，衣服的图案和颜色搭配都有各自的传统特点。据说，他们之间即使语言不通，彼此也能从服装上分辨出对方是哪一个民族。"

　　"那就是说，服装是语言、是长相、是性格喽？"

　　玲子表现出浓厚的兴趣，又问那织机是什么样的。

　　"是坐地织机，你听说过吗？也叫坐机，是坐在地上织的非常原始。"

　　胜巳在边上听着两个人的对话，插进来问玲子："你不是学过工艺吗？一定接触过织机吧。"

　　年轻人一听这话，目光炯炯有神起来。

　　"你们不来村里看看？哪怕就一次。那里的男人都下地干活，农闲时去海上挣钱，女人家一年到头在家织布，用织造服饰装扮自己，像是她们无穷无尽的唯一乐趣。"

　　玲子关闭了很久的心扉渐渐开启，只是不多言语。

　　他们来到离广场不远的一家旅店用晚餐。它像一座西班牙人占领时代遗留下来的建筑：高顶阔宇，古朴典雅，二楼四周回廊环绕。年轻人胃口大开，刀叉不停，将盘中美肴往嘴里送，转眼间把自己的一份收拾得一干二净。经过补给以后，年轻人更加充满了活力。当他听说第二天胜巳结束工作后要离开瓦哈卡时，主动提出愿意为玲子当向导，并推荐她去参观弥托拉遗址，还想不想去萨波迭加族的宗教城市古迹。玲子看看阿哥，探询他的态度。她十分清楚，阿哥这次趁出差顺便带自己来玩是准备让自己回东京了。她心想，当然我不能总是这样依靠哥嫂得过且过，回东京的事即便阿哥不提，我也不会在此久留；可南美旅行的机会今后怕是再也难得，何不去领略一下历经千年的苍凉遗迹的风采，也许倒能驱除我们这些现代芸芸众生的区区烦恼呢。

第二天，那年轻人去接她时，她却毫不犹豫地告诉他自己想去看看哈利埃尔村。

"行，走吧。"他咧开嘴高兴了。

他为自己的劝诱奏效不禁喜形于色。他寄宿的村落从瓦哈卡乘公共汽车大约行驶三十分钟。

他们下车后，遥遥看见哈利埃尔村处于好大一片茂密庄稼地的环绕之中，村中央是一块空地，四面是土砖垒成的低矮的房屋，从外望去看不到什么人，进到村里便能感到家家户户投来的目光。他的房东是这里的一村之长，住在村子的最里端。走进院门，最引人注目的是院中央的一棵大树，树枝上系着一张张织机的另一端。织女们个个盘腿席地而坐，近乎半裸，其中还有一个小姑娘。玲子向她们点点头算是打招呼。

"她会织吗？还这么小。"玲子问他。

"都六岁了，细纽带一类的会织，还会编绳带呢。"

村长家的进门处是泥地，靠里面有几件家具和椅子。窗边，一个女人也在席地织布。村长是位男性老者，那庞大的身躯表明他是阿兹特克人的后裔。因为应征打过世界大战，所以能说几句简单的英语。

"哦，是杉田先生的朋友。你一直在等的是她吗？"

"嗯，可以这么说。"他顺口应道。

面对这座简陋得几乎一无所有、只有阳光普照的原始村落，玲子觉得这里是真正意义上的恒久不变的人类繁衍之地。他的栖身之处是往里的一间六平方米小屋，看上去就像一只大箱子。土墙上一块装饰布格外醒目：红地儿上一根乌黑的羽毛图案。

"那是我织的。"

"当真你织的？"

"虽说是这家的大婶教我的，可大部分是我亲手织成的。"

见他那副认真劲，玲子不能不信。小屋的窗框上也吊着织机，机上正织着一块布。他展开已经完成的部分让玲子看，说："很有意思，你也来这儿学吧。"

对他的话玲子未置可否，她依旧俯身看着，答非所问地说："人会主动选择某种让人难以相信的生活，这是为什么呢？"

"是因为对它的向往。我来到这里生活，才深深地体会到我们远不如这个民族强悍、坚韧，他们祖祖辈辈在同一块土地上生息繁衍，一生中从不离开它，创造并培育了独特的生活文化，最终又回归这片土地。不错，他们的确一贫如洗，可这里的老太婆都能在节日里穿戴上王后贵妃才能享用的精美华贵的衣饰，聚会在一起纵情歌舞，他们是多么自由啊！"

"你真幸运，他们这么友好地接纳了你。"

"都是萨拉特博士的面子，所以，他们做什么我就吃什么，哪怕再不习惯也不能说什么。"

玲子问他对中南美文化的实地研究打算到何时，他说："乡下的父亲去世时，作为长子自己继承了先父的遗产。因为数额有限，当时只想要最大限度地利用这笔钱做点事，计划得当的话，估计维持一年时间不成问题，于是决定用它做一次民族史研究的旅行。

"咱们一起干好吗？或者当我的助手也行，钱我们可以精打细算着花。"

"我，时间倒是有，只是没准阿哥不久就要让我回日本去。"

"真遗憾。不想织一根绳带试一试吗？"

她来到院子里，又见到了方才那位小姑娘。她很孱弱的样子，只有两只忽闪的大眼睛熠熠有神。她小大人似的盘腿坐在地机前，用一双小手不停地拉筘穿梭。坐在她旁边的像是她的母亲，也转过头来向玲子友善地点头微笑。顷刻，玲子被这村子吸引住了，她在这里足足呆了一整天。村长热情地请她喝茶，还取出珍藏的古董般的手织布给玲子看，那上面的贝紫色尽管有些褪色，但构图和色彩却依然魅力无穷。

"现在还有在海边采贝紫的吗？"她问村长。

"还有，不过很快就要没人去采了，那活危险不说，也不挣钱。"

到了该回瓦哈卡的时分，他送她直接去了瓦哈卡机场返回墨西哥城。

　　玲子没有马上告诉阿哥她已经跟年轻人约好要在回日本之前再去一次哈利埃尔村亲手织一条绳带。玲子心里主意已定：做完这一件事就回去。当胜巳得知玲子的想法之后，满怀忧虑地找到博物馆的萨拉特博士，向他打听那个年轻人，萨拉特先生说："那个小伙子意志坚强，绝非平庸之辈，我看将来一定能成为有名望的学者。你问根据？他现在还在哈利埃尔村，这就是根据。"

　　玲子留在墨西哥所剩的日子已经屈指可数。年轻人对她说过他还要去比哈利埃尔村更加穷僻的地方，这些天，她常常不知不觉地对他的将来做种种想象。一天夜里，睡梦中，眼前弥漫着一片温馨的红色，突然射来一支黑箭，她惊醒过来，发现自己一身冷汗。她意识到这是自己身为女性对爱情的渴望，是春心的萌动。面对人生的又一次选择，玲子陷入深深的苦恼之中，不知如何是好。经过左思右想，她还是决定织成一条腰带以后就回东京，于是登上飞机，第二次前往瓦哈卡。

　　她在市里的一家旅店办好住宿手续，立即赶赴他所在的村子。年轻人似乎正在等候她的到来，已经在院子的一角架好了织机。周围的女人都投来好奇的目光，不过没有人上前来打扰他俩。她开始用比那六岁小姑娘更为笨拙的动作扳着机筘，不一会儿，织成的布面上出现了一朵可爱的小花。这天的午餐是在他的小屋一起吃的。

　　"我说织衣服是人类在与自然界共存过程中创造的一种文化，你说呢？"

　　"地球上有数不清的多姿多彩、复杂而美丽的民族服装。我们生活在信息社会，并不断追随着形形色色的所谓流行，而它们都超脱地、默默地存在于与我们的生活不相干的地方。"

　　"夜里你就睡在这里？"

　　"嗯，可凉快哩。"

　　"没有蚊子、跳蚤之类？"

　　"人的皮肤的抵抗力比想象的要强，我倒没觉得受不了。"

　　可她还是觉得这地铺太硬。

　　"你在东京一定有舒适的床铺和松软的床垫吧？"

　　他的话勾起了玲子对往事酸楚的回忆，她心里默默地答道：

"不，对被赶出婆家的我，一开始就不曾有过什么舒适的家。"

"你想不想留在这儿？"年轻人问。

是夜，他送玲子回到市里的旅店。晚餐时，两人喝着葡萄酒，她向他讲述了自己不幸的婚史。一旦提起，玲子的心情又一次跌入沮丧的低谷，几乎不能自拔。他比玲子小两岁。看来自己只有回东京，虽然那里没有亲人。而跟一个萍水相逢的男人飘零异国他乡，前面的路会是怎么一番景象，玲子简直不敢想象。

年轻人告诉玲子他曾经和村长说过："怎么样？我说过她会来的，我一直等着呢。"

他劝玲子："别回东京，空闲时多往瓦哈卡走走。你那条腰带还没织完呢。"

墨西哥城的阿哥家开始为难玲子，胜巳不允许她再去瓦哈卡。对别人，去冒险也好漂泊也好，作为旁观者也许觉得挺有意思，可要是把自己的妹妹也带上那绝不答应。

"我也喜欢民族服装，很想学学。"玲子解释说。

"就在那种原始环境中？你靠什么生活？"

玲子没说话，她不能说靠一个比自己小的男人。胜巳继续说："要是阿爸在世，他会怎么想？"总之，百般地不同意。最后，不容分说地告诉玲子："你给我回东京，至于工作嘛，我已经托人给你找。"玲子无助地看着嫂子，是央求她为自己说句话。遗憾的是多津子并没见过那位年轻人，实在是爱莫能助。于是，玲子请求让她最后去一次瓦哈卡，胜巳这时已经什么也听不进了。万般无奈之下，玲子写下一封告别的信：

我自己也未料到，在我的人生中能出现一条不长的彩虹。我要漫游墨西哥的西海岸，拣来海贝染成紫纱，在远离尘世和没有喧嚣的印第安人村落里学习织布。我多想加入到那些身着传统服装抱着孩子的男女老少中，和他们一起和着节日鼓乐欢歌起舞。可对我来说，那是可望而不可即的梦想，我多么羡慕你能够做到，你能够实现梦想，你说过你需要一年，我衷心希望你不要把这宝贵的一年缩短成半年，一定好好欣赏那里鲜为人知的人类生活的另一番情景。因为只有在那样的地方，圣洁无瑕的美才能以民族衣饰的形式得以继承。

　　玲子一气呵成之后，连自己都不敢再看一遍就匆匆寄出了。随即，托阿哥为自己订一张回东京的机票。阿哥家的住所坐落在一片住宅区中，是一幢旧式建筑。进了颇具西班牙风格的大门，上台阶沿走道的尽头，有一个圆形的门通向宅院。时值旱季，院里的树木都蔫蔫的，只有串红开得如火如荼。

　　傍晚，玲子来到小院，想在离开之前，把这里的花草树木最后再看上一眼。她身穿墨西哥人常穿的短衫，配上一条长长的百褶裙，一根辫子梳得又光又亮。这个以往并未引起她特别注意的小院，今日却好像是自己从小在这儿长大似的，感到难舍难分。不知什么时候，一个年轻人悄然站在小院的圆门外，玲子无意中转过身子时，发现他正凝视着自己，她一时不知所措地抓住身边一棵树。夜色开始笼罩大地。她慢慢地向他走近。

　　"我以为你已经走了，"他舒了口气，"我们能出去走走吗？"

　　她轻轻地点点头，便立即折回屋里，告诉嫂子自己出去一会儿。

　　"是谁来了？"

　　"门口站着个人，不知何时从哪儿冒出来的，不像是印第安人。"

　　她正待要出门时，身后传来多津子的声音："自信点儿，拿定主意的事别犹豫！"

　　一对男女在夜色中选择了一条人影僻静的小路。玲子感到他的身影比平时扩大了一倍向自己跟前追近。这些日子，她消瘦了。阿哥告诫她要汲取作为女人在婚姻上摔过跟头的教训，提醒说那个男人现在选择的是他一个人的人生道路等等。对阿哥持反对态度无疑他有所觉察。

　　来到公园里的树影下，两人的脸颊贴近了。四野岑寂，万籁无声，只有这里心潮激荡。他记不清自己是怎么从瓦哈卡乘上一架小型客机来到这里的，就此下去真担心会难以自抑。然而，在村里，十八岁的小伙子都娶了媳妇，自己这个年纪在他们眼中怕是老得长了苔的大叔了吧。

　　"要是你已经离去，一切的一切就无从谈起了。我正开始为你织米托拉古迹图案的花布，相信你一定会喜欢。玲子，做我的人生伴侣好吗？我们的生活就从那个村子开始，我绝不让你饿着。"

　　"我担心走不到底，我怕中途而返，我实在没有勇气……"

"那时，哪有功夫想那些，每日都有学不完的东西，忘我地干吧……"

她感到自己像被缚住了似的不得动弹。她想起了在阿卡普尔科有一种跳千丈崖的表演，它的成功是始于最初的一跳，而人间万事的可能性不都与之同一道理，是取决于这最初的勇气吗？既然如此，自己就应该无悔地追随他而去。想到此，她的全身连同心都在颤抖，不过，已经不再觉得害怕。

逝去的岁月宛如一轮多层的光晕，越是久远的往事在记忆中越清晰。他们一起忘我地织过印第安人的长裙和用原色交织而成的具有危地马拉风格的上衣，还有那土著人一张张被炽烈的阳光晒得黝黑的脸膛……

之后，玲子又随他来到奈良的乡里。他们要趁着记忆尚未淡薄，把所有学过的东西都织出来。《杉田敬一、菊竹玲子二人展》虽说只是一个学习汇报展的形式，而且规模也不大，消息却被已离异的前夫看到。不知出于何种目的，今天他专程寻到偏僻的山里。对玲子来说，来者与其说是不速之客，不如说是不受欢迎的人。

用完咖啡，小冢用不可思议的目光重新把这个家又细细打量了一遍，既无像样的家具也不事装饰，地地道道的清贫，只有墙壁上的手织饰品和织机上洋溢出梦境般的缤纷色彩。连她穿的白衬衫领子上都绣着小花。玲子打开院门，奈良的绵绵山景一览无余。

"去年年末，我去银座一家文具店买东西，听见有人叫我。回头一看，真叫意外，你猜是谁？"说话时，他在注意远他而坐的玲子的表情，可玲子并无反应。

"是江并君。"

对俩人来说，这是个谁都不愿再次提起的名字，因为它和阿爸的死联系在一起。

"他来到我跟前，道了些别后的问候。"

他说更吃惊的是江并还问候夫人好。还说：你夫人的父亲病逝后我就搬了出去，以后彼此没有联系，所以没有你们的消息，请原谅我久疏问候。瞧他那率真的样子，看来是真的不知情，所以也就没告他已经离婚的事。

两个人觉得站着说不合适，于是进了附近的咖啡馆。江并现在一家理化方面的公司供职，他称很后悔当时因为找工作老是与半同居的女友闹别扭，没能为病中的玲子父亲尽一臂之力。

他称赞玲子父亲的安详和可敬的人格，还说那时受到了玲子许多关怀和照应。

"夫人一个人照顾病人就够她忙的，还想着我这个年轻人会不会肚子饿，常常做好夜宵给端上楼来。当时我正和现在的妻子半同居着，回想起来，那时也真够浑的。有时候我俩玩到很晚才回来，进屋连衣服都顾不上脱，倒头就睡了，哪还顾上吃夜宵。"

见他这般无所谓地向人抖搂自己的艳史，小冢话中有音地说："那些日子，内人敢情是为了和江并你多见面才老往娘家跑的吧。"江并听了，一脸的遗憾，直摇头说："夫人哪有空和我说话，我刚才说了她一个人光照顾病人都来不及。那么漂亮的人我都没能好好看上几眼。夫人若是还记得我，我倒想在你们方便的时候登门拜访一次。"

彼此都感到话不投机。两人又闲扯了些无关紧要的话后就分手了。此刻，小冢避开人来车往的繁华闹市，也不乘车，专挑背静的小巷步行了很远很远。他不断地问自己是否真的怀疑过玲子，如果是，那又是凭着什么去怀疑她的呢？当时，自己总是猜测常回娘家的妻子，并由猜测到疏远，又和别的女人有了瓜葛。为掩饰自己的过错，就借口不能原谅而抛弃了她。一晃四年过去了，他几乎将自己的不是忘得一干二净，竟也过得心安理得。今天与江并君的不期而遇像是触到了他过去的这处隐痛。

没过多久，他十分偶然地从某杂志的预告栏里发现了前妻的名字。这两桩本不相干的事不能不在小冢的心中引起震荡。恰逢有机会去大阪出差，所以顺便寻来此地。他对玲子说："也许你认为事到如今，一切都是多余的，但我还是想知道你的情况，想对你说声对不起。有什么需要帮助的，我一定尽力。"

"已经不需要了。"玲子终于开口了，她要说的仅此而已。

"你们搞的民族服装研究有意思吗？来不来钱？"

他饶有兴味地问这问那，从旅行、织物到与现在的丈夫是怎么认识的等等。玲子不屑一一做答，因为他们属于不同层次、不同志趣的人。处于这种无言的尴尬，小冢叹了口气。

"我知道你在想来了个不受欢迎的人。我没别的意思，只求你理解我专程来访的诚意，再平静地道个别。分别前，哪怕去八木或奈良市里一起吃顿饭也行。这个面子总会给吧？你先生什么时候回来？"

"请在外面等一会儿，我要准备一下。"

玲子对他不顾对方的自说自话甚为反感。为了尽早打发走来人，也只有这样。

说来此刻正是午后时分，根本不是用餐的钟点。她让来人上车，送他驶向八木车站。下车以后，小冢陡然神气十足，兴冲冲地领头走进车站附近的一家餐馆，上了二楼。玲子听任他为自己要了份里脊牛排。对玲子两口子来说，这等美餐可是平均一个月里都沾不着一回。须臾，嗞嗞作响、香味扑鼻的铁板牛肉端上桌来，玲子没有拘谨和客气，此时，她只是将他视作过去的熟人。小冢望着她的吃相，感到她已经不再是过去的那个玲子。

"好吃，真好吃。"

她无视同来的人，几乎是一口接一口地吃，连盘子里作点缀用的蔬菜都片叶不剩。

"真想让他也吃一顿这么可口的牛肉，我们一定来一次，等完成了大作之后。"玲子自言自语道。

"你们会在东京办展览吗？一定思念那里吧，有想去的地方吗？"

"东京，有一个地方我是要去的，"她偏偏背其所望地说，"是阿爸和阿妈地墓地，上中里高地的那座寺庙。回来以后，还没向阿爸汇报我的中南美之行呢。"

"真没想到你变得独立性这么强。"

"谈不上独立，因为我有丈夫。"

她用完餐，端起刚送来的咖啡啜了一口，觉得味道不习惯，有点呛嗓子。她抬头看看迎面墙上的挂钟，小冢怃然地望着她，说："有一句最要紧的话，你到现在都还没提哩。"

"请教教我，说什么？是不是问候你妈可好？"

她脸上露出几分讥讽，小冢窘得一时无言。仿佛他这时才恍然大悟，他俩之间已经没有任何共同语言了。

"孩子已经上幼儿园，我们和妈妈不住一起。什么样的儿媳都难称她的心。"

他又长吁短叹起来。玲子觉得不必附和地说什么，她的目光离开了这个念苦经的男人，小冢却不像有要离去的意思。

"真叫人不可思议，你的日子过得并不富裕，却比过去开朗、泼辣得多。"

玲子想也是，现在自己说话办事时的确不再顾忌什么了。

"女人是因环境的变化而变化的，或者可以说不仅仅是女人，凡是人都是如此。我在墨西哥的海边和乡村游历了半年，又有八个月的时间去了危地马拉的安提瓜、派斯班、圣佩德罗、圣胡安等地以及十多个村子，了解到同样是民族服装，有的鲜明，有的典雅，还有的圣洁，风格各异。在那种地方，文文弱弱是待不下去的。最后，我们去了秘鲁，在利马的一家第二代日侨开的贸易公司找到了工作。他开车，我在妇女服装店打工，这才攒足旅费，回到日本。那一年零四个月里，我实实在在体验了'生存'的真正含义。没有他的帮助，就没有今天的我。比起那段日子，这奈良的山乡称得上天堂。"

玲子仰首开怀地笑了。小冢找不出什么可说的话来。他们起身走出餐馆，来到往车站去的拐弯处，她停下脚步向他点个头表示告辞，并且不等他离去便转身向停车场走去。

今晚，丈夫好像是乘末班车回来，我得抓紧时间把今天耽误的活赶出来。地机上正在织一件无领衣，深蓝地上红黄白三色的骆驼图案。玲子脚下一使劲儿，加大油门，像是要拂去落在心头的浮尘，匆匆赶回她乡间的家里。

（徐鲁杨 译）

# 魏斯

彼得·魏斯（1916—1982），德国作家。

主要成就在戏剧创作方面，剧作《马拉之死》受到广泛好评。

## ※ 告别

我曾试图想象我的母亲和父亲究竟是什么样子，并且总是以一种好恶参半的心理去进行思考。但我从来把握不住，也永远说不清楚我生活中这两个重要人物的性格特征到底是什么。当他俩几乎同时去世时，我发现，我同他们之间有着多么深的隔阂。我并不为他们而悲哀，因为我几乎不认识他们。使我悲哀的倒是无可挽回地失去的那一切。由于这个缘故，我的童年和青年时代几乎像一片空白。

我感到悲哀，因为我认识到，一种共同生活的尝已彻底失败：一个家庭的成员数十年之久只是勉强地生活在一起而已。我悲哀，还因为我认识到我们兄弟姐妹们聚集在坟墓旁已为时过晚，我们匆匆相遇，又匆匆分手，每个人都各奔前程。

母亲去世后，毕生都在孜孜不倦地工作并因此而为人称道的父亲，试图再次唤起从头开始的假象。他独自前往比利时，据他说，是为了建立业务上的关系。但实际上，他是准备像一只受伤的野兽那样在隐匿中孤独地死去。他出门时已经老态龙钟，走路很吃力，离不开两只拐杖。

接到他在根特去世的通知后，我乘飞机到了布鲁塞尔。在机场，怀着抑郁的心情踏上了一条漫长的路。我父亲也曾走过这条路，并且不得不拖着他那两条因血脉不通而行动艰难的腿，在楼梯上爬上爬下，穿过一个个大厅，一条条走廊。

那是三月初，天空晴朗，阳光灿烂，一阵阵寒风刮过根特的上空。我沿着铁路旁的一条街道向医院走去，父亲的灵柩就安放在医院的小教堂里。在一排光秃秃的、经过修剪的树木后面，一列列货车正在调轨，一节节车厢呼啸着飞驰而过。我来到那个形同车库的小教堂前，一位护士替我打开门。

父亲就躺在一个蒙着帆布的担架上，身旁放着一口覆盖着花束和花圈的棺材。他穿着那身过于肥大的黑色西装，套着黑袜子，两只手叠放在胸前。怀里，是一张镶有黑框的母亲的遗照。他那瘦削的脸庞十分安详，几乎还没有变白的稀疏的头发鬈曲地贴在额上，表情里有一种我以前未曾看到过的高傲和果敢。那两只匀称的手上，指甲闪着淡青色的光芒。当我抚摸这冰冷、发黄、发肤绷紧的手时，那个护士就站在几步远的门外，在太阳地里等我。

我回想着我最后一次看见父亲时的情景：在埋葬了母亲之后，他躺在卧室的沙发上，身上盖着毯子，泪水模糊的脸显得发灰，嘴里不停地小声念叨着母亲的名字……我久久地站立着，任凭凛冽的寒风吹拂着我冻僵的身体，耳边响着从铁路那边传来的汽笛声和机车喷出蒸气时短促的响声。

我面前这个人的生命之火完全熄灭了，他那旺盛的精力已化成了彻底的虚无。在我面前，在异乡一间靠近铁铁的车库里，躺着一个人的尸体，他将长眠地下，再也不可企及。这个人在他的一生中，曾拥有过许多营业所和工厂，曾作过无数次旅行，住过无数家旅馆；在他的一生中，他有过规模宏大的房屋和豪华的住宅，有过许多间摆满家具的房间；在这个人的一生中，他的妻子总是陪伴着他，在共同的家里等待着；这个人的一生中也有过许多孩子，他总是避开他们，从来不会和他们谈点什么。但是，当他外出旅行时，他也会感到对孩子们温存的爱，希望见到他们。他总是把他们的相片带在身边，在旅途中，在夜晚住宿的旅馆里，他常常端详这些已经揉皱、磨损的照片，并且相信，在他回家后他们会对他报以信赖。可是，每当他回到家，发现的却总是失望和相互间的隔膜。

这个人在他的一生中，曾作过不懈的努力来维护他的家庭，使它不至于崩溃，即使在忧虑和疾病中，他也同妻子一道勉为其难地维护这个家庭的产业，自己却从未从这份产业中获得过一丝幸福。

这个人现在就躺在我面前，永远地安息了。他从未动摇过对于现有这个家的信念，然而却孤独地死在远离这个家的一间病房里。在他离开人世的那一瞬间，当他伸手按电铃时，他也许突然感到了一阵寒冷和空虚，想唤来某种东西，得到哪种帮助或是宽慰。

我端详着父亲的脸，还活在人世的我，心中保留着对他的纪念。这张被阴影笼罩的脸变得陌生了，他正带着满足的神情躺在这里，永远脱离了尘世，而与此同时，他的最后一幢大厦还矗立在某个地方，里面铺满了地毯，摆满了家具、盆栽花卉和绘画。这是一个失去了生命力的家，是他经历了多年的流亡和频繁的迁徙，克服了种种不适应的困难，饱尝了战争忧患拯救下来的家。

这天的晚些时候，父亲被殓进了我从殡仪馆买来的一口普通褐色棺材中。在那位护士的关照下，他妻子的相片仍留在他的怀里。在货运列车驶过的隆隆声中，两名杂役旋紧了棺材盖并将父亲的灵柩抬到灵车上，我则乘坐一辆出租汽车跟在后面。

在通往布鲁塞尔的公路上，过路的农民和工人在夕阳的映照下向那辆黑色的灵车脱帽致意，这是父亲在一个陌生的国家里所作的最后一次旅行。在市郊的一块高地上，坐落着设有火葬场的一座公墓，寒风吹拂着墓碑和光秃秃的树木。父亲的棺材被抬进了礼拜堂的一间圆形大厅里，安放在一个台基上。我站在一边等待着。壁龛里的管风琴旁，坐着一个面带醉意的老人，他开始演奏一支安魂曲。

此时，墙壁正中的一扇门突然开了，载有棺木的台基开始微微移动，沿着嵌在地板上几乎察觉不到的轨道缓缓地向门后一间空荡荡的四方形房间滑去，然后，门又无声地关上了。

两个小时后，我拿到了父亲的骨灰盒。我捧着这只嵌有十字架、上宽下窄的盒子，在工作人员和客人陌生的目光下走过，父亲的骨灰随着我的脚步在盒中发出轻微的响声。我回到旅馆，先是把骨灰盒放在桌上，然后移到窗台上，接着又放在地板上，放进大橱里，最后，放到了衣帽间。我下楼进了城，到百货店买了些纸和绳子，将盒子包好。当天，我陪伴着衣帽间里父亲的骨灰在那家旅馆里过了夜。第二天，我来到父母住过的房子，同我的同父异母兄弟及其妻子、我的亲哥嫂以及我的姐姐、姐夫一道商量了送葬、执行遗嘱和分配遗产等事宜。在以后的几天里，我们这个家终于解体了。

（荣裕民 译）

哈代

弗朗克·哈代（1917—1994），小说家。

生于维多利亚省。他最著名并引起诉讼的是长篇小说《不光彩的权利》。

这部小说也是我国解放后翻译的第一部澳大利亚小说。

其余的作品有《死者无数》《败者能胜》等长篇小说。

## ※ 我的父亲和犹太人

我的父亲对犹太人评价很高。

他常说所有由人类智慧产生的伟大成就都是犹太人创造的。

父亲生来就喜欢下断言。"世上没有好的战争，也不存在不好的罢工。""报刊和传教士是工人最可恶的敌人。"这些话都是父亲说的。他最得意的断言是他认定马克思、弗洛伊德和爱因斯坦是我们时代三个最伟大的人物。可是据我所知，他从未读过他们之中任何一个人所写的哪怕是一个字，但他却坚称他那些最得意的格言都出自于这几个伟人，比如他常对我母亲说的"宗教是人民的鸦片"一语就出自西格蒙德·弗洛伊德之口。

记得在大萧条时期本森山谷一个冬日的夜晚，父亲侧身靠在壁炉架上，大声谈论着卡尔·马克思、西格蒙德·弗洛伊德和艾尔伯特·爱因斯坦。

"你们知道吗，这些伟人属哪个民族？"他挑战性地问道。

"德国人！"我的哥哥迈克尔说。迈克尔因为参加了坎皮恩研究会，学了不少有关宗教和政治的动听字眼。

"他们是犹太人，聪明的阿历克！"我的父亲回答说，"希特勒那个大混蛋倒是德国人——他烧了他们的书。"

"希特勒是奥地利人。"迈克尔坚持说。他是我们家中除母亲外唯一可以顶撞父亲的人。

父亲花了不少时间所研究的人物是列宁和亨利·劳森。他声称列宁是犹太人，虽然像往常一样，他的断言是毫无根据的。他从来不承认劳森是上帝特选的人种——犹太人中的一员，理由是劳森写过几首反犹太人的诗。其实，劳森也写过攻击不信犹太教人的诗，当然他对此一无所知，那些诗句他从未读过。

"他们是德国人！"迈克尔继续坚持着，全不顾有吃巴掌的危险，"犹太人不是一个民族。"

"不是一个民族？那好，他们是哪一个种族？"

"他们也不是一个种族，他们是一个宗教。"

"该死的耶稣会已把你的头脑腐蚀掉了。"在争论时，父亲总喜欢骂人。

"犹太人杀了耶稣基督。"母亲大着胆子说。

"耶稣基督自己就是犹太人，犹太人怎么会杀了他？反过来，如果真是他们杀的，那也算不了什么大事。"

"因为犹太人是一种宗教，他们杀了另一个宗教的领袖。"

"耶稣基督是一个该死的犹太人，你别忘了这一点！"父亲斩钉截铁地说。说罢，怒气冲冲地去睡了。

迈克尔对我说："老头子只会空谈。"

"不要那样谈论你们的父亲，"母亲提醒我们。在绝大多数时候，她是特别维护父亲的，自从一个爱尔兰天主教徒和一个威尔士无神论者之间产生爱情之后，他俩就一直相爱着。

迈克尔起了个爱尔兰名字，是因为母亲在家庭圣战获胜时，他来到了人世间。说真的，母亲在家里大多是很顺心的，这从她八个孩子中有六个取了爱尔兰——天主教名字就可以看清楚。

另外两个，一个是我唯一的姐姐雷切尔，另一个是我的大哥，他叫所罗门。父亲死后，大哥把名字改为帕特里克，因为管理公共服务部的基督教徒认为所罗门是犹太人，因而不能在那里谋职。

尽管七个儿子中有六个起了爱尔兰名字，父亲还是要他们受割礼，我想，这是宗教或者是种族战胜了母亲。（直到不少年后，我还听到父亲在本地的酒店中说："如果受了割礼，就能免染天花。"）我母亲也有她的得胜之时，所有的孩子都上天主教第一教派教堂，即使那两个起了犹太名字的孩子也去。父亲自嘲地说："不慌，这好像一个犹太教的法庭诫命仪式，或者像黑色土著人举行的仪式，都是该死的迷信。可是，只要能使莫琳高兴……"

有时候，圣战的形式是以移动客厅里的肖像而进行的。我的父亲只要一生气或者一不高兴就搬掉圣心、圣母和教皇的画像；而我母亲在不开心时就移掉马克思、弗洛伊德和爱因斯坦的画像。一旦他们最终和解，画像就恢复原位，孩子们的焦虑之情也随之消失了。

我们墙上唯一一从没有被移走的画像是澳大利亚丛林好汉奈特·凯利和爱尔兰革命者詹姆士·康纳利的画像：他们是圣战双方公认的烈士。

有些迹象表明父亲曾经是"世产工"的成员，即世界产业工人协会，所谓的不安分者。迈克尔哥哥认为父亲准是受了犹太人的影响才加入的。尽管父亲喜欢引证大联合会的各种口号，甚至为布赖恩特和梅的章程辩护（指1916年不安分者在悉尼所订的罚款条例），还讲了那些不安分者企图用散发五英镑的假钞使澳大利亚货币贬值的引人发笑的故事，可是他却从来不承认自己是"世产工"的正式成员。在他离家外出打工或寻找工作时，他是会去为他们干活的。即使迈克尔说父亲曾毫无疑问地为"世产工"干过散发非法的五英镑假钞的活儿时，父亲也供认不讳。对这种指控，母亲倒竭力为父亲辩护。

"你们的父亲辛苦劳累了一辈子，把挣到的钱带回家来。要是他经手过这些五英镑假钞的话，他准会拿一些家来的。"对于什么会构成犯罪行为，她的看法有一些爱尔兰人的色彩，她并不认为仅仅由于有几张"世产工"制作的五英镑的假钞就会倒霉。

"同真钞票相比，你根本无法看出哪几张是假的。"父亲心情矛盾地说。

在我长到十多岁时，父亲的政治智慧给我极深的影响，我成了他最宠爱的儿子。有时，他还带我去参加一些政治活动，比如参加保守党和工党的竞选集会，他会在会上突然插话发问。

他把这些政党视为半斤八两。他又断定工党更糟一些：那些没脑子的工人知道在哪些地方应和保守党人站在一起。

"当然，这些杂种不把自己叫做保守党人，他们自称是自由党人，这是那位伟大的犹太思想家弗拉基米尔·列宁自己说的，我只是引证而已，澳大利亚的党派起错了名儿：工党实在是自由党，自由党人倒是他妈的保守党人。"

在30年代大萧条时期，父亲对反对法西斯分子的活动和反犹太人的活动特别感兴趣，他对埃利克·伯特勒恨之入骨。伯特勒当时还年轻，但已经在鼓吹反犹太主义和道格拉斯信义，并且到处兜售《古代犹太人的礼仪》一书。

父亲不时前往墨尔本，到伯特勒的会议上去据理诘问。第一次去时，他带上了我。我们先搭乘一辆送牛奶的卡车，走了三十英里，然后再从日光铁路站出口处起步行七英里来到城里。

我们一到那里，发现大厅里挤满了人，有衣冠楚楚的职员、店主和一些凶汉，也有一些衣衫破烂的失业者，从这些失业者绝望的眼神中可以看出他们是来寻找种种问题的答案的。伯特勒所给的答案是犹太人银行家们密谋制造世界性的经济危机。事实上，犹太人银行家以某种无法解释的方式和共产党人合谋以达到此种卑怯的目的。

我跟随着父亲被赶出各种会议，这些痛苦的经历难以忘却，并感觉到这种苦楚将会与日俱增。我暗自祈祷，但愿父亲一言不发——可是，他还是讲了。伯特勒话音刚落，父亲头一个站了起来发问，他满头银丝，双眉乌黑，身穿硬领深色套装，有力地伸出了一个手指。但他的上衣袖子太短了，衣服穿了近二十年，袖口磨损，剪短了一些，衣袖刚刚盖过手肘，多少有点煞风景。他开始发言了，仅仅是发问的开场白：希特勒那个狗杂种是工人阶级最大的敌人，他发明了犹太人——共产党人合谋的说法，这些说法只是一堆生锈的捕兔笼子；人人都知道《古代犹太人的礼仪》所写的纯属捏造……

这时候，会议的主席，一个腮留板刷胡子、目光无神、一副好斗姿态的人过来劝告我父亲，说权力同盟有对付共产主义宣传的方法和手段，并要我父亲只限于提一个问题。

"那好，"我父亲说着，拿出他通常有的蛮干勇气，"我提一个问题：演讲人是否意识到在澳大利亚没有犹太人银行家？"（大厅内一片喧闹——这是来自伯特勒的那些既坚定而又急躁的支持者。）"这是事实，"父亲继续说——这时候我看着我们周围的恶棍们。"我从1931年4月的《墨尔本先驱报》上看到了一张澳大利亚主要银行的行长名单……"

法西斯分子围了上来，但是我父亲仍从一份剪报上读出一家银行的那些拥有人的名字。这些都是苏格兰名字，如麦克福逊，罗宾逊。然而他的话还没说完，六个法西斯分子抓住了他，把他往大门方向拖去。我父亲身强力壮，年轻时曾经是冠军足球队队员，还学过他自称的拳斗术，他顽强地抵抗着，我虽然不够强壮，也不是冠军足球队的队员，更没有学过拳斗术，可是出于一个子女应该忠于父母的奇怪理论，我尽力护着父亲。

在大门口，他设法从那些压在他身上要残害他的人手里挣扎了出来，他转向了听众中惊呆了的、衣衫褴褛的那部分人。"别听伯特勒的，澳大利亚的银行家都是该死的苏格兰人，你们会因为你们的困难而埋怨一个苏格兰人吗？不，那么同样也不应该埋怨犹太人，因为犹太人对伟大的思想感兴趣。像马克思、弗洛伊德、爱因斯坦那些人都是地道的犹太人。实际的情况是，造成问题的，既不是苏格兰人，也不是犹太人或者其他什么民族——而是腐朽的资本主义剥削制度……"

在这当儿，他那启发大家的讲话突然停了下来，那是因为他被七八个法西斯分子用力抓住了，他们把他往台阶下推去，推到门外的人行道上。其中一人一把抓住我的耳朵，拖着我走，拖到街沟我父亲的身旁。一个法西斯分子正踢着他的腹部，我抗议着，为此我的肋骨上也挨了一脚。

他在地上静躺了一会儿，他后来解释说，他假装死了，这样他们再也不会踢他。父亲站了起来，再扶起了我。

他擦掉了嘴角边上的血，"儿子，你没事吧？啊，我进去过了，我把他妈的信息带进去了！"

"是的，爹，你是把信息带进去了。"我一边摸着酸痛的肋骨，一面应付着。

"来吧，孩子，我们得快走，否则我们便赶不上回山谷的牛奶卡车了。"

不久以后，我父亲决定要和一个更高层次的资本主义反动派中心打打交道：这就是每周的3DB电台举办的星期日晚间辩论会。他在《墨尔本先驱报》上看到一则邀请公众参加关于马克思主义的辩论会的广告。

我们又一次搭乘送牛奶的卡车，再步行了一程来到了弗林特思大街。在先驱报大楼的播音室里的后排找到了位子。一个胖胖的主席坐在三只大麦克风前，两旁坐着两个瘦瘦的似乎很有学者风度的文人。

现在回忆起来，辩论中的两位发言人都是反马克思主义的，那位主席也是反马克思主义的。

这使我父亲坐立不安，他很快站了起来，高举手臂以吸引主席的注意。我等待着他发言，心想，那些人反对的正是父亲最喜爱的犹太人的理论，他怎么来击败这些学问高深的争辩者呢？

一个头戴耳机的年轻人把一个长柄话筒送到了他的鼻子下面。

"主席先生，我想对两位演讲人提个问题，"他开始说道，"这两位演讲人是否想到卡尔·马克思改写了日耳曼语？"

面对这种奇怪的说法，两位演讲人躲在主席背后乱作一团，而那位主席却在看着阿库布拉帽子的广告。

两位演讲人和主席耳语了几句后，主席对我父亲说："先生，两位演讲人对马克思改写了日耳曼语太了解了，他们要我说，在批评他的无神论和暴力论时，他们不希望否认他的智力才能。"

我父亲总是把那个夜晚看成他最得意的时刻。我丝毫不怪他——因为自从作为马克思的信徒和马克思主义者的一员至今三十五年中，我从未发现有任何细小的迹象，说是那位老卡尔曾经改写，或者以任何方式改动过日耳曼语；我也从来没有碰到过一个相信这种说法的马克思的支持者。

我的父亲一直活到看见1948年以色列犹太国家的建立。我把这一消息告诉了他，期望他会对此感到满意。

然而，他沉思着说（我还记得当时我不同意他的看法）："嗯，我不知道，我想他们正在犯错误，当然，每个民族如果想要，都可以有资格成为一个国家。但是，你知道我是怎么想的？犹太人是世界上最伟大的思想家——因为他们一直没有一个国家。他们没有什么国王、王后或者政客，也没有将军或者任何其他官僚混蛋；他们也没有什么爱国主义或者任何那类无用的东西，因此他们只能为自己着想。另外一件事是，他们居住在不同的国家，从每个国家中吸收了最优秀的思想。他们是伟大的读者，读了每个国家最好的书籍，他们也写出了最好的书籍，他们是他妈的最好的提琴手，最好的哲学家，最好的作曲家……"

我的哥哥迈克尔说："还是最好的放债人。"

我父亲顿了一下，右手食指指向空中，既挖苦又粗暴地说："真希望你这么说，那些该死的耶稣会会士把你的头脑变成了一罐蛆虫了。不少犹太人成了银行家和商人——因为他们被整个欧洲赶走了，但是你绝不是指马克思、弗洛伊德和爱因斯坦，喔，当然不是。"

他又转过身面对着我："也许犹太人又成了农民，现在那些在巴勒斯坦的移民已建立了一个国家——但是希望他们没有害处，我想弄不好他们要犯错误，开始向别人宣战，也像我们这个笨蛋国家一样，开始建立庆祝宗教和军事胜利周年的节日。当然，小伙子，我们这儿没有那些卡尔们、西格蒙德们和艾尔伯特们。"

在我们父亲的影响下，我的兄弟帕蒂·所罗门和我参加了共产党。然而所罗门刚愎自用，在1941年希特勒侵犯俄国后，特别在党支持战争时，他仍持强烈的保留态度。

"世上没有诸如正义的战争和不好的罢工这类东西，"他在本森山谷饭店对我们说。当时他对在座的大吃一惊的喝酒人宣布（其中有些像我一样身穿着制服，而其余大部分人是第一次世界大战时的爱国老战士）。"我是一名五流报刊专栏作家，我更要说的是我他妈的为此而感到自豪。"

我的父亲在一所天主教的老人公寓里因患癌症拖了一段时间后痛苦地死去。他十分不情愿地搬到了天主教公寓，以为是我母亲暗自希望在他最后的日子里把他改变成一个天主教徒。事实上他的确接受了天主教的临终仪式——但是所罗门（帕蒂）认为在大伙儿来到他面前时，他已完全失去了知觉。

在他临终前的几天，我们去看他，他回家的缆车里，我们都一致认为我们在共产党内所碰到的犹太人都是聪明而又热心的人。

"他说到犹太人是世界上最伟大的人民，他是对的。"帕蒂说，"奇怪的是他究竟是在什么地方接触过犹太人的呢？"

我们对这个问题纳闷过好一阵子，因为无论是本森山谷还是我们去墨尔本以前曾住过的其他镇子，都没有犹太人居住过。我们最后推断，他准是年轻时经常离家外出在旅行中碰到过犹太人。

在家庭医院（一种为垂死病人办的收容院）里，我们发现他的身体垮得很快，他脸上的一个皮肤癌，长期被忽视了，只是用从邻居和朋友那里借来的油膏涂抹一下，结果极严重地侵蚀了他的身体，使他强健的身体瘦成了皮包骨，他的右脸枯萎不堪。

我们在他的床边呆了一段时间，心里很不是滋味，此时我们还要问他第二天要举行的赛马他要赌哪一匹马，他没能活到知道打赌的结果。我向他提到我们结交的犹太人新朋友，并小心地打探他是怎么认识犹太人的。

"嗯，"他的嘴歪着，说话十分吃力，"我不能确切地说我曾经碰到过一个犹太人。但是他们是世上最伟大的思想家……马克思……弗洛伊德……爱因斯坦……"

海托夫

尼古拉伊·海托夫（1920—2002），保加利亚著名作家，社会活动家。

他一生创作了40多部作品，最著名的是描写保加利亚西南部山区罗多彼地区人民生活的短篇小说集《野性故事》，先后被介绍到22个国家，翻译成28种文字。

根据他的短篇小说《山羊角》《男子汉时代》改编的电影在保加利亚家喻户晓，并获得过国际大奖。

大师谈幸福

159

## ※ 趁双亲还健在

我不曾问过自己，我为什么爱戴并继续爱着我的双亲，尽管他们早就与世长辞。但是，我要说，在他们仙逝之后，我反而对他们爱得更深远。这是为什么呢？

首先，直到现在，在我成熟以后，我才真正认识到他们是怎样一些人，他们都为我做了些什么。他们为了我往往不顾自己，甘愿牺牲。

在我父亲卧床不起，病入膏肓时，为了让我去上学，他决定卖掉一块葡萄园和一头公牛——实际上是家里唯一的一头公牛。虽然他本身需要扶持，需要为自己的病痛买些补品，但即使在这种情况下，他仍然没有为自己着想而是为我操心。他用被子蒙住浮肿的双腿，装出一副健康的样子，舍不得花掉用来看病买药的"保命钱"，以这种方式缩短了自己所剩无几的寿命。

他为了我卖掉了葡萄园和公牛，我却没有说一声"谢谢"。现在，没有说出口的这声"谢谢"使我越发感到沉重和悲哀，因为我父亲永远也不会听见这句"谢谢"了！

直到中学毕业，我才意识到父亲为我所做的一切，对他充满感激和惋惜之情。因此，我下定决心，只要拿到我挣来的第一笔钱，我就给他买些苹果。因为他需要这样的营养品，而在我家居住的巴尔干山村是买不到苹果的。我今天推到明天，明天推到后天，终于在一个春日，得知了父亲于夜间逝世的噩耗……直到现在，在我父亲逝世二十多年以后，那些未买的苹果依然如鲠在喉。

我同母亲的关系也是如此。她有幸比我父亲活得长久，活到我"找到差事"、盖了新房的时候，她搬来同我一起住在山林里，后来又住进城里——她此时已年迈，身体瘦小，成天蜷缩在乡下人穿的连衣裙里，手掌上布满了终年劳累结下的厚厚的茧子。她盯着我的眼睛，对我沾满树叶的一身制服流露出不悦的神情，问题出在我很少回家看她。我公务缠身，感觉不到时间的流逝——主要是由于最后一种原因，我未曾同她促膝谈心，让她高兴高兴。我这是因为害羞呢，还是因为难为情？

确确实实，那时的农家生活十分严酷，当父亲的从来不叫母亲的名字，总是直呼"他娘"，没有一丝一毫外露的怜悯和温柔！我在这样的环境中长大，学会了隐藏自己的感情。我爱我母亲，敬重她，但是，我没有叫过她一声"亲爱的妈妈"或者"好妈妈"……这些没有叫出口的字眼也如鲠在喉，可我现在已经无人可叫了，我想，我是多么愿意高高兴兴地叫她一声啊，但我的母亲再也听不见了。

正因为如此，我要对所有那些爸爸妈妈都还活着的人们说：趁他们还健在时，去爱他们吧，说出对他们的爱吧！一定！这是因为，明天或许就晚了，到那时，那些没有说出口的感激的话语、爱的话语将如鲠在喉，使你感到沉重和痛苦，无法解脱！

如果你想为父母买些苹果，你就赶快出手。如果你想说声"谢谢"，你就马上说出口。因为或许再过一刻，你和你的双亲，将永远失去快乐。

# 布莱德伯里

雷·布莱德伯里（1920—），美国著名科幻小说家。
主要著作有长篇小说《华氏温标451》《我歌唱带电的人体》《万圣节树》
及短篇小说《火星编年史》《太阳的金苹果》《忧郁症之药》等。

## ※ 奶奶

　　她是个女人，手里拿着扫帚、畚箕、抹布，或是汤匙。你看她早上哼着歌儿切馅饼皮，中午往餐桌上送新出炉的馅饼，黄昏收拾吃剩的冷馅饼。像个瑞士摇铃手叮叮当当地把瓷杯摆放整齐。又像个真空除尘器，一阵风走过每一间屋子，找出没弄好的地方，把它弄弄整齐。

　　她只须手执小泥刀在花园里走上两趟，花儿就在她身后温暖的空气中燃起颤巍巍的红火。她睡得极安静，一夜翻身不到三次，舒坦得像一只白色的手套。但是天一亮，手套里插进了一只精力充沛的手。她醒着时总像扶正画框一样，把每个人都弄得端端正正。

可是，现在呢？

现在她仿佛是一个庞大的数学式子终于算到了底。她填满过火鸡、家鸡、鸽子的肚子，也填满过大人、孩子的肚子。她洗擦过天花板、墙壁、病人和孩子。她铺过油毡，修理过自行车，上过钟表发条，烧过炉子，在一万个痛苦的伤口上涂过碘酒。她的两只手忙忙碌碌、做个不休，这里整一整，那里弄一弄。把垒球和鲜艳的捶球棍放回原位，给黑色的土地撒上种子，给馅饼包皮，给红烧肉浇汁，给酣睡的孩子盖被，无数次地拉下百叶窗、吹熄蜡烛、关上电灯——于是，她老了。回顾她所开始、进行、完成的三十亿件大大小小的工作，归纳到一起，最后的一个小数加上去了，最后的一个零填进去了。现在她手拿粉笔，退开了生活，她要沉默一个小时，然后便要拿起刷子，把这个数字擦去。

"我来看看，"祖奶奶说，"我来看看……"

她不再忙碌了。她绕着屋子不断转来转去，观看每一样东西。最后，她到了楼梯口，谁也没有告诉一声便爬上了三道楼梯，到了她的屋子，拉直了身子躺下，准备死去。像一个化石的模印打在越来越冷的雪一样的被窝里。

"奶奶！祖奶奶！"又有声音在叫她。

她要死了。这消息从楼梯间直落下来，像层层涟漪，荡漾进每一间屋子。荡漾出每一道门，每一个窗户，荡漾进榆树掩映的街道，来到苍翠的峡谷口上。

"来呀！来呀！"

一家人围到她的床边。

"让我躺躺吧。"她轻声地说。

她的病痛任何显微镜也查不出来。那是一种轻微的然而不断加重的疲倦，一种压在她那麻雀样身上的朦胧压力。困倦了，更困倦了，困倦极了。

她的孩子们和孩子们的孩子们仿佛觉得她如此简单的动作——世界上最轻微的动作，不可能引起这样严重的恐慌。

"祖奶奶，听我说，你现在不过是在闯过难关。这屋子没有你是会塌的呀！

你至少得让我们有一年的准备时间。"

祖奶奶睁开了一只眼睛，九十岁的岁月像是沙尘鬼从迅速撤空的屋顶上的窗口飘了出来，静静地望着她的医生。

"汤姆呢？"

汤姆被送到她那悄声低语的床边。

"汤姆，"她说，声音微弱而辽远。"在南海的岛屿上每个人都有这么一天。那天到了，他自己也明白，于是他和亲友们握手告别，坐上帆船离开了。他走了，那是很自然的——他的时候到了。今天也是这样。我有时非常像你，星期六要看日场演出，到晚上九点才回来，还得打发你爸爸去接你。汤姆，当你看到同样的西部英雄在同样的高山顶上跟同样的印第安人打仗的时候，那就是离开座位往剧院大门走的时候了，你必须毫不留恋，不要回头。因此，我也该在看得津津有味的时候离开剧院了。"

第二个被叫到身边来的是道格拉斯。

"奶奶，明年春天叫谁去给房顶换木瓦呢？"

从有日历以来每年四月你都以为听见啄木鸟在啄屋顶。不，那是奶奶心醉神迷地哼着小曲在钉钉子。是她在九霄云里给房顶换木瓦！

"道格拉斯，"她细声细气地说，"不觉得盖屋顶挺有趣的人就别让他去盖。"

"是，奶奶。"

"到了四月，你向四面看看再问：'谁愿意盖屋顶去？'谁脸上放出光彩你就叫谁去，道格拉斯。在房顶上你可以看到全城的人往乡下走，乡下的人往天边走，往波光粼粼的小河上走；还看得到清晨的湖泊，脚下树梢上的小鸟。最舒畅的风在你周围呼呼地吹。这些东西哪怕只是为了一样，也值得找一个春天的黎明往风信鸡那儿爬一趟。那是很动人的时刻，只要你有机会去试试……"

她的声音低弱了，像在轻轻地颤动。

道格拉斯哭了。

她鼓起劲来。"唉呀，你哭什么？"

"因为，"他说，"你明天就不在了。"

她把一面小镜子转向孩子。在镜子里他看了看她的脸，看了看自己的脸，又看了看她的脸。她说："我要在明天早上七点钟起床。我要把耳朵后面洗干净。我要跟查理·伍德曼一起跑到教堂去。我要到电气公园去野餐。我要去游泳。打着光脚板跑。从树上落下来。嚼薄荷口香糖……道格拉斯，道格拉斯，你真丢脸！你剪手指甲吧？"

"剪的，奶奶。"

"你的身子每七年左右就全体更新一次，指头上的老细胞，心上的老细胞都得死去，新的细胞长出来。你不会为这个哭吧？不会为这个难过吧？"

"不会的，奶奶。"

"那么，你想想看，孩子。那把剪下的手指甲收藏起来的人不是个傻瓜么？你见过把蜕去的蛇皮保存起来的蛇么？今天躺在这里的我也就跟手指甲和蛇皮差不多，一口气就能把我吹得片片飞落。重要的不是躺在这儿的我，而是那个坐在床前回头望我的我，在楼下做晚饭的我，躺在车房汽车底下的我，在藏书室里读书的我。起作用的是这许许多多的新我。我今天并不会真正死去。人只要有了家就不会死了，我还要活许久许久。一千年后会有多得像一座城市的子孙，坐在橡胶树荫里啃酸苹果。谁拿这种大问题来问我，我就这么回答他！好了，快把别的人也都叫进来吧！"

全家人来齐了，站在屋子里等着，像是在火车站给旅客送行。

"好了，"祖奶奶说。"我在这儿。很荣耀。看见你们围在我床边，满心欢喜。下一周该让孩子们给园子松土和打扫厕所，也该买衣服了。既然你们为了方便起见称之为祖奶奶的那一部分我不会在这儿督促你们了，我的另外的部分，你们称作贝特大伯、利奥、汤姆、道格拉斯等等的部分，就要接过我这项工作。每个人都会有自己的工作。"

"是的，奶奶。"

"明天不要举行什么告别仪式，也不要为我说些动听的话。这些话我在自己的日子里已经满怀骄傲地说过了。一切食物我都吃过了；一切舞我也跳过了。现在我要吃下最后一个我还没尝过的糕饼，用口哨吹出最后一曲我还没吹过的小调。但是我并不害怕。我还真感到好奇呢！我要把它吃得干干净净，不会在嘴边给死亡留下一点点碎屑。不要为我难过。现在，你们都走吧，我要去寻找我的梦了……"

门在某个地方静静地关上了。

"我好过一点了。"在温暖雪白的亚麻布和毛毯铺就的被窝里，她感到舒适宁贴。贴花被子的颜色和往日马戏班的旗帜一样斑驳陆离。她躺在那儿，感到自己还很小、很神秘，好像八十多年前的某些早晨一样。那时她一觉醒来，在床上心满意足地伸伸她的嫩胳膊嫩腿。

很久很久以前，她想，我做了一个梦，做得正甜时却不知叫谁弄醒了——那就是我出生的日子。现在呢？我来想想看……她的心又问到过去。那时我在哪儿？她努力回忆。我到哪儿去寻找那失去的梦？它的线索在哪儿？它是什么模样？她伸出一只小手。在那儿！……是的，那就是它。她微笑了。她在枕头里转动转动脑袋，让它更深地埋进温暖的雪堆里。这样就好些了。

现在，是的，她看见它在她心里静静地形成，平静得像沿着蜿蜒无尽的岸滩流淌的海洋。她让那久远的梦碰了碰她，把它从雪堆里举起，让她从那几乎被遗忘的床上飘了起来。

在楼下，她想到，他们在擦银器，在清理地窖，在打扫厅堂。她听得见他们在屋子的每一个角落生活。

"好的。"祖奶奶小声地说，梦把她飘了起来，"像生活中每一件事一样，这是恰当的。"

大海把她送回到岸滩边上。

（孙法理 译）

亚历山大

本杰明·亚历山大（1921—），美国现代科学家。

1950年在皮奥里亚州布雷德利大学获硕士学位。1957年获乔治敦大学哲学博士学位。

曾任美国政府官员、国立健康服务和发展中心主任等职。1984年任哥伦比亚大学校长。

## ※ 电脑对人类行为的影响

你们也许还记得几周前在《华盛顿邮报》上发表的一篇文章，它披露了一种新的不幸者的类型——电脑寡妇。电脑寡妇显然是这种既被誉为世界救星、又被贬为全球恶魔的神奇机器的最新受害者。

这篇文章描述了电脑迷们的生活，他们把每个晚上和周末都花在家用电脑上做游戏，发明游戏，编制程序，以及寻求其他新奇的玩法。文章继续报道了小型电脑已成为严重的家庭纠纷的祸根。电脑迷们不顾他们的妻子和儿女，抛弃了自己的家庭责任。文章指责家用电脑破坏了男人和妻子之间的正常关系，并且报道了好几个因为沉溺于电脑游戏而引起离婚的例子。这篇《电脑对人类行为的影响》，是本杰明·亚历山大在哥伦比亚大学所作的演讲。这一切促使哥伦比亚大学电脑科技系的一位成员指出："电脑已经改变了我们的交往、教育、娱乐的方式，现在它似乎又在影响我们的生育了。"

自从30年前诞生电脑以来，电脑时代始终向前发展，一直没有倒退过。电脑已经永久性地紧密结合在我们的个人生活结构和社会结构之中。它已经成为对社会具有重要意义的和在经济上必不可少的事物。除了逃避尘世、独居在某些山顶的隐士，没有一个美国人的生活未曾受到电脑的影响，电脑技术已成为我们生活中的一个公认的组成部分。我们中的大多数人都把电脑看作是理所当然、应该拥有的东西。

由于电子硅集成电路块的出现，几年前曾被认为是令人惊愕的技术进展变得黯然失色了。这种只有手指尖大小、却具有惊人的强大威力的集成电路块，其计算能力相当于25年前应用的一间房间大小的计算机的能力，硅集成电路块的出现意味着人类技术的一次量子飞跃。

电脑革命对人类行为的影响程度还刚刚开始可以估量。你怎么可能跟踪那种能在极其迅速的时间，用计算机的术语来说，是在1毫微秒内发生的因果关系呢？几乎每一项电脑技术的重大成就和新的应用都带来了正反两方面的结果。我们现在听到的无论是外行还是专家的意见，基本上都是建设性的。一方面是学龄儿童的家长抗议非常流行的电子游戏对自己孩子生活的影响。另一方面是一位马萨诸塞州理工学院的著名电脑科学家对人类越来越依赖电脑的情况深表忧虑。人们关注和担心的事情还有个人隐私的遭到侵犯、电脑犯罪等等。

情况已变得日益严重，家长们不得不采取行动，寻求控制；地区的主管机关也通过法律限制电子游戏机房的营业时间；美国卫生局医务主任更是公开谴责这种对许多青少年充满诱惑力的电子游戏。

几星期前，卫生局医务主任C·埃弗雷特·库普指出，电子游戏对少年儿童的心理健康可能是一种危险品。他说："他们的身心深深陷入到电子游戏中去了……在这种游戏中没有什么积极的、建设性的东西。一切都是消灭、杀人、破坏，而且干得干净利落。"

库普的意见在最近一期的《喷气》杂志上得到了反应。哈佛大学的著名精神病专家阿尔文·波圣博士指出，"我认为医务主任的忧虑很有道理，因为在我们的青少年中已经有这么多暴力事件，所以我们必须十分谨慎地对待我们的所作所为和我们所教给孩子的价值观。"波圣博士认为，他相信，"电子游戏在助长社会暴力问题方面有极大可能。"他指出，"没有头脑的、但在智力上却是无可争议的电子游戏"正在教唆孩子们，暴力是某种可能接受的方式，是表达愤怒的一种合理的手段。

对于我们中的大多数人来说，那种认为电脑的差错会引发一场核战争的担心，事实上是一种杞人之忧。但我们不能光归罪机器，因为电脑只是一个听话的蠢货。它准确地执行主人告诉它的命令既不多，也不少。它完美地按照指令办事，但当指令不正确时，差错就会发生。如果输入一个错误的程序，一台军事电脑就会把导弹送往错误的方向，或者在错误的时刻发射出去。

几年前，海军上将、后来的参谋长联席会议主席托马斯·穆勒在众议院的一个委员会上承认："不幸的是，我们已经变成这些该死的电脑的奴隶了。"

众所周知，我们每天都有可能发生电脑程序的差错或者某种故障的威胁，从而造成一系列无法挽救的毁灭性后果。有些已经得到五角大楼证实的报告记录了由于所谓的电脑差错，美国的导弹系统曾一度处于随时开火状态。

我们害怕那种由电脑起爆的核打击，但它正是我们享受电脑技术的好处所支付的代价的一部分。

即使我们能够一直侥幸地控制住我们的军用电脑，我们还有其他的控制问题吸引我们的注意力。

我们必须对一位电脑科学家所说的"全球个人档案的威胁"保持警惕。他指的是政府机构和私营团体共同拥有的记录我们的情况的情报。

关于我国现有的数据库有多少，我们没有精确的数字，但只要你想一下金融机构、医院、新旧雇主、国内税务局、社会生活保障署、联邦调查局、人口统计局等各种与人民有关的联邦机构以及百货公司、信用机构、执法机构、法院等拥有的我们大家的情报规模就足够了。

这些情报多数是客观的、冷酷的、完整的、线性的数据。它们可能准确，也可能不准确。许多数据是个人无法看到的，而且在大多数情况下你无法对这些数据验证核实或者提出异议。

由于许多公司从事着多种经营，它们把被兼并的公司的人事情报看作是自己理所当然应该继承的财产。这种情报的集中化，无论在经济上还是政治上都会是一种有力地武器。

联邦法规保护个人隐私不受侵犯，但却始终存在着滥用个人情报的潜在威胁。正如我们在水门事件调查期间所揭发的那样，政府泄露或提供了许多个人档案，不恰当地查阅或利用了机密数据，甚至利用联邦纳税记录进行政治迫害和个人报复。还有一桩可能发生的最坏的事情，那就是政府将会掌握一个无比巨大的电脑联网系统。这种主张可能会在为了方便行事或提高效率或国家安全的名义下提出来。如果这个主张得到实行，我们将被一下子推到另一个陌生时代的开端。它将是我们所珍爱的个人隐私不受干涉的自由的结束。

雄踞电脑能力前沿的是所谓的"人工智能"的开发。这种极端复杂的科学力图使电脑脱离目前所处的只是根据指令行事的"机器傻瓜"的范畴。这一领域的科学家正在设计赋予电脑的类人智能和程序。它的前景是，人工智能可以成为一种不可思议的工具，能把人的智力进一步扩大到从未梦想过的程序。尽管人工智能仍处在襁褓阶段，但目前正在进行的研究已可以使机器人收集垃圾、采煤，清除核反应堆的放射场。

这种新技术的阴暗面是，人们担心它会被人利用变成潜在的帮凶。例如，有人早就建议，可以把懂得语言的电脑设计成实际上能对每一个人的谈话进行监听的工具：也可把电脑侦视器设计成能向当局汇报后者感兴趣的事情的机器。

有些社会评论家担心，电脑的广泛应用最终将导致人类智力的衰退。有人则忧虑，电脑将使我们的生活统一化，我们将不得不与某些工艺和技巧告别。

然而，马丁·加德纳《数学狂欢》杂志的作者却宣称："我们不明白的是，如果电脑正在把人们解放出来，使他们能够从事更有兴趣的工作，那么为什么一定要坐下来用笔计算7的平方根呢？"

我个人并不同意上述观点，不过这种观点确有许多支持者。这些乐观主义者认为，这种拥有近乎无限能力和灵活性的新的精密技术将会扩大个人的自由。例如，人们可以在家中的终端而不是办公室进行工作；可以根据自己的学习进度自修各种科目；购物电子化；可以把纳税、投资、保险、汽车维修等个人必要的记录组合成整体。

　　如果电脑能够在个人身上产生好的结果，它也可以在个人身上产生坏的结果。毋须用枪对准银行出纳员的白领阶层的电脑犯罪率正在日益增长。执法机关不得不通过训练警察制止电子窃贼的培训计划来对付这一现象。

　　有些科学家则担心另一种犯罪活动。匹茨堡的卡内基—梅隆大学的D·雷·里迪的忧虑是，如果大学拥有的尖端的微电脑掌握在坏人手中，他就可以指令其他电脑切断电话，停止银行服务和我们日常生活所依赖的其他系统的业务。这样一来，整个社会就被破坏了。

　　不过，我还是同意艾萨克·阿西莫夫的观点，他说："我们正在走向这样一个时期，在这个时期，我们必须解决的难题正在变得没有电脑就无法解决。我不担心电脑，我担心的是缺乏电脑。"

　　人类拥有一切力量和弱点，拥有一切只有人类才拥有的感情。我希望每一项新的惊人的技术突破都会遇到来自心理学家、社会学家、医学家和法律专家以及一切能够监督、评估新技术对人的影响的其他各种专业人士的怀疑主义的质难。

　　既然我们正在向着新的、前所未闻的领域前进，我们就需要小心谨慎地弄清这种运动对于我们生活的含义。我们需要在电脑能够提供的好处和什么是对人类最美好的事物之间权衡轻重，及时提醒。社会面临的真正挑战是：我们是否会让电脑诱惑我们去滥用、甚至践踏下列基本价值——诚实、自由、平等、相互信任、爱情、尊重法律和他人的权利以及其他兄弟人类的幸福；因为这些基本价值正是一个文明社会赖以生存的基础和希望。

（1982年12月7日）

乔治·赫伯特·沃克·布什（1924—），美国第41任总统，

参议员佩斯科特·布什的儿子，

佛罗里达州长杰布·布什和美国第43任总统W·布什的父亲。

作为第二次世界大战中美国海军最年轻的飞行员，

他因成功完成了58次战斗任务而被授予"英雄飞行员"称号。

# ※ 乔治·布什致芭芭拉·皮尔斯

亲爱的芭芭拉：

这应该是一封非常容易写的信——心里话非常流畅地从笔端涌现。简而言之，我可以毫不费力地告诉你，当我打开那张纸，看到上面宣布我们的婚约时，我是多么的欣喜若狂。但是无论如何，我都无法将所有我想说的话在一封信中写完。

我最亲爱的宝贝，我全心全意地爱着你，要知道你的爱就是我的生命。多少次我都在向往，有一天将会有属于我们的无限快乐的时光。我们的孩子将会是多么的幸运，因为他们拥有一位像你这样的母亲……随着时间一天天过去，我们出发的日子也越来越近了。很久以来，我一直在热切地盼望着登上航母出海的那一天（指出海作战——译者注）。能实现这个目标是我的全部期望，但是，

亲爱的芭芭拉，你已将这一切改变，我不能说我不想离开——因为那是在撒谎。我们一直在为心中的一个目标而努力奋斗，就是将自己很好地武装起来，以使我们能与敌人交锋并打败他们。我的确想离开，因为这是我的职责，但是现在，离开已经不再代表着冒险了，而是代表一项我希望很快就会结束的工作。

甚至现在，在我们和出海之间还有好长一段时间的时候，我就已经开始想着要回来了。这听起来似乎不可思议，但是如果真是这样的话，那仅仅是因为我无法充分地表达出我的想法。芭芭拉，你已使我的生活充满了一切我所能梦想到的——对你的爱将是我全部快乐的标志。

星期三一定是对我进行任命的日子，我非常希望你能在场。明天我会打电话告诉妈妈我的计划。许多同事都无法让他们的父母或妻子过来，所以他们不会来的，这样你就可以以一位夫人的身份通过检查——

你就说你丢了请柬并告诉他们你的名字，他们会核对名单，然后就会让你进来的。如果你能够来，我将会多么自豪啊。

我将告诉你我们最近的飞行进展情况。我们有太多的事情要做，而时间又显得太少，局势发展得令人恐惧。这件事的严重性已经引起了海军总部的重视。我已经被任命为助理射击军官，等到胡勒少尉离开后，我将成为射击军官。我担心自己在这方面懂得太少，但能得到这样的职位让我感到很激动。所有这些我都会晚点告诉你。

最近风一直像疯了一样地刮着，我们的飞行已经被减少到最低限度。我的飞机，现在是二号，它的上面半圆拱形的地方被安装了一架照相机。我把它称作"芭芭拉二号"，但这只是在我的心里，因为大西洋舰队不允许我们在飞机机身上写名字。

晚安，我的美人。每一次我说美人时你都恨不得杀了我，但是你将不得不接受这个称呼……

我希望我在星期四出发——仍然有一丝机会见到你，我最亲爱的——美人！

你的未婚夫

1943年12月12日

三岛由纪夫（1925—1970），日本著名小说家、剧作家，
1949年发表反映变态性恋的长篇小说《假面的告白》而成名。

# ※ 里约的谢肉节——于里约热内卢

在里约，吃饭时叫一道汤，就会送来满满的一大碟，似乎要溢出来。叫一道菜够两个人的分量。定睛一看，连小个子女人都能把这些菜若无其事地吃个精光。

谢肉节也是如此。这四天闹闹嚷嚷，没有一刻停歇，日本人的胃袋实在承担不了，到了二月二十三日中午，机关和商店一律关门。满街都是人，挤得喘不过气来。人们及早将彩带和五颜六色的小纸片系在头上，把安息香水喷到女人们的衣领和胸脯上，于是就开始闹腾起来了。这种兴奋并不借助酒的力量，完全是以寻常姿态出现，这也许因为巴西人的血液中蕴含着一种强烈的享乐的本能吧。

　　二十三日夜里，街上杂沓的人群里，化妆的人占70%。那些西服革履的影子一时都不见了。天黑之后，分不清谁是男，谁是女。"乌鸦难辨雌雄"。尤其是身着黑衣的男女最难辨别。有猫，有骸骨，有恶魔，有吉卜赛，有希腊的舞女，有波兰的少女，有契罗里的姑娘，有小丑。这时，哥萨克的骑兵在行进，一律黄色服装，和着乐队的旋律，边走边跳着桑巴舞。一个男子一身古风的绅士的装扮，牌子上写着："我也不知道到何处去，也许是朝鲜吧。"嘴里衔着萝卜大的烟卷。有红鹤的夫妇，有牧童。还有一个男子扮成孕妇，挺着大肚子，牌子上写着："我认输啦！"其间，一队真正的印第安人威风凛凛地走过来了。插满羽毛的高高的礼帽上镶着小鳄鱼和小鸟的标本，还有三只小圆镜。身上裹着豹子皮，戴着豹牙制的首饰，背后坠着黄鼠狼和野鸭的标本，腰间挎着漆成原色的漂亮的弓矢。

　　中流以上的人家，十点之前戴着面具在街上散步，接着便各自到俱乐部去跳舞。不论哪个俱乐部，在这四天里，日日夜夜都在无休止地跳桑巴舞，喧嚣一片。庶民们挤在街面上狂欢，同样是日日夜夜的闹腾没完没了。电车和公共汽车都被合唱队和乐队占据了。来来往往的汽车互相抛掷着彩带。这四天四夜里，住在市中心很难获得一刻的安眠。里约也有人讨厌谢肉节，有很多人逃到郊外躲起来了。

　　俱乐部里可以见到美丽的金饰的伪装，即使是这个，到了第二天因浸满汗水已经无法再使用了。一位良家的夫人站到桌面上跳，服务人员劝止，她也不听。桌子摇晃着，一些正经的人，拼命按住香槟酒瓶，不使之倾倒下来。每个俱乐部都挤得水泄不通。女人们一直又唱又跳，直到眼前恍恍惚惚倒在地上才肯罢休。

　　每年的谢肉节，总会出现许多私生子，不前不后，都集中于圣诞节时生产。

　　二十七日早晨，谢肉节结束后，到大街上一看，已经没有了假装的姿影，也听不到合唱和音乐，男人一律整齐地系着领带，妖娇的女人们都是一副飘然的身姿在路上走着。如果把谢肉节比喻为革命的狂热，那么在这种兴奋结束的翌日，一切都恢复了旧态，变得平静自然了。这便是一次最好的对于革命的嘲讽。

　　节日里收容的醉汉和暴徒，依然惯例到了活动结束的第二天中午，便由人人所讨厌的警察局放出。这天人们都成群结队挤在警察局门前等着看热闹。在这明朗的正午，在街上已恢复了正常的空气，流氓和斗牛士眯细着眼睛走出来，在人们的笑骂声中一个个悄然无声地向自己家里走去。

马尔克斯

加夫列尔·加西亚·马尔克斯（1928—），哥伦比亚作家，拉丁美洲魔幻现实主义巨擘，1982年获诺贝尔文学奖，其代表作长篇小说《百年孤独》。

## ※ 拉丁美洲的孤独

安东尼奥·皮加费塔，一位曾陪同麦哲伦进行首次环球航行的佛罗伦萨航海家，在经过我们南美洲时写了一本严谨的编年史。然而它却像一部凭空臆想的历险记。

他说他见过一些肚脐儿长在背上的猪，见过一些没有爪子的鸟儿，母的卧在公的背上孵蛋，还有一些鸟儿像鲣鸟那样没有舌头，嘴巴像汤匙。他说，他还见过一种怪兽，长着骡头骡耳，驼身鹿蹄，吼叫声像马嘶。他说他们在巴塔哥尼亚遇到的第一个土著人面前放了一面镜子，那个容易激动的巨人看见自己的形象后竟恐惧得失去了理智。

那本书很薄，但很迷人。书中已经依稀可见我们今天的小说的萌芽，但是它还远非那个时代我们的现实的最令人惊奇的见证。西印度群岛的编年史家们给我们留下了另一些数不胜数的见证。

我们那个如此令人向往的虚幻之国"黄金国"，在漫长的年代里曾在许多地图上出现，并按照绘图员的想象改变着位置和形式。为了寻找"青春永驻泉"，神话般的人物阿尔瓦·努涅斯·卡维萨·德·巴卡竟然在墨西哥北部考察了八年。在一次古怪的探险中，队员之间发生了人吃人的事件。在出发时的六百人中，只有五个人到达了目的地。

在那么多永远是难解之谜的事件中，还有一个一万一千头的骡子队。每头骡子都驮着一百磅黄金。有一天它们从库斯科出发，去交付阿塔瓦尔帕的赎金，却永远没有到达目的地。后来，在殖民地时期，人们在卡塔赫纳出售若干在洪水淹没过的土地上饲养的母鸡，其鸡肫里居然包裹着金砂粒。我们的先辈们这种关于黄金的连篇呓语直到不久前还缠绕着我们。

就在上世纪，一个负责研究在巴拿马地峡铺设一条洲际铁路的德国考察团还断言，只要路轨不用当地缺乏的金属铁来制造，而用黄金来制造，计划便能得以实现。

从西班牙的统治下获得独立并没有使我们摆脱疯癫无知状态。曾三次对墨西哥实行独裁统治的安东尼奥·洛佩斯·德·圣安纳为了埋葬他那条在所谓的糕点战争中失掉的右腿，他下令举行了极为豪华的葬礼。加西亚·莫雷诺将军作为专制君主统治厄瓜多尔长达十六年，他死后身上依然穿着他那身华贵的军服和挂满了勋章的胸甲，坐在总统座椅上让人守灵。

萨尔瓦多通神的暴君马克西米利亚诺·埃尔南德斯·马丁内斯将军在一次野蛮的屠杀中竟然剿灭了三万农民。而为了查验食物是否被下了毒，他还发明过一种摆锤，并下令将全部公共照明灯具用红纸罩起来，以防猩红热传染流行。立在特古西加尔帕大广场的佛朗西斯科·莫拉桑将军的纪念像实际上是在巴黎一家旧塑像仓库里买来的奈伊元帅的塑像。

十一年前，当代一位杰出的诗人即智利的巴勃罗·聂鲁达已在他的讲话中指出了这个问题。从那时起，关于拉丁美洲的那些子虚乌有的消息便以空前猛烈的气势闯进了欧洲善良的、有时会是邪恶的意识里。我们那个幅员辽阔的祖国，男子充满了幻想，女人足可以载入史册，他们那种极端固执的性格常和神话传说混同一起。我们不曾有过片刻的安宁。一位合法的总统以他那陷入火海的府第做堡垒，单枪匹马和整整一支军队作战，直到壮烈地死去。两起可疑的、永远查不清的空难使另一个心灵高尚的人夭折，使一名恢复了本国人民的尊严的民主军人丧失了生命。在这段时间里，发生过五次战争、十七次政变，出现了一位以上帝的名义在当代拉丁美洲进行第一次种族灭绝的穷凶极恶的独裁者。

与此同时，有两千万拉美儿童不满两岁便不幸死去，这个数目比西欧自1970年以来出生的人数还要多。由于暴力镇压而死去的人几乎有十二万之多，这就如同今天我们对乌普萨拉城的全体居民今在何方毫无所知。无数孕妇被捕后在阿根廷监狱里分娩，但是至今不知道她们的孩子的下落和身份，他们不是被暗中送人收养便是被军事当局监禁在孤儿院里。为了避免此类事情不再发生，整个大陆大约有二十万男女献身，其中十万多人死在中美洲三个极权主义的小国即尼加拉瓜、萨尔瓦多和危地马拉。倘若此事发生在美国，按照比例计算，四年内死于暴力的人数可达一百六十万。

在具有热情好客传统的智利，逃亡者多达一百万，占本国公民的10%。乌拉圭这个只有二百五十万人、被认为是本大陆最文明的小国，每五个公民中就有一个在流放中消失。萨尔瓦多内战自1970年起几乎每二十分钟就多出一个难民。如果将拉丁美洲的流亡者和被迫移居国外的侨民组成一个国家，其人口总数将比挪威还要多。

我敢说，今年值得瑞典文学院注意的，正是拉美这种异乎寻常的现实，而不只是它的文学表现。这一现实不是写在纸上的，而是和我们生活在一起，它每时每刻都决定着我们每天发生的不可胜数的死亡，为我们提供了一个永不干涸、充满灾难和美好事物的创作源泉。而属于这个源泉的我这个流浪在外、怀念故乡的哥伦比亚人，不过是被机运指定的又一个数码。这个非凡的现实中的一切人，无论诗人、乞丐、音乐家、战士，还是心术不正的人，都必须尽少地求助于想象，因为对我们来说，最大的挑战是缺乏为使我们的生活变得可信而必需的常规财富。朋友们，我就是我们的孤独之症结所在。

既然这些困难把属于它的精华的我们变得头脑迟钝了，那也就不难理解世界这一边的理性主义的、陶醉地欣赏自己的文化的天才们为什么找不到解释我们的有效方法了。

如果不提生活中的灾难并非同样降临在每个人头上，也不提我们为寻求自己的身份而进行的斗争跟他们过去一样是艰苦的、残酷的，那么，他们那般坚持用衡量他们自己的尺度来衡量我们，便是可以理解的。用他人的图表来解释我们的现实，只会使得我们越来越不为人知，越来越不自由，越来越孤独。令人尊敬的欧洲如果站在自己过去的角度来看我们，也许它会更能为世人理解。

不妨回忆一下：伦敦为了建造它的第一道城墙，花费了三百个年头，又用了三百年才得到了一名主教；罗马在混沌不清的黑暗中争斗了二十个世纪才由一位埃特卢里亚国王在历史上建立了该城；今天以其松软的干酪和无敌的钟表愉悦我们的、和平的瑞士人却曾在16世纪作为碰运气的战士血洗过欧洲；即使在文艺复兴的鼎盛时期，各帝国军队出钱雇佣的一万二千个士兵还曾把罗马洗劫一空，夷为平地，砍死了八千名居民。

我并非试图实现二十三年前托马斯·曼在此赞扬的托尼奥·克勒格尔那些把纯洁的北方同热情的南方连结起来的梦想。但是我认为，头脑清楚、也曾在此为缔造一个更人道、更公正的伟大祖国而奋斗的欧洲人倘若彻底修正看待我们的方式，就能更好地帮助我们。如果不具体地采取合法的行动支持那些幻想在世界的分配中享有自己的生活的人民，仅仅同情我们的梦想不会使我们对孤独的感觉有所减少。

拉丁美洲不愿意、也没有理由成为棋盘上的一个没有独立意志的"相"，也毫不幻想将自己的独立与独特发展的计划变成西方的渴望。然而，尽管航海的成就大大缩短了我们美洲和欧洲的距离，但似乎扩大了彼此间的文化差距。

为什么在文学上可以没有保留地赞同我们的独特性，我们在社会变革方面所做的艰难尝试却受到种种怀疑而遭到否定呢？为什么认为先进的欧洲人试图在他们的国家实行的社会正义不可以成为拉丁美洲在另一种条件下以另一种方式奋斗的目标呢？不！我们历史上遭受过的无休无止的暴力和悲剧是延续数百年的不公正和难以计数的痛苦的结果，而不是在离我们的家园三千里外策划的一种阴谋。但是许多欧洲领导人和思想家却像忘记了年轻时代建立的疯狂业绩的祖辈那样幼稚地相信这一点，好像除了依靠世界上的两位霸主生活外便走投无路。朋友们，这便是我们的孤独的大小。

然而，面对压迫、掠夺和孤单，我们的回答是生活。无论是洪水还是瘟疫，无论是饥饿还是社会动荡，甚至还有多少个世纪以来的永恒的战争，都没有能够削弱生命战胜死亡的牢固优势。这个优势还在增长，还在加速：每年出生的人口比死亡的人口多七千四百万。这个新生的人口数量，相当于使纽约的人数每年增长七倍。他们中的大多数出生在财富不多的国家，其中当然包括拉丁美洲。与此相反，那些经济繁荣的国家却成功地积累了足够的破坏力量。这股力量不仅能够将生存至今的全人类，而且能够把经过这个不幸的星球的一切生灵消灭一百次。

在跟今天一样的一天，我的导师威廉姆·福克纳曾站在这个地方说："我拒绝接受人类末日的说法。"如果我不能清楚地意识到三十二年前他所拒绝接受的巨大灾难，自人类出现以来今天第一次被认为不过是科学上的一种简单的可能性，我就会感到我站在他站过的这个位置是不相称的。

面对这个从人类发展的全部时间看可能像个乌托邦的令人惊讶的现实，我们这些相信一切的寓言创造者感到我们有权利认为，创建一个与之对立的乌托邦为时还不很晚。那将是一个新型的、锦绣般的、充满活力的乌托邦。在那里，谁的命运也不能由别人来决定，包括死亡的方式；在那里，爱情是真正的爱情，幸福有可能实现；在那里，命中注定处于一百年孤独的世家终将并永远享有存在于世的第二次机会。

# ※ 我没有写的那许多篇小说

多少年来，我一直想写一篇关于一个永远迷失在梦中的男人的小说。那个人梦见自己睡在一个跟在现实中睡的一样的房间里。第二次做梦时他又梦见自己睡在跟前面两个房间一样的房间里，并且做了一个跟前面一样的梦。在做梦的那一时刻，现实中的床头柜上的闹钟响起来，梦中的他开始醒来。当然，为了醒来，他必须先从第三个梦中醒来，再从第二个梦中醒来。但是，他这样做的时候是那么的谨慎，当他在现实中的房间里醒来时，闹钟已经不响了。此刻，他已经完全清醒，但是他怀疑自己是不是还在梦中：眼前的房间竟然和好几次梦见的那几个房间如此相像，他找不到任何理由能够使自己不相信眼前的房间也是他做的一个梦。

对他来说非常不幸的是，他因此而犯了一个重新睡觉的错误：他渴望查看一下第二次做梦时看见的那个房间，看看能否在那里找到某种同现实一致的迹象。但是他没有找到，于是又接着第二个梦继续睡，想在第三个梦、第四和第五个梦中寻找现实。

寻找到最后，他的脉搏便恐惧地跳起来。于是他开始重新醒来：依次从第五个梦到第四个梦，从第四个梦到第三个梦，从第三个梦到第二个梦。但是在混乱的精神状态中他忘记了计算梦的数量，也没有留意现实。结果，他就继续下去，从第二个梦转入另一些房间的一个个梦中。但那些房间已不在现实中，而是在现实外边了。那一系列房间几乎没有尽头，他迷失在了那些房间里，永远处在睡梦中，从无数个梦的一端移到另一端，始终找不到通向现实的出口。在一个写着不可想象的、永远不能确知的号码的房间里死去，才能使他最终安宁。

我曾久久地这样想，我之所以没有写这篇可怖的小说，是因为它跟豪尔赫·路易斯·博尔赫斯的亲缘关系太明显了。再说，它也比他的所有的小说差。然而，当现在我想起它并且写出来的时候，我忽然意识到，我写这篇小说的房间——窗前放着打字机，凭窗可以望见整个加勒比海——和我一直想为一篇小说中的梦幻设计的房间一模一样：方方正正，墙壁平滑无色，只有一扇窗子一扇门，除了一张简单的床和放着闹钟的床头柜外没有其他家具。闹钟的铃声能够在每个梦幻中的房间里引起不间断的回声，但是闹钟必须是在现实的房间里作响。

当我现在在现实中读到这个故事时，我发现这个故事不是博尔赫斯的，而是属于更久远的、更令人震惊的弗朗茨·卡夫卡血统。无论如何，我是从来也没有写它。也许这是他最大的功绩。

这不是我没有写的唯一的一篇小说，也不是文学界的一个特殊现象。作家们的一生充满了他们从没有写的作品。在许多情况下，这些作品也许比他们所写的作品还好。不过，有趣的是，对作家们来说，这一系列被孕育的却始终不曾诞生的几乎数不清的小说，是他们的作品中的一个无形的重要的部分：在他们的全部作品中永远看不到的部分。

也是在许多年间，在那篇关于迷失在梦中的男人的小说之后的时期里，我梦见我在写另一篇小说。我只记得它的题目是《为我们送蜗牛的溺水者》。我记得我曾在皮拉尔·特内拉妓院里的一个喧闹的夜晚对阿尔瓦罗·塞佩达·萨穆迪奥讲过此事。他对我说："这个题目太好了，岂止用它写一篇小说。"几乎过了40年之后，我惊讶地证实，他的回答太对了。事实上，那个一定在晚上来为孩子们送些蜗牛的身材魁伟、浑身湿透的男子汉的形象永远留在了那些没有写的小说的阁楼上。相反的，我却花费了许多时间一次又一次地写那一篇关于拆卸机器的人的小说。

从某种程度上说，灾祸是一种不可避免地使我更着迷的新题材。一个男人徒步来到一个手艺人聚居的村镇，向某人打听一个用拖拉机耕田的人。不可避免的是：拖拉机不能开了。过了些时候他又去找女裁缝。她的缝纫机也不能用了。跟他有某种关系的、从事各种工艺的工人的一切机器也都失灵了。关于这篇小说，我尝试过多种写法，直到守护神——他对作家们是那么漠不关心——使我相信不必再坚持为止。其理由是世界上再简单不过的：这是一篇很蹩脚的小说。

相反的，我却一直认为另一篇我同样没有能写的小说是很好的。我指的是我在卡达克斯——布拉瓦海边最美丽的、保存得最好的镇子——山那边一个极为迷人的黄昏构思的那一篇。在那一场酷烈的大风刮了三天后，我忽然惶惑不安地醒悟到，我永远也不能再去那个镇子了，因为再去那儿一定会使我丧命的。许多年间我的小说中的人物一定也被同样的念头缠绕着，直到一个节日的夜晚他把它披露给巴塞罗那的一群朋友。朋友们诚心诚意给他吃了一种驴子吃的药，强迫他坐进一辆汽车，当晚把他拉到卡达克斯镇去。由于迷信，一路上他简直给吓瘫了。当他终于从第一道山谷看见镇子的灯光时，便奋力挣脱掉朋友，纵身跳下了悬崖。因为他再也不能忍受回镇子的恐怖了。

　　永远没有写的小说还有那篇关于一位姑娘的：许多年间她一直寻找那个在公园里奸污她的陌生人，直到她深深感到，她无论如何要找到他，因为没有他她就不能生活。还有那一篇关于几个小男孩的小说：他们策划好要杀死国王，终于用一块有毒的糖达到了目的。以及那一篇也是关于几个小男孩的小说：他们杀死了那个无所不知的伙伴，因为他们不能容忍他知道那么多事情。有一篇我是写了的：它写一个男人，在一个节日想吓唬一下他的朋友们，就钻进了一副铁盔甲。但是他再也钻不出来。结果他便继续穿着它生活，生活了许多年，直到年老死去。当一位朋友意外地读到这篇小说时我几乎要发表它了。他使我明白，武士们的盔甲并是一件整个的衣服——我却一直认为如此——而是一种分成若干部分穿上身的衣服，就像斗牛士们的衣服那样。所以，也像上述那许多小说一样，这一篇也理所当然地永远淹没在了那许多没有写的小说的大海中了。

约尔丹·拉迪奇科夫（1929—2004），保加利亚作家，

作品多以人的困境为主题，

曾被译作30余种语言，被誉为保加利亚的果戈理或卡夫卡。

## ※ 我的爸爸

没有人比我爸爸更有力气了。他只要挥动几下斧子就能砍倒林子里的树木；只要在我的手上吹一下就能使我暖和起来；只要对那些牛吆喝一声，它们便摇着尾巴站起来。

他什么都行。我站在他的身影里，幻想有一天我能变得像他一样有力气，像他一样英勇无畏，战无不胜。

我看着爸爸用斧子砍树，那些树伴随着咔嚓咔嚓的声响倒在雪地上，在山谷里回荡着伐树的咔嚓声。我全身颤抖，感到整个森林都在爸爸的斧子下呻吟、震撼。他把砍下的树毫不费力地装在雪橇上，用绳子把它们紧紧地捆在一起，像捆麦秸一样。然后套上两头牛——像祖母讲的神话中嘴里喷火的龙一样。但是雪橇的滑板冻住了，它们拉不动。于是，爸爸使劲用肩一推，冻住的雪块发出震耳的响声，牛轻快地拉着雪橇向前走去。

我坐在雪橇上面，身上裹着爸爸的旧皮袄，看着他手里牵着牛的缰绳艰难地朝前走着。那两头大黑牛像两只小狗一样驯顺地跟在他身后。我真不明白爸爸哪儿来的这么大劲，他能够摆布周围的一切。

太阳不慌不忙、稳稳当当地在天空中滚动。爸爸点上一支烟，牵着牛，不慌不忙、稳稳当当地在雪地上走着。突然，他的脚滑了一下，跌倒在雪地上，像我在冰场倒摔跤一样，见了这场面，我感到难为情，臊得我都想哭了，因为我亲眼看见爸爸摔倒了，在那一瞬间，他是那么无可奈何。

至今我仍不愿相信这是真的，虽然我还清清楚楚地记得当时的情景：他从雪地上爬起来，用帽子扑打着粘在身上的雪，气恼而尴尬地朝我笑笑。我同样也感到尴尬和气恼，因为摔倒的不是别人，正是我的爸爸。对于我，他简直就是一切。

# 林京子

林京子（1930—），日本小说家。生于长崎。幼年曾生活于中国上海。

1954年受原子弹爆炸时的光辐射，患"原子病"。1962年成为《文艺首都》杂志同人。

翌年发表处女作《蓝色的道路》。1975年以中篇小说《祭坛》获芥川文学奖。

作品根据亲身经历，控诉美国原子弹给日本人民带来的灾难。

同类作品还有《玻璃》。其他还写有长篇小说《两个人的墓碑》《米歇尔的口红》等。

## ※ 独生子娶妇

所谓迎接媳妇的思想准备指什么？又何谓媳妇？再写此类事情虽然觉得不好意思，但想也许还是有必要的。

所谓结婚，就是一个男人和一个女人结为夫妇；女人嫁到一户人家，不是成为该家的媳妇。如果说，男女双方以对等的、横的关系进行生活就是结婚的话，那么，媳妇这个词就是令人费解的，所谓迎接媳妇的思想准备也会令人感到没有意义。虽然如此，但在我的脑海里，做好当婆婆的思想准备和媳妇与婆婆之间上下关系的意识还是存在的。作为一个词语，"媳妇"这个词一直是存在的。我不能不感到：媳妇与婆婆这两个词的关系好像是与人际关系交织在一起的。翻开辞典，读媳妇这一词条，开头就写明是"儿子之妻"，也就是"我儿子之妻"。可见，这不是以结婚者为主的词，而是以父母或家庭为主的词。这就意味着，其人际关系是纵的，婆婆在媳妇之上，是长辈，因此，可以任意支配媳妇。

有一位外国老妇人在迎接过门新娘——儿媳跟自己一起过时说："年轻的女性给我们家带来了光明。"我很想学习这位老妇人在接纳儿媳时的先进意识。但是，很难摆脱媳妇与婆婆这两个词意义本身所造成的框框，虽然我也感到自己迎接儿媳的这种保守思想应做重新考虑。

在我的家只有我和独生儿子俩生活。也就是说，我的家是属于那种世上常说的母子或母女俩生活而不宜娶亲或嫁人的家庭。然而，就是这样一个家庭，现在却需要娶一个儿媳妇。以下，为了叙述方便，将这个儿媳称为K子。

我儿子决定要跟K子结婚后，首先把K子介绍给与我分居多年的他的父亲。当然，这件事对我是保密的。在征得他父亲的同意后，他才对我说，能否见见K子。他还若无其事地说，已经得到了父亲的同意。当时，我非常生气。他曾说过，婚后要跟母亲一起过。这就是说，今后跟他们夫妇生活在一起的是我，而不是他父亲。因此，从常识也好，从人情也好，不都应当首先介绍给我，征求我的意见吗？先介绍给他父亲是毫无道理的，极不正常的。

因而，我没有好气地质问儿子："见了面，我要是说不成，反对，你就不结婚了吗？"对此，儿子只说了一声"不"，轻松地否定了。我本是这样想：只要儿子喜欢的姑娘，即使不称我心，我也不会反对的。因为如果加以反对，就会后患无穷。再说，反对也无济于事。不称心时，不接近她就是了。我说的"要是反对，你就不结婚了吗？"这句话纯是气话，是感到我丢了面子。

儿子似乎也察觉到我的这种心情，说："最难办的先放一放，以后再说，你就先见见她吧。别赌气了。"

到了约好见面的那天，儿子只对我说了一句话："就是她。"便算是向我介绍了。

身穿蓝色厚毛衣裙、外罩白布衫的 K 子，在自我介绍后便站到儿子身后，向我点头施了一个礼。她的脸庞微黑，两眼瞳仁乌黑闪亮，两腿和两只胳膊修长，看样子很健康。

作为寒暄，我也说了一句请关照的话。接着我说："你是充分地做了思想准备，等待着婆婆虐待媳妇了吧？那就等着吧！"我的话音刚落，只见她一瞬间转动了一下两只大眼睛，举起了双手，作出了投降的姿势。她的这一举动，显得那么天真无邪，使我不禁大笑起来。

姑娘的爽朗和青春的气息使我完全解除了思想武装。我感到思想上受到了一次巨大的冲击。魔术般举起了双手、言外之意"投降"的 K 子，其言行举止绝不是过去那种媳妇对婆婆的表现，而是以对等的身份和作为一个人面对未来的婆婆的。K 子的态度，不管我愿意不愿意，都使我不能不重新认识自己对媳妇的态度。

自打儿子说要跟 K 子结婚的时候起，我就开始好像在不知不觉中产生了要当婆婆的心情。

现在，如果说我心中有了一种要当婆婆的、类似思想准备的东西，那就是我想学习说过"年轻的女性给我的家带来了光明"的那位外国老妇人的见地，始终不渝地创造一个横的平等的人际关系。而且，我想，使这种思想有了更深一层认识的，好像就是 K 子那种新鲜的举止言行。

在认识 K 子一年以后，我试问过 K 子："作为我如何当婆婆先不说，作为你过门之后，你认为应当怎样做呢？"对此，她爽快地回答说："总之，我会是一个给你添麻烦的人呢。"此话虽说由于听者不同，也会使人理解成恶意，而心存介意，但因为它出自 K 子之口，所以，这种介意便一点也没有了。我大笑说："不会吧。"

K 子说："我不知道怎样说才好。过去，只有你们母子俩生活，现在又要加入一个我。我就是从这个意义上说的添麻烦者。但我想，二加一不应是三，而仍然是二。"

我说："你的话感人肺腑。但所加进的一究竟是 K 子呢？还是我呢？最后被排出的，还是我吧？"

"不，不会的，妈妈！"K子说，"要排除的话就把他排出去好啦。"

我想，作为迎接儿媳的思想准备，也许只有这样才是最好的思想准备。

那么，为什么需要如此大书迎接儿媳的思想准备呢？这是因为在我花了二十多年的心血营造起来的家庭里，如今又要添进一位姑娘，不出问题反而是奇怪的。既成家庭成员有了变化是理所当然的，在这种情况下，硬要按媳妇过门前那套旧章法行事会势必引起婆媳间的矛盾、争吵吧。这一点不限于婆媳间，小夫妇之间也是如此。在生活中相互耐心地修正彼此的生活轨道才能随着岁月的流逝自然而然地变成相互体谅、融洽的伙伴。但是，是否彼此有相互体谅和修正彼此生活轨道的心——虽然也可能达不到预期效果——就能够如嘴所说、如心所想的那样，很好地相处下去呢？恐怕也未必。我想，这里就存在一个不容易的问题。加入既成家庭的姑娘不容易，迎接儿媳过门的婆婆也不容易。不容易是共通的。K子尚未跟我生活在一起。这里所写的只能是推测。然而，只要心理上有这点准备不就足够了吗？当我把这个心理准备讲给朋友听时，站在媳妇立场上的朋友付之一笑，不以为然。她说："心理准备没有意义呢。如果说，它有意义，那就做不关心的准备。此外，再没有比这更好的心理准备了。"不论谁，当他或她加入到另一个家庭生活时，似乎都是这样不容易。

我常把儿子要结婚的事讲给朋友们听。每当这时，我首先听到的反映不是祝贺，而是问："是住一起，还是不住一起？"当回答说"似乎住一起"时，他们便异口同声地说："那可够受，还是别住一起吧。"四十岁左右的人中，有的是媳妇，有的成了婆婆。不论是媳妇还是婆婆，她们都向我提出忠告："住一起不容易，还是算了吧！"

从K子那边来看，她把自己婚后要跟婆婆一起过的想法说给朋友们听时，据说，她们也似乎感到惊讶，说："你可真好事呢。算了吧。省得日后闹个不欢而散。"总而言之，不论媳妇还是婆婆，他们都是从各自的立场上，像捅了马蜂窝似的，嚷着一起过使不得。更有趣的是，曾经侍奉过婆婆、吃过婆婆苦头的朋友，如今当了婆婆之后，则以婆婆的立场也觉得住在一起不容易，使不得。听了这些话之后，我不禁感到似乎也有必要做好过不好就分居这样一个有条件的同居的心理准备。

究竟哪儿不易？——K子这样问过她的已当了媳妇的朋友。她似乎在想：如果弄清不易之处，在出嫁前就可以做好充分的思想准备。然而，她那位朋友却回答说："总而言之不容易，难处呢。"具体答案却没有指出。与其说没有指出，不如说似乎指不出来。至于尚未当媳妇的朋友们，虽然没有什么体验，没有发言权，但问她时也回答说："似乎很难处呢。"

"哪儿真正不易？其实际问题还是不清楚吧？而且，这好像成了一股风，一股令人感到不易的风。"K子说，"既然如此，那就应当生活在一起体验体验，不生活在一起体验体验，就不会知道呢。"K子的回答不愧为是一个青年人的回答。K子的话无疑是正确的，其不易之处是潜藏在不一起生活便无法知道的共同生活之中的，是"不清楚才不易"的不易，是"总而言之不易"的不易，所以才不易吧。实际上，不易在此是没有实体的，它是由家庭成员在日常生活中相互关联的琐事的积累而产生的。特别是，因为它是家庭成员之间思想方面的联系？所以，不是一个只要写上几条守则，规定应当这样做或不应当这样做就可以解决问题这样一个简单的问题。父母与子女、夫妇之所以觉得能够长期共同生活在一起，就是因为在心灵一隅能睁只眼闭只眼，相互体谅。说过"迎接媳妇的最好心理准备就是不关心"这句话的朋友，向我讲述了她自身这方面的经验体会。

我这位朋友不信神也不信佛。但她婆婆却每天早晚向神和佛合掌祈拜。清晨一起来，她便洁身，然后换神坛上杨柳树的水，又给佛坛上供上新出锅的大米干饭和水。佛坛上还供有她婆婆的丈夫亡灵，即我朋友的公公。我朋友尊重她婆婆的这些活动，在婆婆供上大米干饭之前，绝不用手去接触大米干饭。即使想为孩子为上班的丈夫早点吃完早饭，也不动一下。

平时，我朋友一家就这样相处无事。但她婆婆外出旅行时问题便来了。我朋友这时虽然也不触摸神坛、佛坛，亵渎神、佛，但也不给神、佛上供，换水。不是忘了，更不是故意使坏，而是有意识不干。

但是，作为婆婆却是想在自己不在家时也能继续给神、佛上供。但自己不在家，不可能。这时，虽然也想让儿媳代劳，但从平时气氛中也察觉到我朋友的那种心情，故也不便张口。

我朋友对她婆婆想求自己的心情也是理解的，但就是不干。她说："不信神、佛的人就是给神、佛上供也毫无意义。"听完朋友这样说之后，我想：哪怕形式也好，只要尊重对方习惯、信仰不就行了吗？但认真一想，我这种想法过于简单了。处于家庭中的我这位朋友与她婆婆之间的关系是跟整个日常生活联系在一起的。不信神、佛的人（我朋友）所言自有她的道理，因为其本意只要在日常生活中采取守势。如果自己的防线一旦被攻破，那么，她所处的家庭领域就会连续遭到崩溃，而最后卷入婆婆的日常生活中。这样，就不单是神、佛问题了，而是甚至使她完全丧失在家庭中的自己的地位和生活。

我的这位朋友又说：重要的思想准备就是相互不侵犯对方的私生活。但她说，因为这是最大的不易，所以，根本不可能。因此，只能以不关心这一干脆不管的可悲的断然处置法保护着各自的领域。

问题不只如此。还有我朋友的丈夫。丈夫一加进来，问题又复杂了。作为丈夫，他考虑的是，哪怕只在母亲外出旅行期间也好，希望妻子替母亲为神、佛上供，以满足年迈老母这唯一的心愿。他本人也可以替母亲为神、佛上供，但又考虑到让老母感到儿媳是一个好儿媳，如果自己做，就会使妻子感到故意给她好看。这一家三口，本来心里有什么就说出来，问题便很容易解决了，但却都闷在肚里，彼此胡乱猜疑。

为此，我的这位朋友说：倒不如没有丈夫的好。只有婆媳俩人时，反而关系和睦易处，容易相互理解。丈夫一进来，就似乎成了三人相互钳制的僵局。我的朋友与她婆婆之间夹着一个丈夫，这就使她与婆婆的关系处于一种无言的险恶的境地。婆婆虽然也可让孩子们代劳，但她总是希望取代我这位朋友。

听了这位朋友的话，我本人在迎接K子的问题上不能不考虑的是，在迎接新郎的同时，也必须做好迎接新郎的思想准备。因为，媳妇过门之后，儿子也将开始新的生活。这样，也就应采取一种新的应付的方法。我想，K子过门后，我们家也就成为一个新的家庭。二加一，如果仍然像从前一样等于二的，也许倒是最理想的，但根本不可能。二加一等于三也可，或者年轻夫妇为一，加我等于二亦可。

但是，我想，倒不如把年轻夫妇看做两个人开始新生活更好。这种想法从他们俩人决定结婚的时候起就渐渐形成了。也许用不着这样特别区别。但我想，他们绝不会像电视剧那样，一直和和美美，恩恩爱爱地生活的。如果加以区别，不是可以从他们的日常摩擦和纠葛中解脱出来吗？

最近，儿子曾对我说："妈妈近来常说啊，知道了，别说了，就把话打住了。"经儿子一提，我也觉得说这种话的时候多起来了。

"你那样一说，话就无法进行了。"——儿子抱怨说。其实，我这样做，是怕问题复杂化，怕事情发展到争吵的地步。跟过去不管三七二十一，凡事非弄个水落石出相比，最近，我只考虑如何防守，如何逃避。我认为，凡事考虑得那么认真，或采取极端的行为，是可怕的。而且，我也懒得那样做，那样劳心费神。只要不发生摩擦，能够保身就挺好了。其实，自从跟儿子两人过的时候起，我说"知道了，别说了"的次数就开始多起来了，虽然我们的日子过得不是那么富有积极性、建设性。就是现在添了一个K子变成三个人的时候，在我的意识里也不能不感到，是采取了一种守势。在跟他们一起闲聊时，有时忽然感到：现在是人家小两口谈话，自己还是别插嘴吧。

有意识闭嘴虽然也觉得凄然，但我想，这对今后三个人生活却是非常重要的。不仅仅我，就是我跟儿子谈话时，我也往往感到K子似乎考虑到关系，也不从旁插嘴。

我没有从儿子的言行中感到什么特别的体贴。他有他的一种体贴人的方式吧。成人相聚开始一种新生活时，这种程度的体贴、关怀当然谁都想要。即使生活彼此习惯了，也需要恪守一种最低限度的关怀。我自己说给自己听听不可想得太天真。告诫自己：对对方的期待也不可过高。

前面所写，是K子来我家后一个新家族的开始。但是，过去家庭的似乎已经习惯了的生活方式也会不可避免地给新的家庭带来影响。这，也是一个现实问题。

在儿子临近结婚前，今天早晨，我清扫了他们婚后生活的场所——二楼。这里，一个房间是儿子现在住的，用不着我来清理，他们会收拾得婚后住起来舒舒服服的。还有一个房间就是我日常使用的起居间。里面放有衣柜、缝衣机。必须把这些东西归到什么地方去。眼下，一楼是我生活的大本营，但要想把东西搬到楼下，也是没有地方。但不论如何，必须设法为K子创造出一个生活的空间。

　　K子的新家具搬进来之后，跟我家的旧家具形成了鲜明的对照，望着这些新旧家具，使我又一次考虑到：迎接儿媳也就是这样一些具体问题吗？

　　我望着望着，不禁深深感到：我的家具真是太旧了，与K子的崭新、连一个伤痕都没有的新家具相比，我的家具却是伤痕累累、破旧不堪！可见，新旧之差是多么大啊！如果因无处可放，就原地不动摆在K子的新家具中的话，那将是多么不谐调、不雅观啊！

　　一个旧家庭添进一个新人，其情形也是如此。正如这新旧家具一样，不论你如何做好思想准备，总是有新人旧人之分。具有新旧两种体系的新家庭的开始，如果只付出一般努力恐怕是无济于事的。但是，在生活过程中，K子的新家具和我的旧家具之间的差别也许会逐渐缩小，最后浑然成为一体，再也分辨不出来了。一个新家庭中的新旧之人的差别也会如此吧。

　　朋友们以期待的心情关注着我们新家庭的形成。我本人早在一年前就已经这样期待了。

　　虽说如此，当前的问题是，我必须把那些旧家具处理一下。当然，留哪个，扔哪个，在选择上也是有困难的。

　　月亮光从洗澡间天窗照射进来。给我的感觉它追赶的仅仅是太阳光。我望着天窗外的夜空，只见残月当空，朦朦胧胧。这个月亮少了一少半，缺的是下侧。我眼散光，所以，看起来它似乎是一个重叠的弧形。所缺部分似乎也正是那重影的部分。明天会不会有雨呢？

（迟军　译）

# 三浦哲郎

三浦哲郎（1931—），日本当代小说家。
主要作品有《忍川》《结婚》《海的道路》《风的旅行》等。

## ※ 母亲的消息

昨天，乡下的母亲来电话说东京这里怕是用不着棉外褂了，让送回乡下去。正赶上管电话的妻子出门了，是大女儿接了电话转告给我的。

"什么棉外褂？"女儿问。

大女儿和几个妹妹不同，她是在乡下而不是在东京的医院出生的。许是母亲抱着带大的缘故，母亲的一口家乡话大体都能听懂。但有时也会遇上不懂的词，就给难住了。

母亲说的"绵外褂"就是厚厚地絮了很多棉花、不带翻领的棉袄。每年到了秋季，母亲都亲手做好，寄到东京来。

即使在盛夏我工作的时候，光穿贴身汗衫，外面不加和服就感到不踏实。母亲做的就是套在工作时穿的和服外面的棉外褂。

母亲六月一到就满八十岁了，但依然自己做针线活儿。虽然不能像从前一样做夹衣跟和服短褂了，但像家常外褂和小孩的夏衣之类，不要别人帮助还是能做的。连穿针引线也都是自己来。一次纫不上，便把老花镜架在鼻梁上纫它几回。即使我回乡坐在她身边，也从来不叫我帮她纫。我看不过去，说："来，我给您纫！"母亲就显出难为情的样子，呵呵地笑着说："真的，这阵子，眼睛不中用啦。"

由于母亲的眼力不好，做成一件棉外褂需要很长时间。入夏一个月后的盂兰盆节全家回乡，差不多该返回东京的时候，母亲就像忽然想起似的，从什么地方找出我的棉外褂，开始拆洗重做。

"不絮那么多棉花也成啊，东京没有这儿冷。"

我每次都这么说过之后才回来，可是到了十一月打开母亲寄来的快件邮包一看，同往年一样，棉花絮得鼓鼓囊囊。

记得小时候，母亲坐在居室草席上铺开棉被或棉袍絮棉花。我望着轻柔的棉絮飘落在母亲的双肩上，我想，多像棉花雨啊！而此时，想必母亲如同昔日一样正在为我絮棉外褂。眼下乡间已是下霜季节，母亲感到后背凉飕飕的，所以才不知不觉把外褂的两肩絮厚的吧。

不管怎么说，母亲做好这件外褂不容易，我就穿着它过上一冬。其实即使不穿棉外褂，这四五年来我已胖得发蠢，再套上它，自然就更显得圆轱轮墩的了。这副打扮实在见不得人，不过在家里还倒没有什么妨碍。

也许我是在被炉旁长大的，对暖气或火炉之类总觉得难以适应。整个房间暖起来就头晕发困。因此，至今入冬后也还是只生被炉。可是即便是东京，深冬的黎明时分，外面的寒气也会侵袭双肩和后背。在这种时候，有这件棉外褂可就得济了。穿上母亲做的棉外褂，无论多么冻（我的家乡这么形容刺骨的寒冷）的夜晚，两肩和后背都不会觉得寒冷。伏在被炉上打个盹儿也好，和衣睡一觉也好，都不会感冒。夜里穿它出来，还能顶件短大衣。

棉外褂的布料大部分是母亲穿旧的和服。母亲已年近八十，那些和服大体上花色都嫩了些，不过想穿还是可以穿的。母亲把这些和服拆开给我做棉外褂。一旦做好，就用包裹寄来。

包裹里肯定会有封信，上面像记录似的写着这是用何时穿过的和服翻改的，曾穿着它到什么地方去过之类的话，末尾还注上一笔："还是挺不坏的东西呢。"

看上去料子诚然是上等货。无奈已经很旧了，加上我毫不吝惜地当工作服穿，每到开春，袖口和下摆就都磨破了；腋窝的里子绽了线；衣襟磨得油光；棉花打成了细小的球儿从后背和肩头冒了出来。

每到春天，我都想：这东西的寿命该结束了，便送回乡下去。可到了秋天，母亲又翻改好寄来，干净利落，焕然一新。同以往一样，棉花絮得满满当当。

我问同母亲通了电话的大女儿："别的，还说了些什么？"

"奶奶在电话里说：'这回你们又蒙我呀，我可难过了。'"大女儿告诉我母亲是这么说的，"声音可没劲儿呢，奶奶好像不大行了。"我听后笑了笑，摇摇头说："不过，那是没办法的事呵。"

听我这么说，大女儿也摇摇头："是呵，没办法呀。"

母亲近来身心不佳。她长期以来一直是病魔缠身，心脏不大好，轻微的心绞痛时常发作。直到四五年前，一收到邀请她来的信，还能立刻乘上十来个小时的长途火车来到东京。而今连这也做不到了。

看上去，母亲并不显得比从前弱多少。听说从前当问医生去东京住几天是否可以时，医生会立即回答说"请去吧"，还总是按在东京住的天数给她药。而最近，却同情地说："怕是太勉强了。"还说，想去的话去也成，但对后果可负不了责任。母亲本来觉得没啥了不起，但对于长途旅行的结果当然自己也没个准谱。生怕给周围的人带来麻烦，便只在乡下家中转悠了。

大女儿降生时，母亲六十七岁。母亲说，我在这孩子上小学前不死；孩子上了小学，又说小学毕业前不死。实际上母亲都如愿以偿了，如今大女儿小学毕了业。母亲也许是感到了疲惫和衰弱，这回没说等到中学毕业，只说想看看大女儿去参加中学的开学典礼。

"无论如何也要来的话，就请来吧。"我们这样给母亲回了信，当时决定由妻子去乡下迎接。然而，没想到今年初春寒气在母亲身上引起了反应；加上三月过半，住在新潟县小千谷的一个叔父突然去世的消息，又是一次冲击。

这个叔父是庆应义塾大学毕业的医生，年仅六十六岁就患心肌梗塞突然故去。叔父搬到小千谷之前，曾在横滨的鹤见区住过很久，我的哥哥和姐姐们受到过他不少照顾。今年秋天，我本打算一步步踏着匆匆为自己结束生涯的哥哥和姐姐们的足迹，写一本长篇小说来记载我一家不祥血统的历史，所以有很多情况要问这位叔父。当我从小千谷的堂妹那里得知叔父病故的消息时，便感到茫然了。

"噢，告诉您一个不幸的消息……您是坐在椅子上吧？"我用电话告诉母亲。闲谈了一会之后，又叮问了一下，才传达了叔父的讣告。

母亲发出了低低的悲声，但又出乎意料地用沉着冷静的声音告诉我吊唁时要注意的事情，并托我给叔母和堂妹带个口信。接着是一阵沉默。当我又开口讲话时，母亲说，听筒正紧紧地贴着耳朵，说话别那么大嗓门。然后又突然讲起了年轻时的一件往事。

这事件没什么意思的往事：叔父健在时，母亲每次到东京，叔父都请她吃冰激凌。有一回因为太凉，吃不惯，母亲不住地咳嗽起来。

"阿吉（叔父叫吉平）还老笑话我吃冰激凌咳嗽是山巴郎哪。"

像唱歌似的母亲的声音渐渐微弱，突然又传来放下话筒的声音。

"山巴郎"大概就是山巴佬吧。我们家乡是这样称呼山里人的。

从那以后，母亲完全丧失了精神，看样子实在无法到东京来了。于是，我决定春假期间全家一起回乡下去看她。当车票已买好，也通知了回家的日期，就在出发前两天，二女儿突然发高烧病倒了。

为此，回乡的事只好作罢。母亲说我们骗她，指的就是这件事。本想这回把穿破了的棉外褂随身带回去，可现在却依然放在身边。恐怕母亲是在一怒之下，才叫赶快寄回去的。

母亲做针线活儿时总爱在嘴里含上抹茶糖，我买了一袋放进棉外褂里。我一面打包，一面想：即使这样，近些日子也要回趟家。

（李丹明 译）

井上厦

井上厦（1934—2010）日本小说家、剧作家。原名内山厦。生于山形县。

1958年毕业于上智大学法文科，开始写作剧本。1969年创作喜剧《日本人的肚脐》。

1970年因发表《表里源内蛙会战》而知名。

七十年代初开始小说创作，作品发扬剧作幽默诙谐的风格，大量运用方言和口语。

中篇小说《手锁情死》，描写市民生活，获直木文学奖。

作品还有长篇小说《绿叶葱葱》《吉里吉里人》等。

# ※ 我的智多星母亲

再没比描述自己的母亲更费事、更不好意思、更愚蠢、也更百无聊赖的事了。写好了是给自家人拍马，俗不可耐；写得不好则免不了不肖子孙之讥，还要遭别人嘲笑一通，以为大可以写得恰如其分嘛。而且，不管什么时候，只要写到母亲，总觉得有股腥臊气从铅字背后冒出来。

那些恨不得杀了才好的讨厌的老太婆，想来也必是某户人家无上宝贵的母亲，对自己来说这世上唯一神圣的存在，在别人眼里也不过就是个普通老太婆。岂止如此，甚至说不定还是那种恨不得杀死了事的可恶的存在。夸又夸不得，藏又藏不住，真是难缠之至，就连写作本身也多少觉得蹊跷了。从前有位女王，但凡她手碰到的东西都会变成黄金作响，孩子们、尤其是男孩子，无论何时只要写到妈字，总会给那股腥臊味熏得受不了。

那为什么还要写母亲呢？对这个问题想了很久，还是不太清楚。一心准备秘而不宣，可不知不觉地却想："我老娘有点怪，所以要是我捏着鼻子写不至于出膻气，烦劳看的人也暂时捏着鼻子的话，说不定也能消磨点时间吧。"这是不成借口的借口，也只能恳请诸位原谅了。

说我母亲怪，当然不是指吃生蛇、颈子伸得长、一到三更半夜就舔油之类的异怪，只是稍微比别人做得过分，或者称执拗，要不然就叫穷讲究吧。

几年前，她给我在西班牙国立孵化场搞幼雏鉴别工作的弟弟寄去一个装满海苔、梅干菜、煎饼等日本风味的包裹，可不知怎么阴错阳差，包裹最后没寄到弟弟那儿。你要问她怎么办，首先是对所有邮政行业心怀疑问和敌意。自那以后，她每次去邮局，都要将邮局配备的圆珠笔据为己有，再抓上一叠取款单。这些战利品成了她经营的小酒吧里的常备品。就到此为止的话还不能算作怪，她对邮政部门的报复可是愈演愈烈。"复仇鬼"有一天给我打来个电话。

"明后天左右你会收到一张明信片，怎么样，给回一张噢。"

"知道了。就这事吗？"

"就用那张明信片回噢！"

我一时没明白她说的意思。这又不是打棒球，往返明信片的话不得而知，一张普通的明信片能这么传来传去的吗？

"没问题的。""复仇鬼"像是怕被窃听似的压低了嗓门，"我已经在狗邮局可能会盖戳的地方都涂了蜡，只要仔细把蜡刮掉，戳就没了。地址和内容是铅笔写的，用橡皮擦掉就行了。这么一处理明信片又整治如新，可以再用一次喽。"说到这儿，"复仇鬼"痛快无比地开怀大笑起来。

第二天还是第三天吧，我仔细观察母亲寄来的明信片正面左上角，果然发现上面薄薄涂了一层蜡。用刀一刮，邮戳随着蜡一起掉得干干净净。要照"复仇鬼"指挥的做，正符合邮政法第八十四条"伪造有关邮政费用的代用票证、改造或消除已使用痕迹者"，给发现了要处以"十年以下徒刑"。再怎么父母之命，这也不能听啊。她不知我用另外一张新明信片写了回音寄过去，那段日子一直以为自己报复成功，让邮局损失了七日元明信片费，所以兴高采烈，开心得要命。

上面看到的这种多少有点古怪的独创功夫，其实是母亲的天性，我从小便为此伤透了脑筋。

举例子之前照理本应就母亲的生平、她与父亲的罗曼史等等逐一道来，可根本就摸不着边际。

出生年月也是一忽儿明治末年，一忽儿大正初期，随当时的心情变来换去。要强调年长功高，就说是明治末年生的；想方设法显年轻时便坚持生于大正初年。出生地也一样，谈起小田原，就说"啊呀，那是我出生的地方呀"；话题涉及到横滨，又吓唬人"我可是土生土长的横滨娃，所以在这儿说两句啊"；提到新宿，便煞有介事地开口道"就连我这新宿生的对新宿如今这变化也……"真搞不懂到底是怎么回事。我们几个儿子只能理解为母亲是"明治末至大正初、关东地区南部出生"。

不过，姑娘时代她确实是新宿柏木某医院家的女儿，或者是女儿身份，同东京药专毕业、在这家医院当药剂师的我父亲恋爱，而后嫁到了父亲的故乡山形。父亲家是开杂货店的，药就不用说了，从文具到鸡饲料，从中小学教科书到普通图书，什么都经营。不久便是千篇一律的婆媳不和，而且媳妇一张刀子嘴，八面威风，不仅不逆来顺受，还对婆母颐指气使。心软的父亲夹在中间，哄哄这个又骗骗那个，到头来不知是操劳过度还是由于生来的体弱，于昭和十四年暴卒身亡。母亲半路上冲出婆家，经过三个月的刻苦学习，拿到了药材商执照，就在原先的镇上开了一家药店。四面八方债积如山，还要抚养三个长得正旺的男孩，所以母亲这时候千方百计想搞点钱，想着想着天性中某些古怪的独创嗜好便开始抬头了。

一到夏天，乡下药房最好卖的就数那种盘式蚊香了。母亲注意到点燃蚊香是件大事。即使现在，这种盘香也还是不容易点燃，一根火柴很难点着，当时的话更是困难，都用木头尖上涂着硫磺的"点火棍"来点。母亲考虑这太不方便了，要能动脑筋将蚊香的点火部分做成火柴头一样的话，只要在哪儿擦一下就能"嘭"地着火，而后蚊香的主体部分也随之点燃。这要能成功，以前的不方便就一下子烟消云散，蚊香大量畅销，定能大赚一把。

糟就糟在母亲当时最爱看的书是《居里夫人传》，虽没打算靠改良蚊香来获取诺贝尔化学奖，可她是人我也是人，没有人家能干成自己却干不成的道理，于是母亲废寝忘食关在药房里，将自己参加药材商执照考试时那点可怜的药品知识倒腾来倒腾去，终于以火柴头的药品为主要成分，成功地给蚊香主体添加了点火药。可试着在火柴盒的纸硝上一擦，火力太强了，哪里是什么蚊香，分明是熏香烟花，眨眼工夫飞溅到废纸篓上起了一场小火，让消防分队长给臭骂了一顿。要是减少药量的话又不容易点燃，就是没法做得恰到好处。随着夏日暑热的渐渐消退，母亲的研究热情也日益衰竭了，一直奉为座右铭的书《居里夫人传》，不知何时也已收进书架深处，她的化学家时代就这么无所建树地结束了。

不过在那种时候，就算顺顺当当造出了一种"十分方便、一擦即着的盘香"，也不知能否卖得出去。当时正值太平洋战争前夜，想来也没什么客人因为图点方便就蜂拥而上吧。那时"方便"就是"奢侈"的近亲，而奢侈则被视为大敌。

战争一开始，物资渐渐匮乏，母亲的独创本事甚至普及到我们的衣服上。在风雪交加、咫尺难辨的山形，冬天都要裹上罗纱斗篷。有一年初冬，拿出塞着卫生球的斗篷一看，我这一年大概长得太快了，本应长遮膝盖的斗篷这会儿还不及腰长了。上学前，母亲见我把短小的斗篷拉来扯去想拽长点，便说："把那件给弟弟穿吧，我给你做件新的。"虽说我也从"给你做"这句话里感觉到一丝不祥，但那时还无心怀疑母亲，欢呼雀跃地上学去了。上课时眼前浮动的也全是新斗篷。放学时大雪霏霏而下，披上斗篷的同学问："哎，井上，你的斗篷呢，没有哇？"

我回答说："嗯，今天会有一件新斗篷。"兴冲冲穿过积雪回到家一看，斗篷确确实实做好了。

可这斗篷不过是块蔓藤花纹的包袱皮，正中间剪了个口子好能伸出头，衬里上缝了各种各样的碎布片，兜得严的话也不会不暖和，只是实在穿不出去。从那以后，每当我许下什么无法实现的诺言后又爽约，给人责备"别尽摊大包袱皮"时，总会记起那件蔓藤花纹的斗篷。她的大包袱皮性格似乎已经准确无误地遗传到自己身上，一想起就够烦的。什么样的父母养什么样的儿女，这些格言似乎都是真理。

有些时候对母亲这种独创癖也反其道而用之。刚进新制中学时，总是莫名其妙地肚子饿。早晨肚子塞得再满，一到第三、第四节课还是咕咕乱叫。于是背着老师啃饭团，中午冲回家又干掉两三碗。当然肚子也确实是饿了，再加课堂上偷吃盒饭在当时大概被认为是某种半英雄性的举动了吧，所以动不动就来一个。有一次，这种早餐盒饭连着暴露了三天，班主任老师跑到家里来了。我想不采取措施的话肯定得挨骂，于是等老师一走赶紧问母亲："有没有什么办法好让早餐盒饭绝对不会被发现呢？"

母亲本准备对儿子滥用盒饭好好教训一通的，就这一句话，像是一下子刺激了她那根独创癖神经，顿时将说教忘得一干二净，说声"这个嘛简单得很"。她从书架拿出书的外包装盒，用糨糊和剪刀把饭盒改装成了一本书。说得准确点，是将饭盒的面子、里子和背面都糊上封皮，合上就是一本书，揭开封皮是饭盒，再掀开饭盒盖子，便露出了盒饭。盖子藏到桌里，等老师走远了就吃盒饭，走近了就合上封皮纸放到桌上，变化无穷。我心想，大可不必如此正经八百嘛。见我看得目瞪口呆，她急忙命令："明天赶紧试试看。"

就这样训人的一下子成了共犯，我免了挨骂自然可喜可贺，可一想到自己独立生活之前只能依靠这个胡作非为、变化无常的母亲，心里就一点底也没了，记得还后悔不如干脆让她骂一顿算了。而且这个早餐饭盒也没派上什么用场，第二天，第三节数学课上刚用饭盒便让老师轻而易举地发现了。也不为别的，就因为用作封皮纸的外盒上贴的是亡父藏书《近代剧全集》中的一册，明明上数学课，桌上却摆着《近代剧全集》，当然要露馅了。数学老师一看饭盒咆哮不已："如此愚弄教师实属可恶，得赶紧告诉你妈妈，让她狠狠教训教训你！"

"老实说，这是我妈的杰作。"听我这么回答，他大感败兴，自那以后，学校再没就早餐盒饭的事往我家提什么警告了。大概知道了母子同谋而惊讶万分吧。

母亲的这种古怪独创癖取得成功，是昭和二十三年左右首创"麻州子卫生带"的销售。关于这件事的原委，前面类似小说的描述已经有所触及，这里再重新开张自然不太好意思；不过，因为这次是她的独创癖同时代车轮完美啮合的唯一事例，所以无论如何得提提。

我家附近有块小沼泽，里面丛生着柔软的藻草。我常被母亲叫去割藻草，却不知她做什么用。母亲一遍又一遍用水仔细将草洗净，然后拿到太阳底下晒。晒干的藻草不知怎的更加柔软了，闻上去有股淡淡的水腥味，却一点也不难闻。待藻草彻底干透，母亲用手纸做成五厘米四方的小袋子，再把藻草塞进袋里。每次都要做上几十个，收好搁在大橱底。现在想来，这必是卫生巾无疑了，可当时的我对女身以月为单位的神秘事业一无所知，只为挣点零花钱才勤快地跑去割藻草。

不久，割藻草几乎成了每日必不可少的工作，那是因为隔壁太太、对门姑娘、中学女教师等等越来越多的女子听说它好用后，纷纷跑到母亲药房来，希望能匀点儿分点儿去，于是有一天，对其性能已信心十足的母亲终于在店面贴了一张大海报，曰"蹦也好跳也好尽可放心。现售麻州子卫生带"。

每份油纸做的类似裤头的东西（现在看来很像短内裤）上加五张手纸包的藻草算一套。忘记一套多少钱了，不过原料只是些沼泽的藻草和药房里有的是的油纸，所以价格一点不贵。而且正因为价钱便宜，才惊人地畅销。

那时还没有像样的用品，几乎所有女子都只用些破布烂棉花凑数，而且社会也终于开始步入稳定，奢侈为敌的标语自然不见了，人们正期待着某种能替代破布烂棉花的产品问世。就在这时，清洗干净、充分吸收阳光照射的藻草出台了，并且是一次性使用，万事皆备。紧赶慢赶地抢着割草制带，还是供不应求，于是又长期雇佣了好几名割草工，我家客厅里摆满机器，附近的太太们成了临时缝制工。直至一年之后从中心城市打入脱脂棉为止，可以毫不夸张地说这种藻草棉带几乎席卷个整个山形县南部。

从烂棉花到脱脂棉的过渡期里，母亲大捞了一把，要是她的这种创见功夫持之以恒、不知懈怠的话，说不准接下去就会想到"麻州子卫生巾"之类的（不是我偏袒，从这种藻草棉到某某卫生巾其实只差指掌之距，再走一步、就只剩一步了），到如今肯定是响当当的女实业家，卫生巾行业之雄——或称之雌吧，总而言之也能适当地心满意足了。可她手持意外钱财有点得意忘形，过于热衷文化事业（说是这么说，在我们乡下小镇，文化就是浪花曲的同义词），结果让文化人（即浪曲师）给骗得精光，弄到最后连小镇也待不下去了，在东北各地颠沛流离。

说到底还是最忌外行出点子，一星半点儿的发明才智只会招致身败名裂，人们凡事应该知度，适可而止，母亲简直就是一个样板。

后来母亲听说一关市有个大堤工程，便冲到一关，不知怎么一来，成了某个大土建公司下转包商下面的转包商的一个小包工，指挥手下十几名粗汉，还真赚了不少。可大公司的转包商下面的转包商，因为克扣、侵吞底下小包工"麻州子队"的工资款而破产，这下从队长本人开始形势急转直下，缠住一关市面条馆的服务员才算勉强糊口。在那之后仍是时起时落、荣枯无定，要一一写来，纸都不够用了。

但是，直到现在母亲仍未与独创癖断绝关系，时不时出点意想不到的主意，让我大吃一惊。

比如，饲养小鸟刚热起来时，母亲问我："为什么小鸟都留全发呢？"我可从来没考虑过这个问题，所以没吭声，于是母亲说："来点头发三七分开或者中分式的小鸟不也蛮好吗？"又加上一句："我觉得这种小鸟卖出去肯定叫响。"

又有一天早晨，她出其不意地拨响了我家电话，问道："我刚起来，正刷牙呢，牙膏管的牙膏不小心挤多了。挺浪费的是不是？"

"牙膏一旦从牙膏管里挤出来，再让它回去可就大难特难了。这个问题要能解决可是个高级专利，保准财源滚滚来啊。"听我这么说，便问："固体牙膏怎么样？或者把固体牙膏装到口红式的容器里怎么样？"我说那也不太好，最好把焦点集中在如何将弯弯扭扭烂乎乎的牙膏还原到牙膏管里。听了我这话，她一下子泄了气把电话挂了。

上次她突然开口问："东京的空气还是一如既往浑浊得很吗？"我一边打哈欠一边哼哼哈哈地应付："听说连氧气罐头都有得卖了。"母亲马上用一种斩钉截铁的口气说："你查查看氧气能不能造成固体的，要能行的话，就做氧气糖卖。正当空气污浊的世道，所以既赚钱，又能给人们造福。"我在科学方面一窍不通，完完全全让这主意给蒙住了，连着几天到处查询能否将氧气固体化，结果多半是不行，白卖了傻。

如此这般，我对母亲的独创癖实在是难以接受，可时间一长没音讯又不免挂念，这大概正是母子之间百无聊赖、无可救药的地方吧。这边担心了，主动挂个电话过去问问："最近有没有什么值得一提的想法？"

母亲小声嘟哝："有没有什么办法能让开吃起来的花生中间停下来？哪怕用药、用机器、用巫术也好，不管什么法子都行。"

母亲开的酒吧里花生是免费随便吃的。将这种一吃起来就停不住的东西定为免费，哪像是创见功夫深的人干的，真是失策。

（王奕红 译）

# 考尔

瓦尔特·考尔（1935—），瑞士作家、新闻记者。
曾就读于伯尔尼、柏林和阿伯丁。著有长、短篇小说，剧本，
其中最为闻名的有《绿色的河流，黑色的土地》和《模糊的梦境》两部长篇小说。

## ※ 农夫和百科全书

这个村庄远离通衢大道，没有一家可供显贵旅客落脚的显贵旅店。全村唯一引人注目的地方就是那个小火车站了。这座建筑物小得不能再小，但是，一向傲气十足的邻村人（"我们跟你们可不是门当户对"）却说那里每天夜里都有鬼魂出没。

村里的房舍都是道地的村舍：干干净净的，只是被阳光晒得发乌，一座座小

花园开满了鲜花，窗台上都摆着养在木箱里的花草。每座房子都用高高的篱笆墙围了起来，家家栅栏门上都挂着小木牌，上面写着"本院有恶犬"或"乞丐勿来骚扰"。

这个村子里住着一位有家口的农夫。有一天他做了一件闻所未闻的事。多事的村妇们窃窃私议了好久，那些顽皮的孩子们一直尾随他到火车站：他打算买张火车票。驿站长在村里的小酒店里同酒店的常客闲聊天时无意中提到了这件事。他通常总是和镇上的书记员、区里的壁炉视察员、镇上的教堂仆役在这里打牌，消磨晚上的时间。

村里连个教师也没有，否则是不会让一名教堂仆役进入上流社交场合的。小学校设在邻近的一个村庄，冬天道路被大雪封盖时，孩子们就不去上学了。

且说驿站长仿佛无意中提到了这件惊人的新闻：这个人买了一张不是去附近一个小镇、甚至也不是去区首府的车票。不是的，他竟然做出令人不可理解的举动：去首都。

村里的显赫人物都不以为然地直摇头。有人试图向这人解释说他这样做不仅是多此一举，而且还是令人生疑的。时至今日还没有人敢想跑这么远的路，迄今他们大家都是这么生活的，从打他们记事时起就是这样，就连他们祖父和父亲那个时代也是这样的。

但是这个人可不信邪。既然买了车票，明天一早就要上路。人们都耸耸肩膀说：是呀，人一旦被鬼迷住心窍，是绝不肯回头的。区里的报纸上明明说，一个人到了大城市会遇到各种危险。

再者说他究竟有什么事非进城不可呢？

他一声不吭，不做任何解释，因而那些是非婆们也就更有得议论的了。

第二天早晨他出发了，村里的顽童们追在他后面大喊大叫，直到不见他的踪影才罢休。

他起初乘坐的是窄轨火车，到了区的首府才转乘快车，径直抵达首都。

其实他自己也说不清他究竟要找什么。因此他对酒馆的常客们没做出任何解释。他心里产生了一种他自己也无法解释的感觉。

他走大街，串小巷，逛了商店，看了橱窗，但他心中产生的那种感觉，那种无名的感觉却悄声对他说："慢着，这不是你要的东西！"

突然这位村民来到了一家书店门前。橱窗里摆着许多书：封面五颜六色，有的很薄，有的很厚，有带金边切口的，也有不带的。他突然醒悟：这才是我要的东西，就为这个我才进城的。橱窗中放着一本很厚、也很贵的书，旁边有一个厚纸做的小牌牌。上面写着这是一本百科全书，买了这本书一切问题都可以迎刃而解。

他走进了书店：一切问题都迎刃而解，这正是他朝思暮想的。这时他想起村里的上流社会，想起区里的壁炉视察员，这位视察员在酒馆常客专座上总是夸耀他见多识广，因为他常常从邻村一位同事那里搞到区上的报纸；一会又想起驿站长，驿站长偶尔带回来一张残缺不全的报纸，那是肉铺掌柜用来包熏制香肠的，而驿站长早饭时喜欢吃这种熏制香肠。

书店里的营业员对顾客十分殷勤周到，因为这毕竟是一本价格昂贵的书。他再三强调，从这本书里可以获得一切知识，又说买哪一本都行，要皮面精装的呢，还是平装的？买主拿不准该买哪本书，但卖主却知道他该卖哪一本。他便用一张漂亮的包装纸把那本皮面精装的包了起来。

农民上了回程的火车后，按捺不住好奇心。他小心翼翼地拿出那本书，就仿佛在看一本不堪入目的杂志（镇上教堂仆役有一本这种带裸体女人的杂志，他一般在消防队演习之后拿给人家看，这本杂志都磨破了），偷偷地翻看起来。他碰到的第一个词是"客里空"，于是把有关客里空的释义都读了一遍。而下一个词条是客里空德尔，一位将军的姓，在他看来也就很自然，很容易理解了。

在换乘窄轨火车之前，他就把书收了起来，脸颊涨得通红坐在靠椅上；他已经预感到将在酒馆常客专席上用生僻的字眼难倒别人的乐趣。他在想象中看到了区里的壁炉视察员的胡须在抽搐，可从前这种现象是极少见的，只有当视察员手中有了三张爱司牌又补进了一张时，他的胡须才抽搐一下，从而泄露天机。

一切都恰如他所想象的那样。关于他掌握了不可思议的知识的消息，以森林大火的速度向四周漫延开来。不过壁炉视察员起初还企图挽回自己的面子，他皱起眉头，一本正经地胡诌了一通关于施妖术的事。

但有一天夜里，等全村都熄了灯时，他亲自拜访了皮面精装书的主人，请他讲讲他是从哪儿获取这些知识的。

自那时起，百科全书的主人便成了左右局势的主宰。他的声威大震，尽管邻村人说到他时总用手指头敲点太阳穴，但这丝毫不能贬损他的声誉。而且正像常见的那样，只要村里有了一个聪明人，不久全村人至少都把自己看作同他一样有学问。

邻近各村的人对此加以嘲笑，认为我们村里的人都是十足的傻瓜。

岁月流逝。聪明人变得老朽了，他那部百科全书也变得老朽了。词典经过无数次查阅，都散了架，因此当老人家把它送给儿子时，里边已缺了好几页，这都是被那些常来聊天并翻看这本书的人给撕掉的。

老人的儿子倒不在乎缺掉这几页，他说书里没有的，就是根本没有，不管怎样，父亲临死时说过：世上所有的一切，这本书里都有。

当老人的儿子把词典再传给自己的儿子时，只剩下封皮和一些残页了。尽管如此，村民们还常到他们家来问什么是"民主"呀，或者什么叫"直布罗陀"呀。

于是小孙子便取出那本词典的封皮和一些残缺的页子，摆出一副有学问的样子说："哪，你不是看见了吗：根本就没有什么'直布罗陀'，也没有什么'民主'。你看，这儿写着的是'文明'。"

（范国恩 译）

# 卢瑞尔

莫里斯·卢瑞尔（1938—），澳大利亚小说家。

主要作品有长篇小说《飞回家去》《跑得优美》及短篇小说《快乐的年代》等。

## ※ 我爹：一份其过失清单

1. 他偷东西。我的意思不是说他在商店、百货商场、超级市场或其他什么类似的地方偷东西。他不是那类窃客。但是邀请他参加个婚礼或订婚仪式什么的，他做的第一件事就是拿瓶苏格兰酒放到兜儿里，有时还拿两瓶。我爹是个矮壮个儿，斜肩，宽背厚胸，走起路来好像肩对肩地滚动似的。他双手深插在那件让人不敢相信的无形无状的宽松肥大的工作外套中。那件外套！他冬夏皆穿着它。我想这外套从来没干净过。他最近的一次"采掘"是三个星期前在斯罗尼姆的婚宴上。他不仅把一瓶"约翰尼·沃尔科"红酒扒到他的大名鼎鼎的外套的左手兜里，而且还当着众人的面——人人都坐在那儿——从桌上扫了一把香烟，有五六十支，揣进兜里。这些香烟放在小玻璃杯中，是为客人们吃过饭后享用的。而且，好像这还不够似的，他在斯罗尼姆先生面前，故意显示他鼓起来的兜，敲得瓶子丁当响。为了向斯罗尼姆表示祝贺，他还接受了不是一支而是两支哈瓦那雪茄。而我爹在家既不抽烟，又不喝酒，也不扮演男主人。

2. 他在饭桌上剔牙。他把木制的家用火柴，用他工作服兜中的一把又一把小刀削尖，用来剔牙。他有一把像女士秀腿的小刀，一把像鱼形的小刀，第三把则方方正正的有四个刀片，一边一片……他有差不多二十把刀子，每把都是他自己做的。他上班时利用工余时间做的。最近，他正在进行胶水实验，用刀子把图片从杂志上裁下来，用胶水把图片粘起来，再用厚厚的、透明的塑料或玻璃覆盖上。我垂涎那把鱼形刀，但他不让碰，其他的也不能摸。他说，刀子太快了，不是给小捣蛋鬼玩的。他咆哮着这样说。（看在上帝的份上，我已经实打实的十六岁了。）我爹的刀子是他的骄傲和快乐。谁也不许动它们，所以我只好坐在一边，从远处研究它们。在厨房的饭桌上，饭后，我发了疯似的想摸摸他的刀子，他呢，则粗鲁地剔着牙。

3. 他打鼾，打得像条嗡嗡响的锯子，像台电动马达，像架风钻。我父母双亲的卧室在整幢房子的一头，我的卧室在另一头。但距离说明不了什么。鼾声传过来，绕过角落，拐过弯，穿过我紧闭的门："啊……啊……啊……呼"，"啊……啊……啊……呼"。整幢房子颤颤巍巍，摇摇晃晃，哆哆嗦嗦。我问我妈她怎么受得了，（她已与他结婚十八载）"啊，他是你爹啊！"她说。好吧，OK，没准他控制不了打鼾。他年轻时得过肺炎——在他背上有条深深的、令人害怕的伤痕。他有肾结石。还是忘了他的鼾声吧。

4. 另外一个个人习惯。这个我就不详说了。但你知道我的意思是什么，我现在是在公共场合，在陌生人面前啊。

5. 他的衣服，他的趣味。他的趣味？他逮着什么穿什么，一层又一层的，最后，套上那件外套，犹如一个大气球。他是信托商店的常客。他趣味不雅，同他在街上逛街真让人不好意思。他用裤腿后边擦皮鞋。他不解领结就一把扯下领带。

他一星期穿同一件衬衫，而且，如果最后不是我妈把它偷偷拿走，他可能还穿下去。OK，他什么样子是他自己的事。我想，如果我穿着新夹克系着新领带，径自走进房中，他会用冷嘲热讽欢迎我："一位王子，啊嘀，一位真正的绅士。"

6. 我爹是位嘲弄大师。仅举三例：

（1）我家有个花园。你应来看看我们的花园。我爹是位破坏专家，他的乐趣是把什么东西都拔起来，这就是我很少在花园干活的原因。一旦我在花园里干活，他就站在我身后，批评我的每一个举动。"别拔那个！"他喊道，"留下那个！一朵多漂亮的花！你拔什么哪？看看你那双大脚踩在什么地方上了！？"

（2）他不喜欢我刮胡子的方式。我用剃刀，他用一种直边的刀子。有一次，仅仅一次，我试着用他的刀，想取悦于他，结果我的两颊全划破了。我走进厨房，用手纸贴在脸上，得来的不是同情，而是一个巴掌。"你把刀边都弄坏了。"他怒吼着，"叭"地一巴掌打在我的后脖子上。

（3）他认为我学习得太多了。我外出玩得不够。我总是抱着书本坐着。他称我为"饱学才子"，用一种我甚至无法形容的尖酸腔调。

7. 嗯？他的抱负在哪儿，他不想使自己生活得更好，改善他的环境吗？不。绝对不。他仍在遇到我妈之前就在那儿干活的工厂工作。他是名机工，挣得不多，如果不是为了我妈，我们一定仍住在我出生的那座房中，那座缺少阳光，房前一无所有，房后只有一个小院子的地方。他不想搬家。我虽年幼，就记得他们为此争吵。我妈梦想着他从工厂里出来，开个小店或摆个小摊，他连听都不要听。激他恼怒的最佳方式就是提这事。

8. 他不愿拥有东西。

"它们给你带来什么？"他说："麻烦！"他拒绝买汽车。他甚至从未开过车。这是另一个他在场最好不提的话题。"任何时候我决定去买，我就去。"他吼着，但他不决定，他不愿决定，我想他害怕。

9. 我的意思是他甚至怕电话。电话铃一响，第二下他就显得焦灼不安。"多拉，"他冲我妈喊到，"你没听见吗？电话！"如果看见我进来了，他就先抓起这个邪恶的东西。"喂？"他压低声音，把电话举得离他的耳朵有一英尺远。他显得焦虑、严肃，急不可待地把电话撂下。

"谁呀？"我问。

"我一个字也听不见。"他嘟哝着，"他们干吗不说清楚点？"同时，为了掩饰他的不安，他又自我安慰："如果真有什么重要事，他们会再打过来的。"他还在嘟哝着，拖着脚走出去，不知道自己该干什么。

10. 但他幻想他是个一流的修理工，能修烤箱、熨斗、厨房的钟。所有这些东西不必等坏了他就开始修理。掏出他的刀子，旋凿（手柄还坏了），老虎钳子，端起整张厨房大桌子，把一切东西都胡噜作记号到一边。他可不具备细软的手腕，灵敏的调修和敏锐的感觉。他的手指头又宽又大，指甲边总是黑糊糊的。"啊哈，这儿有根电线，有个接头，有条裂缝！"大发现！

"萨姆！"我妈大喊。

"嘘——"他低声应着，毫不在乎。现在他真有什么可修理了。他可以坐在那里一个钟头又一个钟头，瞎敲着，绞拧着，打开又合上他的刀子（那把美丽的鱼形刀），满意地哼哼着。他修理的后果是从此我们有了一座永远走不准的钟，一张巨额电费账单。我想我前面提到过，他不吸烟。但他最喜欢摆弄的小玩意是打火机。打火机让他着迷。现在他至少有五只打火机，三只已毫无希望再打火了，一只已奄奄一息了，第五只是昂贵的罗森牌的，他宣称是捡来的，仍奇迹般地能打火。但能打多长时间？多么好听的叭嗒声，多么好的瞎摆弄者！但看看他每次打火时眼神中闪烁的愉快的光芒吧，当火焰神奇地闪现时，他的眼睛里也闪着火焰！他忙着呢，他快乐着呢。而且，我想那是我的错，因为我愚蠢地让他拿到了我的东西——一支自来水笔，一把自动卷笔刀，一份我获奖得来的自跳的日历卡什么的。

11. 报纸。他把报纸揉成一团，尔后又要读。

12. 书亦如此。他把封皮窝弯了，他折书角做记号。幸运的是他所读的书都是西部故事，都是我从街道图书馆为他借来的。他一星期读两本。一年前危机降临：图书管理员告诉我我爹已读过图书馆内的每一本西部故事。我拿了两本他以前读过的回家，什么也没说。他似乎也没注意到。现在有些书他已是第三次阅读了。书页折起来的角，时不时还真的不见了。他知道吗？如果他知道，有关系吗？

13. 我爹晚上出去的观念是坐在街角上的电影院的第一排。那家电影院曾是一座高大的放干草的谷仓。他与我妈同去，作为星期六晚上的享受。除了华尔特·皮吉恩（她管他叫皮吉恩·华尔特）和《飘》中有莉斯丽·豪伍德外，我妈对电影兴趣甚微。我爹喜欢西部片，热爱西部片，看不够西部片。对我妈来说，西部片全不可理解，让她头疼，尽是射击啊，喊叫啊，马奔来奔去的。她晚上出去的观念是看兄弟姐妹去。每次看望归来，我爹就情绪败坏。他们不是他的家庭成员。他拒绝再去。

"有什么好玩的？"他喊道，"你在那儿干什么？坐着，聊，抽烟，玩牌，哼！不是为我。"

因此一年中得有四十个周末他拽着我妈去同一个街角，坐同一排，看"牛仔"。然后，打道回府。我爹神色洋洋，穿着他的松垮的大外套。没准他正幻想着他是位司法官或逃犯。我妈则一声不吭。

14. 他对我们的度假也一声不吭。每年我们都去海勃恩温泉。"因为那儿有矿泉水。"我爹宣称有益于他的肾结石。也许这是真的。但这不是去那里的真正原因。他去那里的目的是（总住同样的旅舍），在那里他可以与一些二十年前他住在巴勒斯坦时就认识的人讲希伯来语。在巴勒斯坦时他曾在采石场干过活，凿石头，参与建造了大卫王饭店。我不敢肯定他与之谈话的人是他真正的老朋友，或朋友的朋友，或其他什么。我想任何会讲希伯来语的人我爹都认为是朋友。他与他们一坐就是几个钟头，聊着，笑着，有时他变得如此活跃以致他试着抽支香烟。而且，他一边谈话，一边雕刻。度假的第一天他就到外面捡一枝好的、坚实的树枝，洗干净，剥去树皮，把有树节的地方削平，开始雕刻。从顶部开始，用他兜里的刀子刻着。慢慢地一个粗糙的、山岩一样的头显现出来，鼻子像山峰，额头像块大钻石，棱角众多。尔后，他雕刻整根木棍：一条长长的、弯曲的蛇。在底部他刻上名字。而我妈，她从未去过巴勒斯坦，也不懂一句希伯来语，也不认识海伯恩温泉的任何一个人，只干坐着，与我在一起。

15. 他想回到巴勒斯坦或以色列吗？不。

"那里有什么？"他说，"一切都变了。"他不相信犹太复国主义。"如果全世界的犹太人都去以色列，两分钟后那个国家就分成两半。"他不信宗教。他在赎罪日大吃大喝，故意显摆，完全是一场表演。教徒们在一年的这一天本该禁食，他却吃两份早餐，然后穿着大外套在犹太教堂外走来走去，用他削好的火柴剔着牙。

"我吃了六片面包。"他向几位熟朋友夸口，也向完全不认识的人炫耀。"现在我回家吃午饭去。"

"爹，"我对他说，"小声点，你可以不信，但有些人是信教的。"

"你说的是什么人？"他嗤之以鼻，脸转向我："你知道他们是什么人。犹太人吗？野人！野蛮人！杀人犯和小偷！今天的生活成什么样子了？哼哼！博学才子，行行好，学点历史吧，读本好书吧。"

16. 其他的我还谈什么呢？他讲的笑话吗？最好还是别提了吧。放在瓶里的他的肾结石吗？一来人他就晃得石头哗哗响："看看那个大块，我把它尿出来，什么也没感觉到。"讲讲他保存的唱片吗？他用手指头摸它们，把唱片放到唱机上不划破了唱片几乎是不可能的。我可不用他的方式保存唱片，不把唱片放在衣橱下面，也不用他的方式放唱片。我的唱片大部分都是爵士，而我爹则用"他的音乐"这个词来指我的唱片。

"听听，"每当我正巧在放唱片时，他就说，"他在听他的音乐。"你无法想象他语调中的那种冷嘲热讽。他在家里时我尽力不听音乐。我爹有三张唱片——马里奥·兰扎唱的《学生王子》，《国王与我》的选段及一张什么人讲的意第绪语的故事和笑话。大约一月一次他决定听唱片。人人都得保持安静。他把声音调到极大，坐下来，微笑着，哼哼着，点着头，闭着眼。

"听见了吗？"他对我说，"这才是音乐，这是真正的音乐。"

整幢房子轰鸣着。而此刻，就在此刻，就在听到中间时刻，他跳起来，关上唱机，十分野蛮。

"关你什么事？"他冲我喊道，"你坐这儿干吗？干点事去，外面待着去！"发生了什么？我回到我的房间中。

17. 所以我坐到我的桌前，写下这份清单。我房间中的纸片和书页漂游在桌上，地板上。这愚不可及的清单。所有这些都不对。我爹不是这个样子。我在写谎言。除了谎言这些什么都不是。我试着，但我写不出他的真实面目。我不知道他的真实是什么。真对不起。我爹正站在门廊里，冲我微笑，挤眼，他一定知道我在这里做什么。他走了。他在乎我写了什么吗？

（沈睿 译）

216

# 芭哈尔

玢特·芭哈尔（1951—），突尼斯女作家。

原名哈菲兹·高拉·碧巴恩，

从事教师工作主要作品有：短篇小说集《自杀的小女孩》《光影中》，

长诗《没有寄出的信》。

## ※ 老人与黄昏

　　她敲了敲那扇古色古香的大门，便伫立等待。她漫不经心地摆弄着腕上的手表，时针指向四点半，他一定在家。

　　春天，乍暖还寒。天空中乌云涌动，黄昏即将来临。

　　只要双脚踏进家门，乌云便会消失，寒意便会退去。他一定像每个星期天的晚上一样，快步走来开门。他从门镜中观望一下，继而笑容满面地把门敞开，忙不迭地表示欢迎并询问孩子们的情况。

老人若看到孩子们就站在她的身后，脸上立时绽出孩子般的微笑，快步趋前，将他们一个接一个地抱过来，举向空中。孩子们心花怒放，欢快的尖叫声此起彼伏。她尾随着祖孙几个走进屋里，脸上挂着发自心底的真诚的笑容。老人在久已习惯的位置落座后，便开始讲故事，房间里洋溢着欢乐的气氛。

啊，这是他的脚步声。他那喜悦的脸很快就要凑近门镜……像往常一样，在一连串的问候之后，他便询问有什么新闻和最新出版的书籍。他饶有兴趣地倾听归来的孩子们的谈话，递过去他们尚未阅读的报刊。随后便以孩童般的眼神追逐欢快嬉笑的孩子们。孩子们沉浸于电视节目之中的时候，他穿上那件洁净的大袍悄然而退，不多时便带回来点心、巧克力和水果。孩子们一拥而上。大点的孩子连声道谢，怪他不该劳累自己。大家开心地品尝着，房间里充满欢快的气氛。这时，他高兴极了。茶大概早已准备好了——一杯又香又提神的滚烫的红茶和一盘去皮的油炸巴旦杏仁端到她面前。像往常一样她笑道："辛苦了，爸爸！"他微笑着答道："不累。除了我谁还给你们烧茶？你们想让我变成不能动弹的呆头呆脑的老头吗？"每当这时，她都会感到无限的幸福，老人也因女儿的到来幸福地微笑着。他的眼睛炯炯有神，他那坚持劳动和运动的身躯虽经岁月的消磨却仍充满着活力。

终于，她听到了门闩声，她的心由于企盼而悸动着。她渴望投身于室内，拥抱温馨和慈爱，尽情地呼吸家庭的芳香，解除旅途的疲劳，荡涤心灵的尘埃，让身心一片清纯。门终于开了，她的母亲出现在门口，神情疲惫。

"欢迎你，我的女儿！这些天你到哪儿去了？天气很冷！你们好吗？"

她快步走上去，拥抱着母亲，顾不上回答她的问话。

她轻快地跨过房门，急忙奔向客厅。客厅空无一人，显得凄凉。她瞥了一眼卧室，他大概在那里做祈祷。她刚要进入卧室，突然发现卧室门上挂着帘了，气氛沉闷。她不由自主地嘟囔道："爸爸呢？"

她环视一下宽敞的房间，然后望着母亲，等待答案。

然而，当她看到床上厚厚的毛毯高高隆起，顿时愣住了，像是被钉子钉在原地。

毛毯下面，一双消瘦的手颤巍巍地露出，异常缓慢地伸到茶几上面，黄瘦的手指哆哆嗦嗦地摸到水杯，试图端起它。水杯倒了，水洒了出来，从茶几上流到毛毯的边缘。

"爸爸！"她惊叫道。

他的头靠在高高叠起的毛毯上。

"爸爸！"她急切地又喊了一声。

老人睁开了眼窝深陷的双眼，他两腮塌陷，十分憔悴，好像一下子老了十年。

"是你吗？你好，我的女儿。"他声音嘶哑。

她三步并作两步来到父亲的床前，不断地吻着老人的面颊，用以掩饰她的惊慌和悲伤。

"你的脸怎么这样苍白？你瘦了，爸爸。"

"病成这个样子，他们为什么不告诉我？"

"两个星期就病成这样子？"

她坐在老人的床前，极力掩饰着悲伤和令人痛苦的失望。她倾听母亲叙说父亲如何患病，如何延医，如何诊治，心情十分沉重。

她那忧伤的目光一直没有离开父亲。她简直不敢相信，这位眼窝深陷，身体孱弱，蜷缩在病榻上的老人就是她深爱着的父亲。父亲对她的爱是无与伦比的：父亲曾送给她许多洋娃娃和其他玩具，给她慈爱；在她忧伤的日子里，父亲曾擦干她的眼泪，教会她勇于奋斗并热爱生活。

她不敢相信，顷刻间翠柏倾倒，阳光暗淡，笔直的枣椰树干会断裂。

她注视着父亲的脸庞，试图说点什么，以驱散忧郁的乌云，但她欲言又止。她渴望靠近他，拥抱他，亲吻他的头，问他为什么不和自己说话，为什么不像往常那样向她打听新消息和最新出版的书籍，为什么不亲手端来热茶和去皮的巴旦杏仁，为什么这样孱弱地躺在床上……他一向如巍峨的大山迎风而立。

但愿眼前这一切只是一场噩梦。但愿睁开双眼看到以往的岁月再现，又重把他吸引到孩子们的身边来，再次看到他的笑脸，汲取他心灵中那无限的财富，为自己苍白空虚的日子珍藏些美好的回忆，永不失去岁月给予她的这份宝贵惠赠。

她试图说些什么。但她嗫嚅着，忍住几乎夺眶而出的泪水。

老人抬了抬眼皮，盯住她的面庞。他明白女儿双目中的含意，听得懂她的嗫嚅低语和沉默，从她的脸庞上感到了快慰。

"日子还长着呐，黑夜总会过去……"

他试图讲些什么，以减轻她心中绝望的痛楚。他感到话语就像令人疼痛的烧灼的子弹鲠在喉间。他感到窒息，剧烈地咳嗽起来。他那瘦弱的身躯不停地振动着，颈部青筋暴凸，眼睛憋红了。她连忙递过一杯水，擦去他那疲惫的双眼中涌出的泪水。她扶着他的头，将水杯凑到他的嘴边。她触到了他的灼热的体温。

她悄声问道："药呢？难道药不起作用吗？"

他的头无力地靠在枕头上，目光淡漠，咳嗽声减弱了。她坐在父亲的身边。母亲叹了口气，一声不响。父亲喘息着无力地闭上了眼睛。他的呼吸渐趋平静，继而昏昏地睡去。她低语道："爸爸！我还没走，你怎么就睡着了？

"你怎么这时候就睡了？你一向是最后一个人睡的。"

老人眼睑低垂，什么也没听到。但她仍然记得，每当黄昏时分，他总是在办公室工作，也许会一直忙碌到深夜。有时电话铃响起，他拿起听筒问道："那一位？你们都在家吗？孩子们好吗？……好的，我这就来。工作明天再干吧。"

正是这黄昏时分，钥匙在锁眼中转动——他来了。迈着让年轻人嫉妒不已的轻盈步伐走进室内，浑身充满活力。孩子们跑过去，小鸟般地依偎在他的身旁。他高兴得无法形容。从衣袋中摸出糖果、笔和小画片，送给孩子们，然后坐在他们中间，讲故事，念诗歌。

母亲端着茶走进来。

"这些日子我们就是这样过的！"母亲叹了口气，眼含责备的目光。

她试图解释为何没能来探望。但是，此时任何话语都失去了意义，只有尘埃迷漫在昏暗夜色中。

她走近窗户，稍稍撩起了窗帘，望着大街。

夜幕已经降临。忧郁的灯光在城市的上空颤抖着。她注视老人，眼窝深陷的眼睛紧闭着，细细的皱纹变成了岁月辛劳的沟壑，疲惫的脸上和清瘦的双手染上了蜡黄色。天色已晚，她得走了。她站了起来，向窗外望了望，静静地走出房间与母亲道别。

"我得走了，去赶七点钟的末班车。我会给你们打电话的，我明天再来。"

她走在大街上，全身都裹在夜幕之中。

"我就会回来的。过去的一切还能重现吗？以前我为什么没有认识到那时光的价值？"

路灯昏暗，落日余晖变成条条哀伤的红线撒落在建筑物上。行人变成了移动着的黑影，街道暗淡而布满了尘埃。她的身后，是那个充满着孩提时代幸福的家。她走向漫漫的长路，走向劳累和未知，步履蹒跚。突然，她听到一声尖叫，这叫声撞击着她的心房，这叫声发自她身后的家。

眼前的路灯都熄灭了，破碎了。她周围所有的黑影都飞走了，只有那呼救声充满了时空。地狱的钟声已经敲响。

她回头望去，太阳从她家的屋顶上完全落入了可怖的深色的血海之中。她拔腿向落日处奔去，向最后一条光线奔去。她飞奔着，残阳那暗淡的血色刺花了她的双眼，使她感到一阵阵眩晕，老人那忧郁的形象在眼前闪现，惊愕的城市燃烧起来。

她一口气飞奔到那紧闭的大门前，她的心悸动着，双手拼命地敲打大门。推开大门，与母亲撞了个满怀，母亲惊诧不已。她跑到屋里，俯在病榻前，掀起盖在老人脸上的被单，她看到了一双惊恐的眼睛。

她拥住那张亲爱的脸。母亲的问话使她清醒过来：

"你怎么了？我的女儿！"

她抬起头，目光穿过窗户逃向那被封闭着的天际："没什么！今天我不回去了。我赶不上夜班车了。"

在沉寂中，挂钟里的木鸟叫了第七声后回到了巢穴。

（祝畅 译）

克里斯托
弗·里夫

克里斯托弗·里夫（1952—2004），美国著名电影演员，
第一次登上银幕是1977年的影片《核子潜艇遇险记》。
1978至1987年开始主演《超人》系列影片，
随后出演了《花街传奇》《安娜·卡列尼娜》《时光倒流七十年》《黑狐传奇》等十多部影
片。后因一场骑马意外导致瘫痪。里夫受伤后一直非常坚强，
他成了脊髓研究的积极倡导者，还担任克里斯托弗·里夫瘫痪者协会主席，
也是美国国家失能者组织的副主席，广受尊重。

大师谈幸福

223

## ※ 孩子的力量

　　1995年5月的一天，我的生活彻底改变了。我在弗吉尼亚州参加马术比赛，
我骑的那匹马在跨越第三个障碍时突然收住了马蹄。这样，惯性使我的身子前
冲，越过马头摔了下去，然而我的双手不巧缠在了缰绳上，我腾不出手来平衡自
己，头朝下着地。我身高一米九，体重近90公斤，就是凭着这样的身子骨，我在
电影《超人》中扮演超人而一举成名——然而，这样的分量头朝下着地的后果可

想而知。我当即全身失去了知觉，像一个淹没在水里的人快要窒息而亡了。

5天后，我醒了过来，发现自己躺在弗吉尼亚大学附属医院的病房里，神经外科主任约翰·简告诉我，我的第一及第二节颈椎已经折断，能活下来算是万幸了。他还说，我可能再也不能够正常呼吸了。所幸的是，我的脑干，也就是紧贴受伤的部分，似乎没有受到影响。简说，我的颅骨和颈椎要动手术才能重新连接到一起。他不能够确保手术一定能成功，甚至不能确保我能活着离开手术室。

我突然意识到，我成了每一个人的负担，我不但毁了自己的生活，也毁了别人的生活。为什么不死呢？这样一了百了对大家都有益。

家人和朋友不断地来医院探望我，但那段日子我沮丧透顶，总是躺在那里，盯着墙壁，想着未来，难以相信还会有什么好的未来。只有在梦中，我才又成为一个完好的人，同妻子丹娜亲热、骑马或拍电影。醒来后我更加感到沮丧，因为梦中的一切我是一件也干不了，我只是一个占据空间的废物。

一天，丹娜在我的床边时，我有话对她说，但我戴着的呼吸器让我不能启齿，我用眼睛告诉她："不要救我，让我走吧。"

丹娜似乎明白了我的意思，她哭着对我说："不管怎样，我都会永远和你在一起。"随后她又加了一句，这句话打消了我轻生的念头——"你还是你，我爱你。"

随着手术日期的临近，我变得越来越害怕，因为我知道这手术的成功率只有50%。大部分时间我都僵直地躺在床上，悲观地胡思乱想。

可是我3岁的儿子威尔给我带来了生活的希望。一次他对丹娜说："妈妈，爸爸的膀子动不了呢。"

"是的，"丹娜说，"爸爸的膀子动不了。"

"爸爸的腿也不能动了呢。"威尔又说。

"是的，是这样的。"威尔停了停，有些沮丧，忽然他显得很幸福的样子，说："但是爸爸还能笑呢。"

6月5日，我接受了手术。手术很成功。

感恩节前夕，我终于完全摆脱了呼吸器，出院回家了。在感恩节的晚餐上，一家人都按照传统说了几句感谢什么的话，而我的儿子威尔只说了两个字——"爸爸"。

# 布德尔

埃米尔·安托万·布德尔（1869—1929），法国现实主义雕塑家，

与罗丹和马约尔齐名，并称现代法兰西雕坛三巨头。

一生写下大量笔记，记载了学习心得、参观感受、创作经验、生活感言、艺术思考。

大师谈幸福

225

## ※ 艺术与死亡

在我人生暮年的岁月中，精神里依然保留着像往昔那样激动的反应。

不要怠慢了人生最后这段时光。

在自然界这个大舞台上，人们才是自己真正的偶像。人们总爱追溯自己的过去，可今非昔比，一个人往昔的风貌如今已荡然无存了。人们时刻铭记着生命新陈代谢的永恒规律，人终究是会死亡的。

难道有什么能够比菊花馥郁的飘香更能抚慰人的心灵吗？

在我生命旅途最后的这段时光中，我看见过去的躯壳脱落，离开了我。

我依傍在那种被人们称作棺材的粗糙而阴森的箱子边，久久地沉思。

我孤独一人，心潮澎湃，浮想联翩。在这个被钉在一起的、令人毛骨悚然的木头箱中，我更加清楚地感到了人类理想和命运之间的距离，是死神向我们昭示了理想和命运的综合。

灵魂有时真像是一口庞大而沉重的箱子，它比世界上最大的棺椁所盛的痛苦和忧伤还要多。

在我生命弥留于这个世界最后的时日里，啊！竟有那么多贴心知己的朋友们用他们热情温暖的手握住了我那双嶙峋颤抖的手！

可是，从前有谁曾关注和指导过这双被大家紧紧握住的手呢？

命运，乖谬的命运，请告诉我关于你神秘莫测的规律吧！请提醒我你漂移游荡的方向吧！

爱情、痛苦、死亡，这些就是人生的大学校。

人生的暮年时期，要比童年时光消失得快得多，甚至比中年时期还要短。

人们不知道这是为什么，人们为生命如此匆匆而感到困惑和茫然，他们不知道究竟应该怎么去行动。

有谁会知道呢？

现在，在我的创作中有雄伟磅礴的高山，浩瀚无边的大海，它们都显示出了冲天的气势和巨大的力量。

我不敢相信。

空间和时间意味着什么？它们也是一种尺度吗？啊，比例，你永远至高无上。

人们看见燕子在起飞，顷刻之间辽阔的天空中到处都是回旋飞舞的燕子。

人们常说，燕子飞去还会归来。

在我晚年的时日里，我看见那些严肃而理智的燕子在我门口的三角楣上，用衔来的泥土筑成了一个漂亮精致的小巢。当春风再度吹拂、蝶舞蜂喧之时，燕子自然就会飞回。

可是我，我还能看到燕子归来、展翅飞舞的倩影吗？还能倾听到它们呢喃报春的欢音吗？可能只有时光才会知道。

逝去的人和新出生的人如同出发和归来一样，交织在一起，使人类保持着匀称和平衡，而在这种匀称和平衡中却隐潜着不幸的悲剧。

一群嘶鸣号叫的乌鸦正在排列着队形，进行殊死的鏖战，墨水瓶也无法同它们飞翔时带来的黑暗相比拟。

在我人生暮年的最后时日里，那些在光明之后投下的黑暗教给了我们明暗的对比；黑暗与希望同在，明亮与恐慌并行。

所有这些日子都纷集在那里，用殊异的目光审视我，它们每一天的面孔都各不相同。

你们对我生命所剩下的残年孤月将如何看待？我是否知道那些最终莅临的时日意味着什么？我对一切都不敢相信，有时则置若罔闻。

那曾经是些沧海横流、混战与争斗延宕不休的年代，欢乐与欢乐残酷地厮杀，忧伤与忧伤激烈地抗衡。

岁月在焦虑地、望眼欲穿地等待着，它们深信不疑的是，我会最终发现真实。我激动得周身战栗不止，难道我惧怕触碰到你吗？神秘莫测、难以驾驭的真实啊！

闪烁在过去年代的灵光业已熄灭，散落的灰烬也都飘散了，周围到处覆盖盛开着五彩缤纷的、属于我们的鲜花。

这些美丽的鲜花可能会释放出一缕带有苦味的芳香。可是，为什么会夹杂着苦涩呢？究竟什么是苦涩？什么又是甜蜜呢？

你歇斯底里地践踏了整个美丽娇媚的花园，我丧心病狂地掠夺了整个花园的果实，我整个灵魂都向往着美丽的女人，我在如痴如狂的爱情中创作着人的艺术。

这一切都被我牢牢地掌握在手中，这一切是不是梦幻的灰烬呢？不，绝不是。

"艺术在我们生命的死亡中延宕发展……"

阿赫马托娃

安娜·安德列耶夫娜·阿赫马托娃(1889—1966)，
俄罗斯"白银时代"诗歌的重要代表之一，
先后发表的诗集有《黄昏》、《念珠》、《白色的云朵》、《车前草》、《耶稣纪元》、
《没有主人公的叙事诗》、《安魂曲》等。
从20世纪40年代起，诗人开始为写作自传做准备，并陆续写下一些文字，但由于种种原因，
这些材料都没有保存下来。
20世纪50年代末到60年代初，阿赫马托娃又陆续写下了些断片式的随笔。

## ※ 自传随笔

……放眼四望，也不见家中曾有人写过诗，仅有俄国第一位女诗人安娜·布宁娜系我外祖父埃拉兹姆·伊万诺维奇·斯托戈夫的姨妈。斯托戈夫家是莫斯科省莫扎依斯克县的小地主，是在玛尔法夫人发动暴动时迁来此地的。在诺夫戈罗德时，这一家族要更富有、更有地位一些。

我的祖先阿赫马特汗在一天夜里被一名被收买的俄国凶手刺死在他的帐篷

里，正如卡拉姆津所叙述的那样，这一事件结束了蒙古人在罗斯的统治。在这一天，像是纪念一个幸福的事件，要举行一次从斯列坚斯克修道院向莫斯科的宗教游行。众所周知，这位阿赫马特是成吉思汗的后代。

阿赫马特家族的一位公主普拉斯科维雅·叶戈罗夫娜于18世纪嫁给了富有、显赫的辛比尔斯克地主莫托维洛夫。叶戈尔·莫托维洛夫是我的曾外祖父。他的女儿安娜·叶戈罗夫娜是我的外祖母。她在我母亲9岁时就去世了，为了纪念她，我被取名叫安娜。她戴过的额花被改做成好几枚钻石戒指和一枚绿宝石戒指，但是她的顶针我却戴不上，虽然她的指头也很细。小城巴甫洛夫斯克的气息。我像一个又瞎又聋又哑的人，注定要终生记着那样的气息。首先，是那辆把我运往吉阿尔列沃、运往花园、运往salon de musique（法文："音乐沙龙"）（它又被称为"咸男人"）的陈旧的小火车所冒出的浓烟，其次，是打了蜡的镶木地板，然后是一种从理发店里飘出的气味。再次，是小城商店里的草莓（巴甫洛夫斯克的草莓！）。最后，是花亭（右手的）里出售的让妇女们别在胸前的新鲜、湿润的木樨草和玫瑰花（闷热中的凉爽），然后是香烟和餐馆里油腻的食物。还有纳塔西亚·费里波夫娜（陀思妥耶夫斯基的小说《白痴》中的一个人物）的幽灵。皇村，永远是日常的生活，因为那是在家，而巴浦洛夫斯克，则永远是节日，因为那是要往什么地方去，因为那就是远离家门。

### 野姑娘

异教徒的童年。在这座别墅的四周（"乐土"，斯特列列茨克湾，赫尔松涅斯），我获得了"野姑娘"的绰号，因为我常常赤脚走路、不戴帽子闲逛等，我会从小船上跳进一望无际的大海，在暴风雨来临时游泳，我晒太阳晒得脱了皮，这一切都使那些外省的、塞瓦斯托波尔的小姐们感到很难堪。

### 20世纪的第二个十年

1910年，是象征主义危机的一年，是列夫·托尔斯泰和科米萨尔热夫斯卡娅去世的一年。1911年，是中国革命的一年，这次革命改变了亚洲的面貌。1991年也是勃洛克写下数册笔记的一年，那些笔记充满了各种预感……《柏木雕花箱》……最近有人对我说过："20世纪的第二个十年，是一个最无光彩的时代。"是的，如今也许是该作如是说，但是我还是回答道："除所有这一切之外，这还是斯特拉文斯基和勃洛克的时代，是安娜·巴甫洛娃和斯克里亚宾的时代，是罗斯托夫采夫和沙里亚宾的时代，是梅耶荷德和佳吉列夫的时代。

当然，像在所有的时代一样，这一时期也有许多乏味的人（如谢维里亚宁）……与20世纪粗糙的头十年相比，第二个十年是一个丰收的、和谐的时代。命运磨尖了它的后半段，并在此付出了许多的鲜血（1914年的战争）……

20世纪与战争一起开始于1914年的秋天，正如同19世纪开始于维也纳会议。日历上的日期不具意义。毫无疑问，象征主义是一个19世纪的现象。我们反对象征主义的暴动是完全合理的，因为我们感觉到自己是20世纪的人，我们不想停留在上一个世纪……

### 城市

艺术世界派的画家们猜透了彼得堡的"美"，顺便说一句，他们还发现了红木家具。我很早就开始记住彼得堡了，——早在19世纪90年代。这实际上是陀思妥耶夫斯基的彼得堡。这是还没有电车的、马匹的彼得堡，是喧闹的、车声辚辚的彼得堡，是小船的彼得堡，是被各种招牌从头到脚遮挡着的彼得堡，那些招牌无情地覆盖了城市的建筑。从安静、芬芳的皇村来到这里，便更其觉得它新鲜、奇特。中心商场里有成群的鸽子，回廊角落的壁龛中，是镶着金框的大幅圣像和长明灯。涅瓦河上满是船只。街道上，能听到各种外语。

在建筑物的颜色中，很多大红（如冬宫）、深红和粉红，而完全没有现在这样的驼色和灰色，如今这些暗淡的色彩正与冬季的寒气和列宁格勒的黄昏十分忧郁地交织在一起。

在石头岛大街两旁和皇村车站周围，当时还有许多木质房屋（贵族们的私宅）。它们在1919年都被拆了当柴火。一些18世纪的两层私宅更是出色，它们有时是由大工匠们建造起来的。"不幸的命运落到了它们头上"——在20年代，它们都被加高了。然而，在19世纪90年代，彼得堡几乎没有绿荫。当我的妈妈在1927年最后一次来看我时，她怀着她那些民意党人的记忆，不由自主地回忆到的甚至不是90年代的彼得堡，而是70年代（她的青春时代）的彼得堡，她对大片的绿荫赞叹不已。而这仅仅是一个开始！在19世纪，有的则是花岗岩和水。

### 再谈城市

当你读到，彼得堡的楼梯上总是散发着煮咖啡的味道时，你也许会不相信自己的眼睛。楼道里常常会有高大的镜子，有时还会有地毯。除了过路女士的香水味和过路男士的香烟味之外，每一个彼得堡住户的楼梯上一定还会散发出一些什么气味。这位同志也许指的是所谓的"后门"（如今大都是唯一的门了），——但在那儿，确实会散发出各种味道，因为每家厨房的门都开向那里。例如，谢肉节时的薄饼味，大斋期的蘑菇味和素油味，5月里的涅瓦河胡瓜鱼味。每当做饭时产生了什么浓烈的味道，主妇们都要打开通向后门楼道的门，——"为了排排烟"（当时的说法），但是，后门楼道里最常闻到的，唉，还是猫的气味。

彼得堡院落中的声响。这首先是木柴被扔进地下室的声音。拉着手风琴的流浪歌手（"唱吧，小燕子，唱吧，请让人安心……"），磨刀人（"磨剪子嘞，戗菜刀……"），收破烂的（"收衣服喽，收衣服。"），他们都是鞑靼人。镀锡的工匠。"卖威堡的甜面包喽。"有水井的院子里一片喧闹。

屋顶上的炊烟。彼得堡的荷兰火炉。彼得堡的壁炉——一种中看不中用的摆设。严寒时的彼得堡火灾。为城市的声响所掩盖的教堂的钟声。那总是会让人想起死刑的鼓声。雪橇猛然撞在拱桥的护栏上，那些拱桥如今几乎已丧失了自己的曲线。岛上的最后一个绿枝，总是会让我想到日本的版画。马儿那结满冰花的脸，几乎就在您的肩旁。然而，在雨中坐在带篷出租马车里，那被淋湿的皮革所发出的气味多特别啊。就是在这样的环境中，我写出了《念珠集》中几乎所有的诗作，而在家中，则仅仅是抄录已写就的诗句……

在20年代，皇村的景象是令人难以想象的。所有的栅栏都被烧毁了。在一堆开了口的水管上，是一些第一次大战时野战医院用过的生锈的铁床，街道上长满了草，一群毛色不一的公鸡在踱步、打鸣，还有一些不知为何被称之为塔马拉的山羊。在不久前还蔚为壮观的施滕博克-费莫尔伯爵家的大门上，挂上了一个很大的招牌："配种站"，但在宽街上，橡树，那些我童年的见证人们，在秋天里仍散发着酸涩的气味，教堂十字架上乌鸦的叫声，也是我所听到过的，沿着教堂的院落走向寄宿中学，见皇村花园里的塑像仍如前十几年那样张望着。在一幅幅被捣碎的、可怕的画面中，我时而能认出皇村来。中心商场已经关闭……

这一天在忙着写自传。我发觉，写自己是非常枯燥的，而写别人、写事（彼得堡，小城巴甫洛夫斯克的气息，贡格尔堡的老水手，四十天罢工临近结束时的奥德萨港）却是非常有趣的。

应该尽量少写自己。

能够录下所思的百分之一，即是幸运……

……但是，一本作为《安全证书》和《时代的喧嚣》的表姐妹的书是应该出现的。可我担心，与其出色的表姐妹们相比，它会显得像个脏孩子、老实巴交的女人、灰姑娘，等等。

他们两人（鲍里斯和奥西普）都在刚刚步入成熟时就写了自己的书，那时，他们所回忆的一切尚不那么遥远。然而，要从20世纪中叶的高度去俯视19世纪90年代，几乎不可能不感到头晕目眩。

说到一般的回忆录，我要提醒一下读者，有百分之二十的回忆录都是伪造的。直接引语的任意引用，应被视为一种触犯刑法的行为，因为这样的引语会被不负责任地从回忆录中再引进值得尊敬的文艺学著作和传记。连贯也是一种欺骗。人的记忆的构造就像一个聚光灯，它只能照亮某些孤立的关头，而将四周留在难以逾越的黑暗之中。即便是最出色的记忆，也有可能、并且应该忘记一些东西。

"Pro domo mea"我要说，我从未飞离或爬离诗歌，虽然她曾用桨重重地打在那双僵硬的、抠着船舷的手上，要我沉到水底去。我承认，我周围的空气有时会失去水分和透音性，沉到井底的水桶，没有溅起欢快的水声，却沉沉地撞在石头上，沉闷降临了，它持续了许多年。"使语词相识"，"使语词相碰"——如今这已经是很平常的了。30年前的一句惊世之语，在30年后会成为老生常谈。另一条路就是准确，更为重要的是，要让一行中的每一个词都站在自己的位置上，好像它已在那儿站了一千年，可是读者却是在一生中第一次听见它。这时一条非常困难的路，但是一旦做到这一点，人们就会说："这写的是我，这就像是我写的。"在阅读或聆听其他人的诗歌时，我自己也曾体验到（很罕见）这样的感觉。这有些像妒忌，但要高贵一些。

X。问我，写诗难还是容易。我回答道：如果有人在主宰着它们，就会很容易，如果无人主宰，那就简直是不可能的。

### 1959年

诗人与他曾写过的一切有一种隐秘的关系，这些关系常会与读者关于某一首诗的想法相矛盾。

比如，在我的第一本诗集《黄昏集》（1912）中，我现在真正喜欢的只有这两行：

> 喝醉了声音的嗓子，
>
> 那嗓子像是你的。

我甚至觉得，我的诗歌中的许多东西都是从这两行诗生发出来的。

另一方面，我也非常喜欢一首有些暗淡的诗，这首诗对于我来说绝对是不典型的，后来我也没再写过这样的诗，这就是那首《我来替代你了，姐姐……》，我喜欢其中的两句：

> 红方块的声音已很久未闻，
>
> 可我知道你害怕寂静。

而那些至今仍为批评家们所常常提起的东西，却使我全然地无动于衷。

诗还可以被划分为（对于作者而言）这样两种：一种是诗人能够回忆起他是如何将它写成的诗，一种是那些仿佛是自己诞生出来的诗。在第一种诗里，作者注定要倾听那曾帮助过他写作的小提琴的声音，在另一种诗里，则会听到妨碍他写作的车厢的响声。诗可能会与香水和花朵的气味相关。组诗《野蔷薇开了》中的野蔷薇真的在与这组诗相关的一个时刻散发过令人陶醉的芬芳。

而且，这还不仅仅是对自己的诗作而言的。在普希金那里，我听到了皇村的瀑布（"这些活水"），我还看到了瀑布的终结。

**白桦**

首先，还没有人见到过这样的白桦。我很怕将它们回忆。这是一种魔力。这是一种威严的、悲剧性的东西，像"拍加马的祭坛"一样，这是一种美丽的、不可再现的东西。似乎，那儿应该有乌鸦。世上再也没有比这些白桦更好的东西了，这些白桦高大、健壮、古老，像得鲁伊特，甚至还要古老。3个月过去了，我仍没能清醒过来，一切就像是昨天的事，但是我一直不愿意这仅仅是一个梦境。我需要真正的白桦。

听了肖斯塔科维奇芭蕾舞曲中的活泼的华尔兹。这是奇迹。仿佛，是艺术的优雅自身在那里舞蹈。能否用语言创造出他用声音所创造出的这样的奇迹呢?

1961年11月

如果说，诗歌注定要于20世纪在我的祖国出现繁荣，那么，我敢说，我就一直是一个喜悦的、可信的见证人……我相信，就是现在，我们仍没有彻底弄清楚，我们拥有多么神奇的诗人的合唱，俄罗斯的语言是多么的年轻和灵活，不久之前我们还在写诗，我们爱诗，我们相信诗。

（刘文飞 译）